U0066263

靈泉巧手妙當家 3

風文創 675

夏言 著

目錄

第五十七章　黃金千兩

「姑且可以相信。」房言說道。

秦墨聽了房言的話，不禁失笑，不過他隨即斂起笑意，眼裡帶著祈求，道：「我是真心想求妳幫忙。一個對我來說很重要的親人，遭遇了跟我一樣的狀況，但是那個人不方便出來，離你們家也遠。他的狀況耽擱不得，逼不得已之下，我才來找小姑娘妳。」

房言皺著眉頭，思考起秦墨說的話。

秦墨見房言沒回話，又道：「小姑娘，他的命比我重要，他……他……他是一個好人。救活他，相當於拯救了千千萬萬的老百姓，妳能不能看在那麼多人需要他的分上救救他？」

房言看到秦墨這麼誠懇地請求她，神情也變得有些凝重。

按照他的描述，她能想到的人非常有限。千千萬萬的老百姓……這個人的身分一定非常尊貴。將軍？宰相？還是……「那個人」？

不會吧，這不太可能，她人在一個小小的縣城，怎麼會遇到……

思索半晌之後，房言知道這件事不可能輕易過關了。這個人有權有勢，肯過來好好跟她商量，已經很客氣了。他已經發現他們家的秘密，如果真的有意搶奪，或是將這一切據為己有，他們不可能平平安安地活到現在。

「我可以幫你，但是你一定要答應我一件事！」房言說道。

「沒問題，請說。」秦墨鬆了一口氣。他一直不贊同身邊的人提出來的建議——強取豪奪。要是真的這麼做，誰知道房二河家會不會來個玉石俱焚？況且，他實在不忍這樣對待這麼勤懇質樸的一家人。

房言一臉嚴肅地說：「絕對不能把我們家的秘密說出去。」

秦墨認真地點點頭，說道：「這是自然，我從來沒想過要說出去。以前不會，現在不會，以後更不會。」

「一千兩銀子。少一分，我都不賣。」房言直接提出價格。這個數字確實非常高，可是他要買的是她的靈泉，而且他還用他們家的秘密威脅她，這是房言唯一能反擊的點了。

秦墨聽到房言報價，心情頓時變得輕鬆。他最不缺的就是錢，凡是能用錢解決的事，都不是問題。

「可以。」

「你要濃度高一點的，得花十天的時間才能做出來，這東西可不是說做就能做，麻煩得很。」房言故意這麼說。其實這也就是往水果罐頭裡滴靈泉的事，根本不需要什麼工夫，她之所以誇大，是為了誤導眼前這個人。

秦墨在心裡估算一下，說道：「好，十天之後我會帶人來拿。」

房言狠狠瞪了他一眼，沒好氣地說：「記得帶銀子來！」說完，她就站起身來走去櫃檯，不想再跟秦墨多說任何一句。

秦墨笑了笑，也站起身來走到櫃檯前，遞給房言十兩銀子。然而，即使他今天給了十兩銀子，房言也沒露出笑容。

這件事讓房言處事變得更加低調，暫時不敢有太大的動作。

十天過後，房言稀釋了一滴靈泉，分別倒進十個罈子裡面。

一滴靈泉足夠救命了，沒看到那位少爺只不過是時不時來她家的店鋪吃東西，身體就好了嗎？那個人如果跟他遭遇一樣的情況，肯定也能康復。

巳時，秦墨的屬下抬著一個箱子從店鋪後門進來了。房言早已讓僕人把罈子裝箱放到桌上，此時店內只有她與秦墨二人。

如今天氣變冷，水果齋暫時歇業，房言今天是用「交最後一批東西給訂貨的人」這個理由，跟著房二河一起來到縣城的。

秦墨打開其中一個罈子，嚐了一口，頓時眼前一亮，驚喜地看著房言。

房言表情平靜地道：「話說在前頭，這些東西最好放在冷一點的地方保存，可以的話，五天之內吃完，免得不新鮮。既然你已經確認過貨物，就可以離開了。」

秦墨點點頭，真誠地看著房言，道：「多謝，小姑娘的大恩大德，沒齒難忘。哪天你們要是去京城的話，記得去程記茶館找程四，就說六少爺讓妳來的。」

房言覺得這句話還算中聽，回道：「行，我知道了。」

秦墨深深看了房言一眼，說道：「那麼小姑娘，在下告辭了。」

「再見。」不見最好！

等秦墨離開之後，房言才想起來，自己竟然沒有驗收那一千兩銀子。這個人也真是的，幹麼要給銀子，直接給銀票不就得了。

房言一邊默默吐槽，一邊開起箱子，結果一打開，她立刻被眼前的東西嚇呆了。她微微恍神之後，激動地拿起一塊金元寶。這是她第一次見到這麼多錢……不，這是她第一次見到這麼多金子……不對，她從來沒見過金子！房言東摸西摸，驚訝得不知道該說什麼才好？

就在這個時候，房言聽到後方有腳步聲傳來，她趕緊把箱子蓋上。

房甲問道：「二小姐，老爺問您這邊忙完了沒有，要不要現在回家吃飯去？」

房言趕緊回道：「要。」

說著，房言又道：「等一下，妳去把我爹找過來，讓他把馬車停在後門等我。」

「好的，二小姐。」

等房甲離去之後，房言長長地吁了一口氣。這筆買賣算是賺夠了本，不過她還沒想好怎麼跟她爹交代這些黃金的來歷？如今他們家不缺錢，暫時也沒有太大的計劃……

想了一會兒，房言決定把這些黃金放進自己的空間去。不過房甲剛才見過這個箱子，突然不見的話有點奇怪，她就象徵性地把空箱子帶回去好了。

房二河過來的時候，房言請他幫忙把空箱子放上馬車，他問裡面放了什麼東西，房言也沒告訴他。

「爹，暫時不能說，等可以說的時候，我再告訴您。」

房二河覺得小女兒有了秘密，但他沒多問什麼，只笑道：「好，等妳想說時再說吧。」

意足地睡著了。

晚上躺在床上時，房言想起那些黃金，忍不住又進去空間看了一眼。看完之後，她心滿意足地睡著了。

又過了一段時間，房伯玄與房仲齊放假了，而房二河也照例在臘月二十六那天讓野味館歇業。為了鼓勵眾人的辛勞，房二河包了紅包給在店裡幫忙的人。

房二河算了算這一年的收入，縣城的野味館賺了將近三千兩銀子。他告訴大家這個消息，每個人都非常高興，不過這種心情和之前賺到一兩銀子的感覺完全不一樣，當錢變多的時候，就只是一個數字了。

算完帳，房二河第二天就趕緊送分紅去給孫博了。

臘月二十七這天，房南與房北的店鋪也關門了，他們拿著帳本跟錢來找房二河。

房北的店鋪今年賺了兩百多兩，房南的店鋪克服了初期的不利之後，也賺到了跟房北差不多的數字。

房南和房北各拿三成半的分紅，這樣就有七、八十兩，他們兩人都非常興奮。一年能賺這麼多錢，這是過去想都不敢想的。

除了分紅，房二河也給他們兄弟倆各包了二兩銀子的紅包，他不顧他們的推辭，說道：「雖然在咱們家店鋪幫忙的人沒拿這麼多，但是人人有份，你們這兩個掌櫃的也該拿，快收下吧。」

眼見推不掉，房南與房北也就欣然接受房二河的好意了。

房言其實早就算完自己店裡的帳，只不過她想等重新計算過一遍之後，再告訴家裡的人。當然，她也包給在店裡幫忙的人紅包了，這點獎勵不能少。

房伯玄跟房二河很好奇房言的水果齋到底能賺多少錢？平時看她的店鋪裡沒多少人，但是過節的時候又感覺很忙碌，不過那些人多半買了東西就離開，跟隔壁野味館的門庭若市完全不一樣。

臘月二十八當晚，房言抱著自己的帳本前往書房，房二河與房伯玄都在那邊等著房言算帳。

等到算完帳，房言臉上露出滿意的笑容。

「你們猜，我到底賺了多少錢？」房言問道。

聽到房言的話，房二河就笑道：「爹著實猜不出來。妳那店鋪表面上看起來沒賺多少錢，但是因為東西的單價比較高，賣出去一樣就能賺很多錢，所以爹猜不到妳到底賺了多少。」

看著房言得意的樣子，房伯玄道：「肯定把買店鋪的錢賺回來了吧？」

房言驚訝地看著房伯玄。「大哥，你太厲害了，連這個都猜得出來。」

房二河聽了先是一愣，隨即開心地道：「二妮兒，妳真的賺到都能買店鋪了？」

水果齋的生意遠比房言想像中好，甚至比開業那幾天更受歡迎，這說明了鎖定特定客群一樣能賺到很多錢。當然了，光是秦墨那一筆買賣，就能買好幾間這樣的店鋪，不過那些錢暫時要保密就是了。

「是啊，就是賺了這麼多。」房言回道。然而，說起秘密麼，她還隱瞞了一件事……

房伯玄看著房二河，道：「爹，您看小妹的樣子就知道，她的標準那麼高，要是賺得不夠多，根本不會露出像剛才那種笑容的。」

房言被房伯玄說中心事，不禁佩服地道：「大哥，沒想到你還會猜心啊，厲害了。」

笑了笑，房伯玄說道：「大哥再厲害，也猜不到妳究竟賺了多少錢，現在妳可以告訴我們確切的數字了吧？」

看了帳本一眼，房言笑了笑。「跟爹的店鋪差不多。」

房二河驚訝地問道：「怎麼會賺那麼多錢？中秋節的時候還不到一千兩吧？」

房言點點頭。「對啊，那時候是還不到一千兩，但是後來還有重陽節，又賺了一筆。不過呢，真正賺錢的是後面。」

說到這裡，房言把帳本遞過去給他們看。

「天氣變涼的時候，市面上已經沒有多少水果了，但是因為咱們家的土質好，果樹營養充足，所以還有一些水果能賣。那個時候，我就用翻倍的價格把東西賣出去，畢竟物以稀為貴，很多大戶人家想吃水果，都得到我的店鋪去買。」

房伯玄看著帳本，搖搖頭。「不對，這不是妳賺了這麼多錢的原因，按照正常情況，妳最多賺兩千多兩。從帳本上來看，十月分開始，每個月月初都會多出一筆錢，月末的時候又會多出一筆。那可不是小數目，一筆兩百多兩，一個月就是四百兩，兩個月下來就有八百兩。」

說完這些，房伯玄抬起頭來看著房言，問道：「所以，二妮兒，這些錢是哪裡來的？」

房二河看向房伯玄指出來的地方，說道：「的確有些奇怪。」

「唉呀，我還沒來得及說，就被你們發現了啊。」房言絲毫沒有被拆穿的尷尬，因為她本來就打算說出來。「這些錢啊，是隔壁縣城一間水果商，從我們這邊進貨給的訂金跟尾款。」

房二河錯愕地問道：「二妮兒，這些事妳怎麼沒告訴爹？」

房言回道：「爹，既然您已經把這家店鋪交給我，我自然要好好做。這種交易不算什麼大事，所以就沒跟您說。」

搖了搖頭，房二河有些擔心地道：「萬一妳被別人騙了怎麼辦？」

房言安撫他道：「爹，您放心就是了，我偷偷去他們店鋪觀察過，且這件事最後是房四出面的，那天全忠也在。那間店鋪掌櫃的知道咱們家背後有孫家，不敢造次。」

儘管房言解釋了，房二河還是說道：「二妮兒，以後再有這種事，一定要告訴爹，知道了嗎？」

看著房二河的表情，房言覺得自己似乎太有自信了，這回確實做得不太妥當，於是她說道：「嗯，我記住了，爹。」

頓了一下，房言又道：「爹，現在錢放在我那裡不安全，還是都交給您吧，我拿走一些零頭就好。」

儘管有空間能用，但是房言還是決定表現得像個普通小孩一點，否則一些事很難交代過去。

房二河點點頭。「好，這些錢就讓我跟妳娘替妳和大妮兒保管，等妳們出嫁的時候再交出去。」

房言笑道：「爹，現在說這些還早。」

不知想到了什麼，房二河嘆了口氣。「不早了，妳就要十二歲啦，該訂親了。至於大妮兒，也快十四歲了，也不知道大山他……」

房言趕緊勸慰道：「大山哥從小在山上長大，身強體壯，想必遇過不少危險，人還是好好的啊！他不會有太大的閃失，運氣不錯的話，說不定還能立功。」

房二河回道：「不說立功，只希望他能安然無恙地回來。」

此話一出，房伯玄與房言都點點頭。

除了所有店鋪加起來賺的錢，還有賣雞、豬、雞蛋以及新鮮蔬菜的錢，這一年房二河家可謂大豐收。不過因為他們各方面都有一些開銷，最後落入口袋的自然沒那麼多。算完帳之後隔天，扣掉在店裡幫忙的人，房二河包給其他僕人們紅包，感謝他們對這個家的付出。

明天就要過年了，貼春聯這件事，是房仲齊最喜歡做的活動。

房伯玄今年不寫春聯了，把這項「光榮的任務」交給房仲齊。房仲齊開心得不得了，寫完之後，他就指揮僕人去張貼。

不過雖然房仲齊寫了很多，卻離需求量還很遠。他這才明白，他大哥為什麼會把這件事交給他，知道真相的房仲齊，眼淚都要流下來了。

房仲齊正在院子裡揮筆，村長房明生過來了。他看到房仲齊在寫春聯，就笑道：「可真是巧了，我來就是想讓玄哥兒、齊哥兒替我們家寫一副春聯的。」

此時房仲齊正好剛寫完大門上要貼的那一副，房明生低頭看了一眼，說道：「不錯，寫得真好，剛勁有力。齊哥兒，你就幫我們家寫吧。」

房仲齊有些緊張地看了他大哥一眼，房言看到房仲齊不太有自信的樣子，就說道：「哈哈，叔公說得是，就讓我二哥幫你們寫，保管你們家孩子書讀得越來越好，說不定將來能像我二哥一樣考上童生呢。」

房言這個馬屁拍得很到位，房明生摸了摸鬍子，說道：「也不指望他們能像齊哥兒一樣考上童生，能多懂一些道理就行。」

在一旁的房二河說道：「是啊，當初我送孩子們去讀書時也是這麼想的，只是沒想到兩個孩子爭氣，竟然考上了。」

房明生點點頭，說道：「你們家兩個孩子很出色，咱們村子以後就得靠這些年輕人了。」

兩個長輩正說著話，房伯玄看到房仲齊遲遲沒有動筆，就拿起硯臺磨了起來。磨完之後，他又為房仲齊蘸好毛筆，說道：「二郎。」

一看到房伯玄把毛筆遞到自己面前，房仲齊緊張地嚥了嚥口水。

「快寫吧。」房伯玄催促道。

房仲齊瞄了房伯玄一眼，就拿著毛筆寫了起來。等字晾乾之後，房明生就向他們道謝，拿著春聯離開了。

第五十八章 再會府城

送走了房明生，房二河笑道：「沒想到咱們家也有這麼一天。爹小時候想去求讀書人寫一副春聯，那可真是不容易，畢竟村裡沒幾個會讀書的，誰家要是能求到手，大家都羨慕得不得了。唉，說不定一會兒還會有人來求呢，呵呵。」

房言說道：「那也多虧哥哥們爭氣，要不然誰還來咱們家啊？聽說去年大家都是去老宅請大堂哥寫的。」

一直沒開口的房仲齊此時忍不住道：「大哥，大夥兒肯定想找你寫的，你要我寫，他們會不高興的。如果再有人來的話，我就不寫了，還是讓大哥來。大哥書讀得比我好，字也寫得比我漂亮，我還是不要丟人現眼了。」

聽到房仲齊說的話，房伯玄皺了皺眉。

房言也意識到房仲齊心中的想法。沒想到在房伯玄考了童生第一名的光芒下，房仲齊竟然漸漸產生自卑的情緒，這可真是要不得。

「二哥，你說的是什麼話？我剛才說了，大家去年都去老宅請大堂哥寫字，你怎麼就不能寫了？雖然不是同一年考的，但是大堂哥的名次還沒有你好呢。你比大堂哥厲害多了，他能做的事，你自然也能做，如今村子裡除了咱們大哥，就是你最行了。」

房仲齊抿抿唇，低著頭沒講話。

看到他的反應，房言接著道：「二哥，說實話，你比大哥還有大堂哥更有優勢，因為你比他們年輕。大哥跟大堂哥考了幾次才考上童生，二哥可是第一次就考中了呢，即使明年考不上秀才，也沒什麼關係啊。」

房言會這麼說，是因為她懷疑房仲齊可能是最近學習壓力太大，所以考前變得有些焦躁。

果然，房仲齊馬上抬起頭來看著房言道：「真、真的嗎？」

房伯玄接過話頭，說道：「自然是真的。大堂哥過完年就十八歲了，你小了他四歲，是咱們村子裡最年輕的童生，也比大哥厲害，村裡的人當然希望你能幫他們寫春聯。」

房仲齊的個性屬於情緒波動較大的類型，他一聽到房伯玄的話就來了勁，想自誇個幾句。不過房伯玄早就摸透自家弟弟的性格，因此誇完之後必定會再唸他一下。

「不過，你也切莫驕傲，要知道人外有人、天外有天。就咱們書院來說，還有一些人比你更年輕就考上了。」

房仲齊這會兒自信心已經回來，他點點頭，說道：「好，大哥，我知道的。」

過了一會兒，果然又有人上門來求墨寶。房仲齊在大家的誇讚聲中，寫了一副又一副的對聯，快要到午時的時候，終於沒有人來求了，畢竟這裡的習俗是午時之前得貼好春聯。

寫完之後，房仲齊的手腕痠得不得了，但是他心裡卻非常高興。

看著小兒子臉上的光彩，房二河很欣慰，對於這個家的將來，他也有了更多想法。由於這一年賺的錢多，縣城野味館的生意也漸趨平穩，所以房二河有了去更大的地方開店鋪的念頭。

不過，這件事如今還停留在想想的階段。他們家無權無勢，若是去府城開店的話，只怕會吃虧。再說了，現在他們錢還是不夠多，無論如何，錢財都要留一些在手裡才好，不能全部花光。

房伯玄跟房仲齊馬上就要考秀才，這段時間相當重要，房二河覺得自己必須專注在能掌控的事情上，才能穩定兩個兒子的心情，於是他決定等他們考完院試再說。

開春時，房二河擴大了田地的耕種範圍。等到兒子們考完試，可能就要進軍府城，多種一些東西準沒錯；就算不去，如今的天氣也適合種農作物，凡事把握時機最重要。

等到擴大一部分耕種面積後，房二河才發現，目前這些空地其實不怎麼夠用了，他們家得買更多地才行。

站在後大院裡，房二河往山上一大片樹林看過去。他心想，不知道要不要把那些山上的地買下來加以利用一番？不過，考慮到去府城開店的計劃還沒落實，他就沒採取行動了。

當果樹紛紛開花時，後大院就像是下雪一般，有種淒美動人的感覺，房伯玄每次回家都要站在那裡看上一會兒。

為了減輕胡平順的負擔，房二河在縣城找了個帳房先生。隨著農忙時節到來，胡平順不能時時待在野味館裡，有個帳房先生能省下不少事。

過去胡平順培養的長工，種田技巧變得越來越好，胡平順因而也能再騰出一些時間幫房二河的忙。

此外，由於家裡只有房甲跟房乙兩個丫鬟，等到水果齋開業，房甲還要去店裡跑堂，於是房二河跟王氏去縣城買了幾個丫鬟、一個專門在廚房做事的廚娘跟幾個小廝。

小廝是房言提醒房二河買的，理由是這幾個小廝要負責照顧哥哥們、替爹娘跑腿。看到全忠那麼伶俐，房言就覺得要是那些小廝也能這般管用就好了。然而不管怎麼樣，這些人總是有派得上用場的地方，不需要太苛刻。

到了快要考院試的時候，房伯玄和房仲齊就要動身前往府城。

這次房二河和房言兩個人都要跟去；雖然王氏跟房淑靜也想跟著，但是她們卻很緊張。房二河想到之前房伯玄拒絕讓他跟著的原因，就沒敢讓這娘兒倆一道去。

幾個人到了府城，就找最好的一家客棧住進去。

房言自己一間房，房間在中央；房伯玄與房仲齊一間，在房言房間的右手邊；房二河跟胡平順一間，在房言房間的左手邊。

本來房二河有些不放心，但是房言長大了，不好跟他們住同一間，而且房言完全沒表現出害怕的樣子，所以房二河也就沒說什麼。

說起來，房言根本不需要擔心有什麼狀況，畢竟她有空間，若是外頭發生了攸關性命的事，躲進空間裡去就是了。

隔天早上，房二河等人把房伯玄與房仲齊送進考場，就回到客棧，打算安安靜靜在裡面度過一天。

房言受不了這種安排，在客棧待了一會兒，她就拉著房二河跟胡平順在府城逛了起來。全家人都知道房二河有在府城開店的想法，其實不僅是他，她也想。

不出意外的話，房伯玄這次肯定能考上秀才；至於房仲齊，百分之八、九十也能上榜，剩下的就看他的心態跟運氣如何。

一考上秀才之後，她兩個哥哥就得在府城讀書了，這樣他們家的店鋪開在府城，也是順理成章。再說了，這個地方還有童家在，再怎麼說都是認識的人，他們家在府城不至於受到欺負，所以現在可以開始找適合的地方開店。

說實話，跟童家合作是個非常好的選擇，不過他們買斷那兩臺機器的時候，房言就已經絕了這個念想。一來是他們跟童家不熟，二來是童家勢力太大，他們高攀不起。

基於這些原因，他們只能自己找店鋪。當房二河等人路過一家酒樓，忽然聽到有人在叫他們。

「房老闆，你們來府城了啊？」

房言回頭一看，站在酒樓門口的人，不就是童錦元身邊的小廝招財嗎？

見到熟悉的人，房二河瞬間覺得府城沒那麼陌生了，他回道：「是啊，來府城逛一逛。」

幾個人寒暄幾句之後，房二河他們就離開了。房言看了那間酒樓的招牌一眼——望春樓？這名字挺熟悉的，之前聽別人提起過，似乎是府城最好的酒樓之一。

想到這裡，房言覺得自家那點銀子在望春樓可能吃不了多久就不見了，這種地方他們還是少來為妙。

在這條街上走了一段路，房二河打聽房租的意願便降低很多。這裡實在太繁華，而且賣的都是金銀首飾、綾羅綢緞之類的東西，就算有賣吃的，也是像望春樓那樣的高級酒樓，他們家的野味館實在跟這裡格格不入。

走著走著，他們繞到另外一條街上，找到一間麵館走了進去。

這家店鋪的生意也不錯，房二河吃到一半，就跟掌櫃的聊起來。「掌櫃的，這裡的店鋪租金多少啊？」

掌櫃的見房二河面善，而且穿著、氣度都不錯，就答道：「咱們這家店鋪小了一些，一年只要兩百兩租金。」

房言看了看店鋪，的確是挺小的，跟縣城的野味館改裝之前差不多大。這間店在府城的地理位置，跟他們在縣城的店鋪也無法相比，野味館位居縣城最繁華的主街道，這裡不知道偏到哪裡去了。

這個地方一年就要兩百兩租金，實在很貴。要知道，縣城最好的酒樓一年的租金也才一百兩銀子。不過，這些都是一層的價格，兩層的話就更貴了。

房二河心頭也是一驚，不過他不動聲色地問道：「那府城最好的酒樓租金豈不是貴到離譜了？」

掌櫃的回道：「不說別的，就說那個望春樓吧，聽說他們光是一個月就能賺到上千兩，租金多少我是不清楚，但是一年也得兩、三千兩吧。」

房二河一聽，默默地點點頭。

房言聽到掌櫃的話，心想，望春樓一個月就能賺上千兩，把那個地方租給他們家的野味館，也不會賺得比較少。不過，她也知道，那種地方不是有錢就能租下來的。

幾個人吃完麵之後，就回了客棧。

到了下午，房二河主動提出要再去外面逛逛，這次他們先找客棧的店小二打聽一下，然後一行人才出門。

他們再次前往最熱鬧的街道，把之前沒逛完的地方都看過一遍，最後得出一個結論，那就是這條街不適合他們家開店。在這個滿是高檔商品的街上，開間庶民小吃店真的有些突兀。

看到房二河有些憂慮的樣子，房言提醒道：「爹，您忘了，我剛才問過店小二，他說府城有一條街上賣吃食的比較多，要不然咱們去那邊看看？」

房二河嘆了口氣，說道：「也好。」

去了之後，房言看著這條街道，心想，這不就是古代版的美食街嗎？這條路上的人雖然不比主街道的多，但是看起來氣氛相當活躍。

除了各色小吃，還有有趣的玩具、漂亮的首飾，都是些價格低廉的東西。當然，說價格不高，也是相對於主街道上那些店鋪而言，跟縣城比起來還是比較貴。

看著人來人往的街道，房言抬起頭來看向房二河，房二河此時也正巧看向房言，父女倆相視一笑，達成了共識。

接下來，房二河一行人就去中人那裡詢問。

中人手頭上正好有一些要出租的店鋪，其中有幾間平房，臨街的一年租金要四、五百兩，不臨街的一年三百多兩。

房二河點點頭，讓中人帶他們去看看。

眼看店鋪都看完了，房二河他們還是沒什麼表示，於是中人說道：「房老闆，其實我手裡還有一個兩層的店面。上一戶店家如今還沒到期，但是已經確定不租了，屋主就把這間房子掛在我那裡，委託我往外租，你們是否要去看一看？」

房言問道：「他們的租約多久以後到期呢？」要是還有幾個月或是半年，他們也沒必要去看了。

中人笑道：「這個月月底到期。」

房言看了房二河一眼，房二河就道：「煩請您帶我們去看一看吧。」

等到中人把他們帶到店鋪的所在地之後，房言才曉得原來這裡是做酒樓生意的。

看見房二河的臉色，中人覺得有戲，馬上領著他們往店裡面去。進去之後，中人對掌櫃的說了一聲，掌櫃的就笑著點點頭。

此時已經過了飯點，也不是吃晚飯的時間，所以酒樓裡沒有幾個客人。

看過了一樓的裝潢，又上去查看二樓的空間後，房言覺得很滿意，只是不知道她爹有什麼想法？

房言站在二樓的窗戶邊往外面看了一眼，只見下方人來人往，感覺還不錯。接著她突然感覺到一道視線，轉移了一下目光，就發現這間酒樓對面店鋪的二樓裡，坐著兩個熟悉的人。

「童少爺！」房言驚喜地招了招手。

招財笑道：「房二小姐，今天又見面了啊。」

房二河本來在一旁看著的，這會兒聽到房言跟人說話的聲音，他也走到窗邊，一看到童錦元人在對面，他立刻朝他拱拱手。

童錦元瞧見房二河，也站起身來作了個揖。

因為兩間店鋪之間隔著一些距離，不太方便說話，童錦元跟身邊的招財說了幾句，招財就點點頭，離開了窗邊。

房二河等人正好看完二樓的佈置，他向童錦元示意了一下，就往樓下走了。

中人下樓前仔細看了看對面的人，再轉過身時，臉上的笑意加深了。「房老闆原來認識童少爺啊，真是失敬失敬。」

房二河笑著回道：「小哥客氣了。」

中人道：「房老闆才是真的客氣，您既然認識童少爺，說明房老闆不是做小生意的人，要是您看中這間酒樓，租金方面咱們還能再跟屋主商量商量。」

房二河笑著點點頭。「咱們再看看吧。」

剛到了一樓，招財就在那裡等著了，他看到房二河，就說道：「房老闆，我們家少爺有請。」

中人見狀便說道：「房老闆，那我就不打攪了，您要是覺得滿意，到時候再聯繫我。」

「謝謝小哥，你也辛苦了。」說著，他從兜裡拿出半兩銀子遞給中人。

中人收下了錢，笑著跟房二河等人告別。

出了門，房言才發現，對面是一家米糧店，招財帶領房二河一行人上了二樓。

童錦元今天是來這家分店查帳的，一往窗外看，正好瞧見站在窗邊的房言。他一開始還以為看錯，後來仔細一瞧，果然是她。後來招財才告訴他，午飯時間他曾在街上見過房言他們。

待房二河父女坐下之後，童錦元就問他們今天來府城的緣由。

房言笑道：「我大哥跟二哥來考院試，我與爹還有我們家胡管事陪他們來。」

童錦元也回以微笑，對房二河道：「兩位公子真是年少有為。」

房二河趕緊謙虛地直道「哪裡」。他不會把這誇獎當成一回事，因為他兩個兒子的童生身分別說是在府城，就連縣城都沒多少人放在眼裡，實在沒什麼好拿出來炫耀的。

說著說著，又提到了租店鋪的事，房二河說道：「我們家打算在府城開一家野味館，這不，兩個孩子考試，我們就出來逛一逛，看看店面。」

童錦元聽了之後，說：「是啊，前段時間就聽說對面掌櫃的要返鄉，店鋪要往外租了。

這裡的位置還行，如果租金不是特別貴的話，可以考慮一下。」

房言問道：「童少爺，這家店鋪也是你們家的嗎？」

童錦元看了房言一眼，說道：「對，這裡是分店，之前你們去的那一家是府城的總店。」

聽到這裡，房言點點頭。她覺得不用再考慮了，就租下對面的店鋪吧！她本來就想依靠跟童家的關係在府城開店，還有什麼比離他們近更好的嗎？

房二河瞄了房言一下，想到剛剛童錦元說的那些話，就問道：「請問童少爺，你們這間店鋪，租金大概多少呢？」

童錦元思考了一下，說道：「大概八、九百兩不等吧，總歸不會超過一千兩。」

房二河聽到這跟中人提出來的價格差不多，就放心了。

第五十九章　考中秀才

幾個人又聊了一會兒，忽然有人匆匆跑上樓來，對招財說了幾句話。招財聽了，趕緊去跟童錦元說起悄悄話，房言只聽到「潘小姐」三個字，其餘的就沒聽清楚了。

只見童錦元聽了之後，臉色不太好看，他抿抿唇，點點頭道：「知道了。」說完該說的話，招財就面無表情地退到一旁。

房二河見童錦元的神情有異，似乎是有什麼狀況，趕緊出言告辭。「童少爺，您先忙，我們幾個人再去逛一逛。」

童錦元點點頭，回道：「房老闆慢走，要是有什麼需要幫忙的，就來跟掌櫃的說一聲。」

房二河笑道：「童少爺客氣了。」

等到房二河他們離開以後，童錦元一張臉就徹底垮了下來。他對招財道：「你回去跟夫人說……就說我在查帳，忙不過來，不回去了。」

招財一聽到這話，有些猶豫地道：「可是夫人說……說潘夫人跟潘小姐已經快要到咱們府上了。」

童錦元的眼神頓時一冷。「你就說我去縣城的莊子盤帳了。」

招財頓時嚇得渾身哆嗦，一言不發。

童錦元冷冷地看他一眼，說道：「你沒聽到嗎？」

招財緊張地道：「少爺，您去盤帳，不帶僕人嗎？能不能……那個，我要是回去，不就露餡兒了嗎？」

嘆了口氣，童錦元說道：「走吧。」

招財疑惑地說道：「少爺準備回家了嗎？」

童錦元瞥了他一眼。「你不是說要跟我去莊子盤帳嗎，還等什麼？」

招財愣了一下，視死如歸地跟了過去。跟著少爺去莊子盤帳，總比一個人獨自面對夫人的怒火要好得多。少爺明顯不喜歡潘小姐，夫人卻偏偏急著為少爺訂親，他們這些僕人也很為難啊。

直到出了府城，招財才知道，他們家少爺不是在開玩笑。

「少爺，咱們真的要去莊子啊？」招財有些擔心。看樣子回去不好過了……

童錦元一邊看著手中的帳本，一邊道：「當然，既然說要去，就得去。」

他娘早已看透他為了逃避訂親而使出的各種小伎倆，儘管如此，他還是不願放棄任何能喘息的空間。

別說他根本不喜歡那個女人，光是她刁蠻任性、在他母親跟祖母面前卻裝得一副柔順乖巧的樣子，就讓他想吐！

江氏在家裡聽到僕人的回話，氣得把茶碗重重地放在桌上，一時之間，屋內安靜得一點聲音都沒有。

兒子今年十七歲了，自從上次訂親的對象過世之後，他似乎就消沈下來，對於親事也不熱衷。

由於之前女方發生那種事，他們覺得虧欠了兒子，所以相看之前都會跟他說一聲，可是每次都是說了之後就沒了下文。

就這樣拖過一次又一次，都要兩年了，江氏實在忍不住想快點為他定下一門親事。

潘家是京城人士，家裡有人在朝中做官，潘小姐父親這一房負責掌管家族的生意，很多商鋪都在府城。這個背景跟他們家差不多，因此江氏頗為滿意。

因為潘家很疼愛這個女兒，所以想在訂親之前見一見童錦元，於是雙方當初約好在大佛寺見面。

江氏知道兒子對親事避之唯恐不及，就沒提前告知他，等到了大佛寺之後，兩家就假裝湊巧遇到。

結果潘小姐一眼就相中她兒子，她還以為這次有希望了，不料她兒子卻對潘小姐厭惡得很。

今天潘小姐又藉故來見她兒子，這已經是第三次了。她兒子之前還見過潘小姐一回，這次卻說什麼都不肯見了，還躲到縣城的莊子去。

想到這裡，江氏就氣得心窩疼。

她心想，等我給你訂了親，看你還能躲到哪裡去！

房二河一行人又在府城逛了幾天，最後他們還是覺得，童家米糧店對面的那家店鋪比較好。等到房伯玄跟房仲齊考完試，休息一晚上之後，房伯玄也過去那裡察看環境。

看到童家的店鋪就在這間酒樓對面，房伯玄的心情有些複雜。

他心想，那個童少爺家裡很富有，但是年紀不小了卻還沒訂親，不知道他對自家小妹有沒有什麼特殊的心思？

剛這麼想，房伯玄就聽到對面米糧店的夥計對來買東西的人說道：「咱們家少爺今日訂親，老爺說，所有米糧店的東西都只賣原價的九五成！」

「大郎、大郎？」房二河喊了房伯玄幾聲。

「怎麼了，爹？」

「爹想問你，你是怎麼想的？覺得這家店鋪如何？」

房伯玄笑著回道：「我覺得這家店鋪挺好的，可以租下來。」

看到房伯玄很滿意的樣子，房二河點點頭，笑道：「嗯，爹也覺得這裡很適合。」

「不過，爹，您平時記得跟童家保持良好關係，咱們家在府城人生地不熟的，要是有童家能夠依靠，正好能給那些想找事的人一些警醒。」

房二河皺了皺眉。「大郎，這麼做不太好吧？咱們跟童家交往並不深；再說了，之前賣機器的時候，咱們也沒少收他們家的錢。」

房伯玄笑了笑，說道：「爹，我聽小妹說前幾日你們來，童少爺還特地把你們請到對面去坐，是不是有這麼一回事？」

房二河點點頭，回道：「的確是有這麼一回事。」

房伯玄說道：「爹，那不就行了，看來童少爺也想幫咱們忙，您就不要推辭了。咱們家的雞蛋不是一直供給童少爺家嗎？不然這樣吧，到時候咱們家在府城的店鋪就不要賣雞蛋，免得利益上起了衝突。」

猶豫一下之後，房二河說道：「這……爹還是覺得占了童家的便宜。」

「爹，不管做什麼事，都是講求有來有往，您又怎麼知道童家以後不會需要咱們家的幫助呢？您要是覺得不好意思，也不需要特別巴結，多為對方著想就是了。」

房二河聽了房伯玄後面說的話，點點頭。

其實房伯玄沒說出口的話是：不管有沒有說什麼、做什麼，米糧店的掌櫃與夥計早就知道您是他們東家的熟人，自然會特別關照。

中人聽到房二河家有意租下房子，很是開心。這麼一大筆中人費就要到手，能不興奮嗎？

至於價格方面，屋主聽說房二河家跟童家認識，就過來商議一下，算得便宜一些。就這樣，他們家以每年八百二十兩的價格租下了兩層的店鋪。

因為房二河身上沒帶那麼多錢，而且上一個租戶也還沒離開，所以他們只付了押金。

考試的成績一時半刻是出不來的，他們也沒在府城空等，付了押金的第二天，一行人就回去了。

房二河等人回到家之後，王氏先是關心一下兩個兒子，然後才聽到房二河說在府城租了兩層的店鋪，準備讓野味館多一間分店。

之前家裡只多開了幾分地，如今確定要去府城，這些地可就不夠了，於是房二河立刻要僕人們再闢了一些地出來。

最後那兩畝多的空地整理好的當天，房二河隨即要人移了一些菜地的土過去，然後抓緊時間，往裡面種了一些野菜。看著一天天長起來的野菜，房二河緊繃的心情放鬆不少。

府城的店鋪雖然還沒正式由他們負責，但是房二河又去了一趟。之前童錦元買他們家的機器時，他就知道他們家有木製品店。於是房二河直接問童家米糧店的夥計，很快就找到「江記」，隨即在那裡訂做了一批桌椅、板凳以及碗筷等等。

房二河在店裡看到他們家賣出去的水果榨汁機與絞肉機，那兩種機器在這間店有許多種類，有鐵製的、有木頭的；有大的、有小的，包含各種價位，比他們之前做的精細多了。

當然了，這些事情童錦元並不知道，他正因為「被訂親」這件事而焦頭爛額中。

又過了幾天，有幾個人騎馬去了房家村。

「請問這裡是不是房伯玄家？」其中一位官差問道。

老丁頭一聽，就知道他們是來找自家大少爺的，但看到這些官差，他著實嚇了一跳。

不過，老丁頭又覺得這些官差不像以前見到的那麼可怕，而是滿臉笑意，他也不知道這到底是怎麼回事，只能緊張地答道：「是、是的。」

那位官差笑道：「煩請您去通報一聲。」

「喔、喔，好的。」說完，老丁頭「砰」地一聲把門關上了。

站在門外的官差們看著房二河家的房子，都驚訝不已。本以為這個小村子住的都是些貧窮人家，沒想到這裡卻蓋了這麼大一座院落，看起來不輸任何有錢人。

過了一會兒，房伯玄從屋子裡面出來了。

打開大門後，一見到官差，房伯玄也知道是怎麼回事了。他立刻吩咐老丁頭把正門打開，好把這幾個人迎進去。

因為這些官差是從村口過來，還問過村民房伯玄家在哪裡，所以很多人都好奇地靠了過來。

只見官差還沒進家門，就在門口笑道：「恭喜秀才老爺，您考了第一名，是此次院試的案首。」

村民們聽不懂什麼是「案首」，但是他們卻明白「秀才」兩個字。此時這些人熱烈、興奮地討論起來，彷彿那個考中的人是他們一般。

沒想到，村民們還沒聊完，官差又開口了。「請問房仲齊是否也在這裡？」

房伯玄臉上露出笑意，回道：「是的。」

「那他是否在家呢？」

房伯玄說道：「不在家，剛出發去山上了，我這就讓人去把他叫回來。」

說著，房伯玄看向房乙，低聲對她說了幾句話。房乙點點頭，趕緊出去找人了。

「恭喜，房仲齊老爺也考上秀才了，第二十九名。」官差說道。

雖然房伯玄剛才就猜到房仲齊也考上，但是官差沒宣佈之前，他也不敢確定，這會兒一聽，終於放心了。他趕緊說道：「多謝幾位，裡面請。」

房伯玄正跟官差說著話呢，房二河、房仲齊跟房言他們就回來了。

有村民看到房仲齊，趕緊說道：「齊哥兒，你考上秀才了！」

「恭喜二河哥，你兩個兒子都考上了。」

「二河，你們家兩個孩子都考上了！」

房言聽著村民你一言、我一語的，從中找出了重要的資訊——她兩個哥哥都考上秀才了！房言看了站在門口的房伯玄一眼，房伯玄笑著朝她點點頭。

「您就是房仲齊老爺吧？恭喜，您考上秀才了，第二十九名。」官差看到房仲齊，又重複了一遍方才說的話。

房仲齊雖然已經聽人說過，但是這會兒親耳聽到來自官差的恭喜，感覺還是很不一樣，他整個人都快飄起來了。

官差看到房二河，又說道：「恭喜房老爺，您家有兩位公子考上了秀才。」

房二河激動得眼淚都要流出來了。兒子們考上秀才之後，他們家就跟原來完全不同了，這跟考上童生不一樣，是很大的一道坎。現在他兩個兒子都考上秀才，也算對得起列祖列宗了！

「官差大人們，快請進！」房二河趕緊邀請他們進屋。

幾位官差推辭了一下，其中一個說道：「不了，房老爺，我們還要去別家報喜呢。」

房二河拉著他說道：「就一盞茶的時間，耽誤不了多少事情，快請進。」

等官差們進去的時候，房二河站在門口說道：「過幾天我們家會設宴請各位吃上三天，大家記得賞光！」

村民們一聽，都開心地歡呼起來。

官差們一進屋，房言就跑去告訴王氏與房淑靜這件事。

得知這個消息，王氏的眼淚一下子就流下來。院試有多麼難考，沒人比她更清楚，她娘家大哥考了那麼久都沒考上，而她兩個兒子卻是一試就中，這真是天大的喜事啊！

房淑靜忍不住哭起來；房言本來不想哭的，但是看到自己的娘跟姊姊喜極而泣，也跟著流眼淚。

以後不需要那麼擔心受怕，也不用活得如此戰戰兢兢，她兩個哥哥有了功名，他們家不會再任人宰割了。這個等級森嚴的世界，無權無勢實在太可怕，他們終於邁入了更高的階層。

她們哭了一會兒之後，房乙走了過來，說道：「夫人，老爺問賞錢準備好了沒有？他說要夫人每個荷包裡面再多放一兩銀子。」

王氏這才想起要給賞錢的事，之前還是小女兒提醒他們要提前準備的。原本裡面放了一兩銀子，如今一下子考上兩個，多放一兩也沒什麼。

擦了擦眼淚，王氏向房乙確認過外面有幾個官差後，就去拿錢了。放好了錢，王氏把幾個荷包放入小箱子裡遞給房乙，房乙就抱著一箱子賞錢去了前面。

官差們知道報喜是個好差事，因為人家會給賞錢。他們剛剛進來喝茶，就知道房二河家懂這個道理，要是遇見不懂的，也只能自認倒楣。

掂掂手裡的荷包，又摸了摸形狀，官差們都知道裡面是什麼東西了，臉上的笑容頓時更加燦爛。

等官差們離開，房二河在大門口遇到結伴而來的村長等人，於是他又把這批人迎了進來。

房家村輩分最高的長輩如今已經六十九歲，是遠近聞名的高壽之人，大家都稱他「祖爺爺」。

祖爺爺用長了些斑的雙手握住房伯玄與房仲齊的手，老淚縱橫，過了半晌才擠出「好，好，好」三個字。

房伯玄回握他的手，扶著他在上位坐下來。

祖爺爺捨不得放開他們兩個的手，說道：「我有臉去見咱們房家的列祖列宗了，你們做得好、做得好……」

房伯玄看了房乙一眼，房乙立刻遞來一條手帕，房伯玄就讓祖爺爺拿去擦了擦眼淚。

等祖爺爺的情緒平靜下來，房明生說道：「自從咱們房家遷到這裡來之後，沒出過一個秀才，還是玄哥兒和齊哥兒爭氣啊！」

祖爺爺道：「明生，今天咱們要開祠堂告慰一下祖宗。」

房明生回道：「好，記住了，六爺爺。」

「真是沒想到，我還能等到這麼一天。」祖爺爺說著，又用手帕抹了抹眼角。

一群人正說著話，老宅的人得到消息之後也過來了。

他們聽說報喜的人去了房二河家，所以在家裡等了好久，結果卻沒等到報喜的官差，頓時明白房峰今年又沒考上。

雖然房峰沒考上，但是房伯玄跟房仲齊榜上有名，房鐵柱與高氏猜測村裡的人早就去了，所以收拾一下之後，就去了房二河家。

房大河雖然心裡不是滋味，還是跟著自家爹娘出門了。

第六十章　陳氏遭訓

老宅內，房峰見陳氏在默默哭泣，便說道：「娘，您別哭了，都怪兒子不爭氣，要是兒子認識什麼孫少爺、童少爺的，早就考上秀才了。」

房峰這會兒依然不覺得自己技不如人，反而覺得是房伯玄跟房仲齊認識有權勢的人，才能考上秀才。

陳氏聽了這些話，也被帶偏了，她哭道：「你舅舅幫你找的私塾還是不行。峰兒，咱們還是去找你二叔吧，要他們去求孫少爺，讓你也去霜山書院讀書。」

房峰冷笑道：「娘，您還要去求二叔啊？他們家已是今非昔比，哪裡瞧得上咱們？」

陳氏越想越覺得自己的方向沒錯，她說道：「管他們瞧得上瞧不上，娘都要去說，他們別想就這麼算了。」

說到這裡，陳氏內心起了一股狠勁。

她就不信，當著這麼多人的面，房二河家敢拒絕他們？要是真敢的話，就別怪她不顧親戚的面子了，她兒子不好過，他們也別想舒坦！

「娘，我沒考上，心裡不是滋味，要是想去二叔家的話，您就自己去吧，我不陪著您了。」

說完，房峰就回了自己的房間。

陳氏收拾一下之後，就前往房二河家。這是她第二次來二房這裡，上一次還是新房子剛蓋好的時候來的。

王氏正跟一群婦人在一起談天說地，大夥兒臉上的神情都非常愉悅。見到陳氏來了，王氏趕緊招呼她坐下。

陳氏的表情不太好看，勉強才擠出一些笑容。

幾個人正說著話呢，陳氏突然來了一句。「玄哥兒跟齊哥兒考上了，多虧去了霜山書院讀書啊。」

王氏看了陳氏一眼，回道：「大嫂這話說得也有道理，自從我們家兩個孩子去了霜山書院，書讀得比從前好多了。」

聽到這句話，在場很多人都開始打探起霜山書院，像是位置在哪裡、怎麼這麼神奇、有什麼特殊的地方之類的。

李氏與許氏都在縣城待過，自然知道霜山書院的名氣有多響亮，況且許氏的兒子房森今年才剛考進去，所以她們兩人就跟別人介紹起來。

一聽到許氏的兒子也進去那邊讀書，陳氏的臉色更加難看。

二房也太不把他們當一回事，連隔房的人都肯照顧，就是不理會他們這同一支的，不會是因為她兒子太出色，怕他去了之後搶了他們的風采吧？

「弟妹，你們認識縣城的孫家吧？」陳氏忽然說道。

房言本來在跟房荷花還有房蓮花她們聊天，前面聽到陳氏提起霜山書院的時候，她就有所警覺，再聽到這句話時，她就知道這個伯母今天大概是來找碴的。

王氏也覺得陳氏說的話似乎有些莫名其妙，不過當著這麼多人的面，她還是答道：「的確認識。」

陳氏等的就是這句話，王氏一說完，她就回道：「聽說孫家跟霜山書院的山長相識。」

就算王氏的心思再單純，也明白了陳氏的意思。她的臉冷了下來，質問道：「大嫂，妳這話是什麼意思？」

此話一出，本來亂糟糟的屋裡，瞬間安靜下來。

陳氏笑道：「我是什麼意思，難道弟妹不知道嗎？妳兩個兒子都考上秀才，還怕被我們家峰哥兒搶了風頭嗎？」

王氏聽到陳氏的話，不明所以地說：「我們家什麼時候怕峰哥兒搶了風頭？大嫂這話我不太明白。」

「弟妹怎麼會不明白呢？我今天才知道，連北子家的孩子都能去霜山書院讀書，我們家的峰哥兒卻沒能去，這不是很可笑嗎？我就是這個意思。希望弟妹今天能給我一個說法，也給我個準信，要是沒有的話，可別怪我什麼都往外說了。」

這話讓王氏氣得不得了。「大嫂，妳說這些話誅不誅心？峰哥兒能不能去霜山書院讀書，我們怎麼有辦法決定？森哥兒考進去，是因為他書讀得好！」

陳氏冷笑道：「難道我們家峰哥兒還沒有森哥兒書讀得好嗎？他都考上童生了，森哥兒卻還什麼都不是呢。」

到了這個時候，房言實在聽不下去了。她這伯母也太會惹是生非，這不是赤裸裸的威脅嗎？要是被有心人渲染，肯定會演變成對她兩個哥哥不利的流言蜚語。說穿了，她不就是看到自己的孩子沒考上，所以過來噁心他們嗎？

不過，她的哥哥們都是憑真本事考上的，他們不怕！

想到這裡，房言走出隔間，站到了王氏身邊。

「伯母，您這些話我就不懂了，霜山書院是多好的地方啊，哪裡是想進就能進的。森哥之所以考得進去，也是靠他的真本事！北堂嬸，您說是不是？」說著，房言看向了許氏。

從剛剛陳氏開始挑釁的時候，許氏就憋了一肚子氣，但是她不太會說話，明明心裡著急，就是不知道該怎麼說才好？這會兒聽到房言這麼說，趕緊感激地點點頭。

「而且啊，霜山書院裡面分得可清楚了，一種是準備考童生的，一種是準備考秀才的。森哥不是童生，考進去了不奇怪，大堂哥是童生，卻沒能考進秀才班，只能怪他自己學得不好！」房言說道。

陳氏聽到房言最後一句話，整個人火氣都上來了。別人說什麼都行，就是不能說她兒子書讀得不好！她厲聲說道：「我們家峰哥兒書哪裡讀得不好了，我看讀得不好的是妳兩個哥哥吧?!」

房言實在是有些想不通自己的伯母今天是哪根筋不對，難道是因為自己的兒子考了好幾次都沒考上秀才？還是嫉妒她兩個哥哥一路順風順水地考上童生又考中了秀才？

不對，她該不會是把自己兒子沒考上秀才的原因推到他們頭上了吧？這可真是奇了。這種毫無根據的話，可不能任由她隨口說說！

「伯母，希望您慎言。如今我兩個哥哥已經是秀才了，您要是隨意誣賴我們家，可是要坐牢的！」房言緊緊地盯著陳氏說道。

李氏在一旁聽了這麼久，終於忍不住了，她說道：「大河嫂，妳莫不是因為峰哥兒沒考上，所以心裡不舒坦？我看妳還是先回家去吧，二河嫂會體諒妳心情不好，不跟妳計較的。是不是啊，二河嫂？」

此話一出，在場的其他人都明白了。說實話，她們原本只覺得陳氏臉色不好看、說話不好聽，卻沒聽明白陳氏為什麼要這樣？李氏一點出關鍵，大家就知道陳氏為什麼要做這種事了。

人群中，有人開口道：「大河家的，秀才哪是說考就能考上的，像二河家的玄哥兒跟齊哥兒這麼聰明的可沒幾個，沒看見那麼多五、六十歲的人想考還沒能考上嗎？妳也不要太傷心，峰哥兒還沒二十歲，先讓他成親，再慢慢考就是了。」

陳氏被人這麼一說，心中的怒火更加難以壓抑，她只認為這些過去經常巴結她的人，因為她兒子沒考上秀才就轉頭討好別人。她覺得自己受了莫大的委屈，看了一圈屋裡的人，就轉頭出去了。

到了院子裡，陳氏正好看到村裡德高望重的那群人，眾星拱月般地圍著房二河說話。

陳氏心一橫，走了過去，對房二河說道：「二叔，如今你們家玄哥兒跟齊哥兒都考上秀才了，你就去求求孫家讓我們家峰哥兒也進霜山書院讀書吧！」

房二河還沒說話，房伯玄的眼神先冷下來，他說道：「伯母，您說的是什麼話？霜山書院要靠自己的本事考進去，豈是誰想進就能進的地方？」

陳氏如今看到房伯玄與房仲齊就有氣。要不是他們倆，她的兒子依然是村子裡書讀得最好的。她生氣地道：「玄哥兒，你這話說得就不對了。你過去書讀得那麼差，要說你是光明正大考進去的，誰相信啊！」

「住口！」祖爺爺聽到這種話，氣得拿著枴杖捶了捶地，一時之間枴杖都要被捶壞了。「這是誰家的？大河家的是不是？你怎能讓她在這裡胡說八道！她一個婦人懂什麼，竟然敢誣衊秀才老爺，我看今天開祠堂時就把她休回家去吧！」

當陳氏說出那些話的時候，房鐵柱跟高氏在一旁差點沒氣暈，這會兒祖爺爺開口訓人了，他們頓時一句話都不敢說。

陳氏聽到祖爺爺的話，瞬間呆住了。把她休掉？為什麼？她不就是多說幾句無關緊要的話嗎，事情怎麼會這麼嚴重？不過她很清楚這個祖爺爺說話的分量，想到這裡，她的後背冒出了冷汗。

「祖爺爺，我不是……我不是那個意思。」陳氏囁嚅道。

「不是那個意思是什麼意思？大河家的，以後再讓我聽到這種話，不用六爺爺發話，我先把妳逐出村去！」房明生厲聲說道。

他們房家村好不容易出了兩個秀才，其中一個還是頭名的案首，眼看前途一片光明，他們村子興旺發達，指日可待，若是因為一個婦人的嫉妒心壞了秀才老爺的名聲，豈不是讓祖宗的基業毀於一旦？

祖爺爺看了陳氏一眼，說道：「大河，把她領回家去，今天開祠堂你不用去了。」

房大河聽到這話，臉色瞬間轉白。開祠堂是多麼重要的事啊，他身為家裡的長子，竟然被勒令不許去，這對他來說簡直是侮辱。

祖爺爺說完這句話，看都沒再看他們，就帶著幾個人去祠堂了。

陳氏扯著房大河的衣角，說道：「大河……大河，你倒是說句話啊。」

房大河看著眾人遠去的背影，喃喃道：「我還能說什麼，妳以後再也不要這樣了，不然我真的要把妳休回家去。」

說完這些話，房大河失魂落魄地回家去了，而陳氏則是癱坐在地上。

房言聽到房甲的稟報，忍不住笑起來。她這伯母真是個拎不清的，也不看看今天是什麼場合、不想想他們家如今是什麼身分，就這樣隨隨便便亂說話，還以為能全身而退？

過去有人敢在村子裡敗壞他們家的名聲，可能還會有人跟著說幾句，如今應該沒人敢講什麼了。誰讓房家遷到這裡來以後沒出過一個秀才，偏偏她兩個哥哥今年全都考上。雖然秀才在外面說起來並不算什麼，但是在他們村子就是最被尊崇的存在。

想到他們房家祖爺爺的做法，房言心裡就覺得痛快。她拿了二兩銀子去找正在幹活的老丁頭，要他趕緊找人去縣城買一根好的枴杖來。

不到半個時辰，枴杖就買回來了。房言見這枴杖材料著實好，而且負責跑腿的小廝更透過話術讓價格便宜了十文錢，便對他說道：「你叫狗剩是吧？這件事做得不錯，賞你兩文錢。」

狗剩高興地接過房言給他的銅錢，說道：「多謝二小姐賞，這都是小的應該做的。」

房言說道：「你倒是怪伶俐的。對了，你知道祠堂在哪裡吧？拿著這根枴杖去祠堂交給大少爺。」

狗剩笑著回道：「好，小的馬上就去。」

狗剩到了祠堂，看到一群大老爺們在商議事情，裡面鬧哄哄的，便彎著腰，小心翼翼地走到房伯玄面前。

房伯玄一看是家裡的僕人，就低下頭看著他。

狗剩拿著枴杖，低聲道：「大少爺，這是二小姐吩咐小的去縣城買回來的。」

房伯玄看到枴杖，挑了挑眉，心想，果然還是他們家小妹最機靈。房伯玄示意狗剩跟著他走，狗剩就高興地拿著枴杖跟在房伯玄身後。

「祖爺爺，我看您枴杖用的時間長了，就特地讓僕人去幫您買了一根新的。」

祖爺爺看著房伯玄遞過來的枴杖，摸了摸，心知這東西不便宜，況且這是秀才老爺親自遞給他的枴杖，說出去都會被人羨慕。

他覺得眼前這個少年郎不僅書讀得好，還很會做人，看來他們房家一族振興有望，只是不知道他還能不能活著見到這一切……

接過枴杖之後，祖爺爺說道：「我還不知道能活幾年，買這麼好的東西做什麼？」

房伯玄笑道：「祖爺爺說的是哪裡的話，東西是死的，人是活的。祖爺爺能用得上，是這根枴杖的福氣，也是我的榮幸。」

看著房伯玄謙遜的樣子，祖爺爺說道：「玄哥兒，你真的很出色。不用在意那些人說的話，好好讀書，將來咱們房家的前途就靠你了。」

房伯玄拱拱手，說道：「祖爺爺言重了。」

開祠堂的事結束後半晌，房二河才喝得醉醺醺地返家。房伯玄與房仲齊雖然也是滿身酒氣，卻沒有醉態。

王氏一邊埋怨房二河喝得太多，一邊扶著他去房間休息，一時之間正屋裡只剩下他們兄弟姊妹四人。

從官差來報喜到現在，房言還沒能跟房伯玄與房仲齊說上什麼話，此時她笑道：「忘了恭喜兩位哥哥考上秀才啦。」

房仲齊回道：「今天這句話聽得耳朵都要起繭子了。」

房言現在整個人感覺輕鬆愉快，她問道：「二哥，你心情怎麼樣？」

聽到房言的問題，房仲齊往臥榻上一躺，想了想後回道：「心情麼……覺得很開心，也很驕傲，沒想到自己有一天能考上秀才，以前覺得『秀才』這個名號離我實在很遙遠。」

房淑靜笑道：「從前我也覺得秀才離咱們很遠，沒想到家裡一下子就有了兩個，這可真是天大的喜事啊！」

房言回道：「可不是嗎？絕對是村子裡一等一的大喜事了。」

聽到弟弟妹妹們的話，房伯玄淡笑著說：「才一個秀才就滿足了，虧你們幾個還在縣城待了那麼久。老實說，秀才算得了什麼呢，連咱們家最冷靜的小妹都不淡定了。」

房言看著房伯玄的眼睛道：「是啊，只不過我想的事情跟你們一樣，又不一樣。一樣的地方是，為你們考上秀才而感到興奮；不一樣的是，我是為了咱們家的地位跟以往大不相同而覺得慶幸。」

她還記得夢境裡的內容。前世房仲齊讀了很多年的書都沒考上秀才，而房伯玄也不是案首。雖然那時候很多人因為房伯玄考上秀才而過來說聲恭喜，但是他們家當時恨透了村裡那些危難時不肯伸出援手的人，也把人家的好意都當成巴結，並未多加理會。

這一世，村民們雖然同樣過來道賀，但是她能感覺到大家的真心實意。很多人並不是想占他們什麼便宜，只是單純開心村子裡有了秀才老爺，他們與有榮焉罷了。

房言的話讓兄姊們心有戚戚焉，幾個人又說了一會兒話之後，房伯玄與房仲齊就漸漸支撐不住，回房睡覺去了。

等房二河醒過來的時候，房淑靜就吩咐廚房準備醒酒湯。到了晚飯前，睡得最久的房仲齊也醒過來了。

吃飯的時候，王氏笑道：「明天咱們去寶相寺燒香吧，那裡的香真的怪靈驗的，每次祈禱都有效，咱們明天還願去。」
一家人聽了，欣然應允。

第六十一章　興建族學

在大殿裡參拜完，房言跟房淑靜兩個在院子裡逛起來，房言見房淑靜一臉心事重重的樣子，不禁問道：「姊姊，妳可是擔心大山哥？」

房淑靜的臉蛋瞬間變紅，她點點頭。「嗯。」

房言寬慰道：「姊姊，妳不用擔心，大山哥一定會沒事的。妳剛剛不是為他祈福了嗎？娘說過，這裡的香火最靈驗，神明肯定會保佑大山哥的。」

「嗯。」

兩個人走著走著，晃到了姻緣樹附近。房言為了轉移房淑靜的注意，於是說道：「姊姊，妳快看，那不是姻緣樹嗎？聽說這棵樹也很靈驗，妳說咱們要不要試一試啊？」

房淑靜的臉更紅了。「還是不要了吧，我沒什麼好求的。」

房言看著站在樹下的一位姑娘，說道：「姊姊，妳看，那位小姐一看就是待字閨中，人家不一樣在那裡掛紅繩了？妳也去試試吧，萬一準了呢？」

房淑靜扭扭捏捏的，一時之間拿不定主意。

見到那小姐跟丫鬟離去，房言立刻催促房淑靜上前。房淑靜終於忍住羞意，向樹旁的一個老婆婆買了一根紅繩。那根紅繩兩端掛著小鈴鐺，房淑靜左右看了看，確定沒人看著這裡，趕緊閉著眼睛，把紅繩往上面一扔。

她一扔出去，房言就驚喜地喊道：「姊姊，掛上去了！」

房淑靜一聽就睜開眼睛。她不知道自己把紅繩扔到哪裡去，往上面一看，到處都是人家掛上去的紅繩，她立刻要房言指出來給她看。

房言指出了那根紅繩的位置，房淑靜好一會兒才知道她指的是哪一根。

兩姊妹正看著樹上的紅繩呢，突然聽到身後傳來腳步聲。房言下意識地往後面一看，就看到了兩個認識的人。

房言笑著打招呼道：「童夫人好、童少爺好。」

童錦元本來緊繃的臉色，在看到房言時放鬆一些，他點點頭，說道：「房二小姐。」

江氏只見過房言一面，有些記不得這個小姑娘是誰，神情顯得有些疑惑。

房言看出她的困擾，笑道：「童夫人，去年的時候，咱們在這裡見過一面，您興許是忘記了。」

一經房言提醒，江氏就憶起眼前的人是誰了。

她拉著房言的手，說道：「原來是那個聰明的小丫頭，一年不見，不但個子長高，模樣也越來越水靈了，我差點沒認出來。」

房言回道：「夫人倒是沒變，還是那麼雍容華貴，我一眼就認出您來了。」

江氏本來被童錦元的態度悶得整個人很難受，聽到這些話，心情頓時舒緩不少。「妳還是這麼會講話。對了，這位是……」

她看著房言身旁的房淑靜，覺得她們長得挺像的。

房言介紹道：「夫人，這位是我的姊姊，姊姊，這是童夫人。」

房淑靜福了福身，說道：「童夫人好、童少爺好。」

江氏笑著誇獎道：「妳們姊妹倆長得真是好，我這裡有兩個荷包，妳們拿去賞玩吧。」

房言跟房淑靜先是推辭，但是見江氏笑咪咪地看著她們兩人，拿著荷包的手沒有收回去的意思，房言不好一直拒絕，便說道：「謝謝童夫人。」

見童錦元與江氏之間的氣氛有些尷尬，房言心想，這對母子可能還有事要談，就想跟他們告別。不料話還沒說出來，童錦元就開口了。

「妳上次說妳兩個哥哥去府城考試，看樣子考上了吧？」

房言一聽到他提起這件事，眼睛立刻笑彎了。「是啊，我大哥跟二哥都考上秀才了。」

童錦元看到房言開心的樣子，臉上浮現一絲笑意，他回道：「那可真是恭喜你們家了。」

雖然最近房言已經聽到無數聲「恭喜」，但是此時聽到童錦元這麼說，她仍舊非常開心地說道：「多謝童少爺。」

江氏聽了，也感興趣地說：「喔？妳兩個哥哥同時考上秀才？這可是大喜事！」

她知道那間作為自己嫁妝的木製品店，是被房言發明的榨汁機與絞肉機救活的，也知道房言家大致上的背景，他們這樣條件普通的人家能同時出兩個秀才，真是不得了。

房言對童夫人說道：「是，兩個哥哥都考上了，而且我大哥還考了第一名，是案首。」

童錦元挑了挑眉，回道：「我記得妳哥哥縣試跟府試也考了第一名吧，那妳哥哥豈不是中了小三元？」

房言笑著點點頭，感到很驕傲。

江氏一聽到房伯玄考得這麼好，開始重新審視這一家人了。

童錦元問道：「前幾天我聽米糧店的安掌櫃說，你們家把對面的酒樓租下來了是嗎？聽說酒樓老闆已經搬走，你們家的店鋪什麼時候開張？」

房言聽到童錦元提起這件事，不禁暗自高興。看來米糧店的掌櫃果然記住他們家了，這可是好事。

「對，租下來了。之前我爹等著院試放榜，一時之間沒心思打理那家店鋪，再過幾天，我爹就要準備開業了。對了，桌椅、板凳、碗筷什麼的，都是去江記訂做的，我爹說，那些東西不但美觀，而且非常精細。」

江氏聽到東西是在江記做的，就笑道：「怎麼不早說，我好讓他們仔細地做。」

房言回道：「夫人家的店鋪做工很好，即使不說，他們也做得很細緻，我爹相當滿意。」

童錦元聽了之後說道：「嗯，過幾天你們去了府城，有需要的話就跟安掌櫃說一聲，我已經交代好了。」

房言雖然早就想稍微依靠一下童家，但是並未想過馬上就能得到幫助，此時聽到童錦元主動提出來，就高興地道：「那就多謝童少爺了。」

又說了幾句話，房言跟房淑靜就識趣地告退了。

等到她們姊妹倆離開，江氏留意著自家兒子的目光，說道：「錦元，你今天的話似乎多了一些。」

童錦元立刻收回視線，微微有些不自在地道：「哪有，只是之前他們去府城找店鋪的時候恰好見過，所以多談了幾句。」

江氏嘆了口氣。「自從訂親，娘許久都沒見你笑過了，你可是還在埋怨娘？」

童錦元抿抿唇道：「沒有，娘您多慮了。」

江氏又嘆道：「娘這也是為了你好，你如今已經不小，再不成親，別人不知道會說你什麼？劉小姐死了之後，你遲遲不肯再訂親，外面有很多傳聞，娘聽了心裡苦啊。」

童錦元想起那件事的原委，皺了皺眉。「娘，其實您根本不用理會別人怎麼說。」

江氏猶豫了一下，問道：「錦元，你既然不在乎那些話，那你跟娘說，你不滿意這樁親事，是不是因為心裡還想著劉小姐？」

童錦元無奈地回道：「娘，您想到哪裡去了，我跟劉小姐根本沒見過幾次面，哪裡就想著她了？」

說句沒良心的話，他甚至不記得劉小姐長什麼樣子。不僅現在不記得，以前也沒看清楚過。

江氏鬆了口氣，說道：「沒想著她就好，她那樣的人，也不值得我兒子念著她。」

童錦元見他娘老是提起那件事，便轉移話題。「娘，您趕緊拜一拜吧，我還有事，先去門口等您，您拜完了就去馬車那裡找我。」

說完，童錦元跨著大步離開了。

江氏見狀，不禁抓著身邊董嬤嬤的手說道：「錦元他還是怪我，怪我為他訂了這門親事。」

董嬤嬤立刻安慰道：「少爺他還年輕，等他成親有了孩子，就能懂夫人的苦心了。」

江氏點點頭。事情演變到這個地步，她也只能接受現況了。

等房言他們從寶相寺出來、到了山腳下的時候，守在馬車旁的狗剩說道：「老爺，這是一位童夫人派人送來的禮品，說是慶賀兩位少爺考上秀才。」

房二河詫異地問道：「童夫人？」

與房淑靜互看了一眼，房言就說道：「爹，我跟姊姊剛才遇見童夫人與童少爺，他們說起這件事，我就據實以告了。」

房二河頷首道：「原來是這樣。狗剩，快找找，看看童少爺他們可還在，咱們好過去道謝。」

狗剩回道：「老爺，剛才我看到童家的馬車離開了。」

既然人已經走遠，房二河他們只好把禮物收下，等著改天去府城時再上門道謝。

回到家，房言看了看賀禮的內容，都是上等的筆墨紙硯，一共兩套，這童夫人可真是大手筆啊！

她當時明明瞧見童夫人與童少爺似乎有心事，沒想到童夫人竟然還記得送禮給他們，真不愧是大戶人家，禮數就是周到。

房言一開始還不明白江氏是從哪裡買來的筆墨紙硯，後來房二河才告訴她，寶相寺附近有一間極出名的文具店，這才解開她的疑惑。

兩天後，房二河開始宴客。他去縣城請了幾個廚子過來，在自家門口的空地上，擺了十幾桌流水席。

所謂流水席，就是擺上好幾張長桌，然後把桌子併成一長條；桌子兩側擺滿長板凳，想坐在哪裡，就坐在哪裡。

宴客這三天，房二河家每天都很熱鬧，畢竟這是大喜事，很多人都過來沾沾喜氣。好在房言家養了很多豬，剩下來的菜一點都沒浪費，全都進了豬的肚子。

相較於眾人的喜悅，房伯玄這三天的臉色卻是顯得有些凝重。

等到第三天晚上，門口的長桌都撤了之後，房伯玄說道：「爹，我想在村子裡辦個學堂。」

房二河愣了一下。「大郎，你怎麼突然有這種想法？」

房伯玄回道：「這幾日，我在村裡走了走，發現很多孩子家裡都沒錢讓他們去讀書，有些已經七、八歲了還不懂事，有些十幾歲的孩子甚至滿口粗話。在村裡辦個學堂，不是求他們非得在科舉上有什麼成就，而是至少能多懂一些道理，以後不至於是非不分。」

其實房伯玄並不是個慈善家，也不是同情心氾濫的人，他之所以想到這些，是因為實在看不慣一些孩子的行為。如今他的眼光已不同於以往，不再想著要對誰報仇，而是要好好經營自己的仕途。若是村民不講理，仗著他的名號做壞事，這就不好了。

他既然姓房，就跟整個房家村都脫不了干係。況且，他們家如今事業越做越大，手邊越來越需要得力的幫手，從外面買來的人，終究不如自己的族人來得可靠。他們注定是同一條船上的人，不如早早做好打算，開始栽培一些人才。

想到這裡，房伯玄看了房言一眼，說道：「二妮兒不是說咱們家需要的人手越來越多了嗎？等學堂蓋起來之後，正好可以從裡面挑人。」

房二河沒想到大兒子這般深謀遠慮，於是笑道：「大郎，你要是想辦的話，那就去做吧。」

在問之前，房伯玄就知道他爹一定會同意，他又說道：「爹，開辦學堂的錢，我想由咱們家來出，就在祠堂附近蓋一座院子，再去縣城請幾個夫子來。」

房言覺得她大哥這做法實在高明，他們家出資辦學堂，以後別人必定感激他們；再說，辦學堂花不了多少錢，也能解決他們家的用人問題，真是個好主意。

在這個朝代，家族成員的資質非常重要，有時候族人犯了錯，得要當官的人承擔後果。要是能提升房家村的整體水準，她大哥往後做官就能安心一點了。

「大哥，也順便請幾個女夫子來，好教姑娘家讀書識字。」房言說道。

房伯玄笑了笑，回道：「二妮兒，何須請女夫子來，妳們不都識字嗎？不如由妳們姊妹輪流上陣，到時候讓爹發束脩給妳們。」

聽到這個建議之後，房言拍手稱讚道：「大哥，你這想法真好！」

房二河想了想，說道：「大郎，你真行，爹的眼光實在不及你長遠。明天你就跟我去找村長，咱們好好商議一下。」

第二天，村長聽到房二河與房伯玄的話，頓時喜不自勝，趕緊開了祠堂，把大夥兒叫過來商量。

房伯玄站在祠堂中間，朝大家拱拱手。「各位叔叔、伯伯、爺爺，今日請你們前來，是有要事相商。我在外讀書這麼多年，深知一個家族要繁盛起來，必須多幾個讀書人才行。咱們房家村若想要壯大，就要讓孩子們讀書。」

眾人一聽到房伯玄的話，馬上討論起來。

「是啊，是這個道理。」

「唉，只是讀書太貴了，讀不起啊。」

「就是啊，束脩貴不說，筆墨紙硯也不便宜。」

聽到大家的議論聲，房伯玄便道：「所以我提議，在咱們房家村興建族學。」

此話一出，大夥兒又再次議論起來。

「建族學好，讀書就不用去那麼遠的地方了。」

「是啊。」

「只是建族學要花不少錢吧？」

有人問道：「玄哥兒，建族學的話，是不是要讓大家捐錢啊？不過這是好事，要是有需要的話，我第一個捐。」

「我也捐。只是我們家窮，捐不了多少。」

「我也要捐，這可是件大事！」

房伯玄笑道：「各位叔叔、伯伯、爺爺，我知道大家的難處，所以這次不用你們出錢，由我們家出。」

聽到房伯玄說的話，眾人訝異之餘，討論得比剛才更熱烈了。

房明生看到這個情形，笑著摸了摸鬍子。

待眾人商討了一會兒，房伯玄說道：「我們家不只會出錢蓋族學，還會去縣城請兩個夫子來。」

有人聽了之後，說道：「這樣不妥，這建的是咱們房家村的族學，怎麼能讓你們家出全部的錢呢？最好每家都按照自己的能力出一點，有多少出多少，都是心意。」

「我也覺得。這是好事，我們家會出一些的。」

房明生聽了以後，說道：「大家的顧慮跟我想的一樣，既然是房家的族學，咱們也該出點錢。依我的看法，大頭可以讓二河家出，其餘每家出個十文錢怎麼樣？」

見大部分的人都同意村長的觀點，房伯玄笑著點點頭。

出資的問題解決之後，有人問多大的人能去學堂、有沒有什麼限制？

房伯玄回道：「既然是房家的族學，只要是房家的人，都能來讀書，而且是免費的，不過，太小的孩子還沒有定性，要三歲以上才能來聽課。不管學得多、學得少，讀得好、讀得不好，能多識幾個字、多懂一些道理就行。目前我打算設兩個班，一個班的目的是考試，一個班則是為了識字。大家不用覺得年紀大了不好意思，但凡想識字的，都能去上課。」

房伯玄如今是秀才，說出來的話很有分量，這些建議很快就被採納了。

第六十二章 以少換多

商議了一會兒，房伯玄又道：「若是有女子想識字也沒問題，到時候會設立一個女子班，跟男子班隔開來。」

這個話題讓眾人相當詫異，談論的情形跟剛才很不一樣。

「女子讀書做什麼，又不用考科舉。」

「是啊，她們在家裡待不了多久就要出嫁了。」

「我看沒這個必要吧。」

房伯玄回道：「我在縣城見過不少大戶人家會特地請女夫子來教導家裡的女兒，對他們來說，女子讀書同樣很重要。剛才我也說過，咱們開辦族學的目的不僅是為了科舉，最重要的是讓大家儘量識字，好懂一些道理。」

聽完房伯玄的解釋，房明生說道：「我覺得玄哥兒說得有理，反正上課不需要花錢，大家只管把孩子送過來就行，只要少讓她們在家裡幹一些活兒，時間就空出來了。」

房伯玄繼續道：「教女子讀書的人選，就由我家小妹跟幾個族裡的姊妹輪流，這個村子裡每個人都是族親，不用擔心有什麼不妥。」

事情討論告一段落，大家都回家去跟自家媳婦商量。

第二天，大夥兒就陸陸續續去村長那裡報名。看著報上來的名單中，男孩跟女孩都不少，房明生滿意地點點頭。照這樣發展下去，他們房家村離發達的目標就更近了。

至於蓋學堂的部分，雖然丈量好了土地，但是麥收的季節快到了，大家不得空，加上房二河還要忙府城野味館開張的事，所以他打算等到麥收之後再來大興土木。

這次在府城開店，房二河特別重視，他特地請人重新粉刷了一遍內牆，店裡也打掃得乾乾淨淨，尤其是廚房，經過屋主同意之後，他調整了幾個地方。

房二河忙著開新店鋪時，也沒落下興建族學的事，他要房一在家裡負責打點這方面大大小小的問題，再找時間向他彙報處理的情形。

房言偶爾會跟著房二河去府城，跟人打聽之後，他們找到了專門招工的地方。招了幾個廚娘以及幾個夥計之後，童家那邊聽說他們需要帳房先生，就推薦了一個人。這樣一來，人員的配置問題就解決了。

在正式營業之前，房二河召集了這些新員工進行訓練，不論是廚房的活兒還是跑堂的工作，務必要他們做到最好，以符合府城的水準。

麥收過後，房伯玄和房仲齊就要開學了。

房伯玄因為考了秀才第一名，所以成功進入府學就讀，而房仲齊則是透過考試，待在縣學裡。

臨行之前，房伯玄交代房仲齊很多事，跟他談了很久。從書房出來的時候，房仲齊臉上的表情非常凝重。

房言問他怎麼了，他也只說「大哥要我好好照顧家裡」。見問不出個所以然來，房言也只能目送他們兩個出門去了。

府城的野味館開張前兩天，除了房伯玄與房仲齊，房言一家人都去了府城。店鋪後面有個小院子，房言他們簡單地搬來一些東西，打算在這裡住上一段時間，因為他們家到府城一趟要將近一個時辰，不太方便。

府城的店鋪，房二河打算交給胡平順管理，當然了，他待在府城這段時間，也會協助店鋪運作。至於縣城的野味館，房二河就交給房二看著。

到了府城之後，雖然還沒開業，但是房二河仍舊不太放心，時不時就走去前面的店鋪，看看還有沒有什麼事情需要改進？

房言見房二河很焦慮，飯也沒吃多少，於是她也去看了看，然後站在野味館門口四處張望。

外面人來人往，挺熱鬧的，也不時有人會去童家的米糧店買東西，等到正式開張，野味館的生意應該不至於太冷清。

只是……她要不要想個辦法讓明天來的人更多呢？

房言思考了一下，考慮到府城的人很多，最好的辦法就是發廣告傳單，不過這個做法不太現實，畢竟紙張比較貴，而且這個時代文盲率太高，印了只怕是浪費。想了想，還是靠人力宣傳最有效果。

打定主意之後，房言就去找房二河商量。

「爹，咱們不如派房乙跟狗剩他們去外面喊一喊，這樣路上的行人就都知道了。」

房二河皺了皺眉，說道：「這樣做有用嗎？」

房言笑著回道：「爹，不管是開野味館還是水果齋，咱們都用過這類招數，反正他們閒著也是閒著，不如出去吸引別人的注意。」

房二河聽了，覺得房言說得也有道理，就交給她去處理。

得到同意之後，房言忽然想到一個更好的辦法。她交代房乙與狗剩去買五十斤品質好一點的梨子回來，還要他們買幾百枝竹籤。其實房言不是不能用自家產的梨子，不過那可是她重要的生財工具，不能隨便用掉。

房乙與狗剩雖然不明白原因為何，但是還是乖乖照做。沒多久，狗剩和房乙就抱著竹籤回來了，後面還跟著送梨子的夥計。

狗剩見到房言，立刻上前笑道：「二小姐，咱們買的量多，小的就讓他們送過來了。您先看看適不適合，不適合的話再讓他們換。」

房言讚賞地看了狗剩一眼。這個小子果然非常機靈，怎麼就叫「狗剩」呢？看來她要幫他改個名字，還要教他識字才好。

看著一捆捆買回來的竹籤，房言先是把它們攤開在桌上，然後拿毛筆在上面輕輕一畫，做上記號，接著就想了幾句話，讓狗剩抱著竹籤出去喊；至於房乙，房言要她先跟在狗剩身邊見習。

「明天我們家店鋪開業，就是童家米糧店對面那間店鋪，原本是一家酒樓，如今是小吃店，名叫野味館。老闆人好心善，開業為求大吉大利，現在只要拿走我手上一根竹籤，去我們店鋪那裡，就能免費得到一顆梨子。」

有人聽到能免費拿梨子，不相信地問道：「真的假的啊？不買東西也送嗎？」

狗剩笑著回道：「這位大嬸，您說得對，不買東西也送。只要進了我們家店鋪，不管買不買東西，憑著竹籤就能一人領一顆梨子。」

很多人一聽到這番話，趕緊圍上前來，有人又問道：「真的嗎，現在就送？」

狗剩拍拍胸脯道：「當然是真的，我們家掌櫃的說了，從未時正開始送，只送一個時辰，想領梨子的人趕緊拿著竹籤去排隊，去晚了可就沒了！」

看到有些人還在猶豫，狗剩就說道：「你們還在等什麼，剩不到一刻鐘就未時正了，不信的話可以去看一看。」

一聽到這些話，很多人都過來跟狗剩要竹籤，他一口氣就發了十幾根。

接下來狗剩又帶著房乙往其他地方去宣傳。反正他身上有兩百根竹籤，不怕不夠發。

另一邊，房言交代好狗剩與房乙之後就去找胡平順，簡單地向他說明這件事。

胡平順聽了之後非常詫異，他第一次聽到有人這樣做生意。但是因為這件事是自家二小姐吩咐的，於是他沒有任何異議就往門口去了。

剛走到門口，胡平順就看到有人站在店門外往裡面瞧。

那人一見到胡平順，就問道：「這裡是不是野味館？」

胡平順笑著回道：「是的，請問您有什麼事？我們家店鋪明日才開始正式營業。」

那人猶豫了一下，問道：「我聽說能在這裡免費領梨子，不知道是不是真的？」

胡平順聽了以後就說道：「是真的，不過現在時辰還沒到，煩勞您再等一會兒。」

那人點點頭，隨即站在門口開始排隊。

房二河聽到外面的動靜，走了出來，看到門外聚集了一些人，不禁問道：「胡管事，這是怎麼回事？」

胡平順還以為這件事東家知情，趕緊小聲地向房二河解釋起來。

房二河一聽，挑了挑眉。

正好，此時房言也出來了，她看外面已經排了十幾個人，非常驚喜。

房二河問道：「二妮兒，妳沒跟爹說妳要免費送東西啊？」

房言回道：「爹，這些梨子不值什麼錢，以後別說一天，半個時辰就能賺回來，這些人明天肯定還會再上門。」

遲疑了一下，房二河說道：「萬一他們只是來領梨子，不進店裡買東西怎麼辦？」

房言不是很在意地道：「那也沒關係，明天他們往門口一站，別人就知道咱們家開張了，很多人出於好奇，會進店裡瞧瞧的，您放心就是。就算沒人來，咱們頂多損失幾兩銀子，沒事。」

說完之後，房言就看了胡平順一眼。

胡平順收到房言的暗示，立刻對人群喊道：「大家不要擠，拿好手中的竹籤，咱們馬上就要發梨子了。發梨子之前，我先說一下，咱們連著三天都會發梨子，就是今天、明天、後天。明天只要辰時之前來，都能領一顆梨子！」

把這些話重複說兩遍之後，胡平順就開始發放了。每發一顆梨子，他都會宣傳一下明天野味館開業的事。

見路人聚集得越來越多，房言叫來店裡兩個夥計輪流發，然後交代胡平順再去買一百斤梨子回來。

對面童家米糧店的人見野味館門口排了那麼多人，著實感到驚奇。因為知道他們明天才開業，所以安掌櫃好奇之下走過來打探消息。

「房老闆，您好。」

「安掌櫃好。」

「房老闆，你們家不是明天才開張嗎，怎麼今天就有這麼多人，這是在做什麼呢？」

房二河看了身邊的房言一眼，說道：「如安掌櫃所見，我們家在發梨子。」

「咦，你們家不是賣吃的嗎，為何要發梨子啊？」

房二河回道：「此乃小女想出來的辦法，說是明天要開業了，討一個好彩頭。」

安掌櫃看向笑容可掬的房言，說道：「房老闆跟房二小姐都是善心人。」

房二河不好意思地回道：「安掌櫃過獎了。」

兩個人又說了幾句話，安掌櫃就回到米糧店去了，不過他還是沒想透房言這麼做到底是為了什麼？

等到發完手裡的兩百根竹籤，狗剩就帶著房乙歡快地回來了。

房言見他們回來得這麼早，就問道：「全都發完了？」

狗剩回道：「發完了，二小姐，我們剛剛去集市上試了一下，還沒走進去呢，在入口處就被人搶完了。您看，後面還有一群人跟著我們過來了呢。」

房言讚賞地道：「做得不錯！」說著，她從兜裡拿出十文錢遞給他。

狗剩歡喜地把房言賞的錢放進兜裡，房言又道：「再拿一些竹籤，去人群中喊一喊。」

聽到房言這麼說，狗剩立刻轉頭拿了竹籤，一溜煙地跑出去。

他在外面喊道：「我再說一遍，明天辰時之前，只要拿著今天給你的竹籤，還能再來領一顆梨子，大家都記住了。」

有人問道：「萬一我丟了呢？」

「弄丟了也沒關係，明天我還會在門口發，只要來找我就行，一人領一顆，都是免費的。當然了，您要是覺得我們家賣的東西聞起來香，肯買上幾樣，我們就更開心了！」

聽到狗剩說的話，人群中爆發出陣陣笑聲。

有些人見野味館門口那麼熱鬧，過來詢問是什麼事？一聽到拿竹籤能免費領梨子，趕緊問要去哪裡拿？

狗剩見狀，馬上走過去說道：「大叔、大嬸，我給你們兩根竹籤，趕緊去排隊。」

對面的安掌櫃看到野味館熱鬧的樣子，越來越驚訝了。

一個時辰很快就過去，還有十幾個人已經排了隊，卻仍沒領到梨子。

發現規定的時間快要到的時候，房言趕緊把狗剩叫過來，吩咐他幾句話。

時辰到了之後，狗剩立刻對還在排隊的人說：「梨子發放的時間過了，後面這些兄弟姊妹、叔叔嬸嬸，你們來得太晚了，明天記得提早到啊。」

聽到狗剩這麼說，這些人都不願意離開。排了這麼久的隊卻什麼都沒領到，實在太可惜了。有個人說道：「小哥，就給我們梨子吧，都等這麼久了。」

狗剩一臉糾結的樣子，說道：「可是說好的時間已經到了……唉，算了，我看大家也不容易。這樣吧，你們先別走，我去問問我們掌櫃的。」

說完之後，狗剩假裝要去問人，他裝模作樣地走進店鋪裡，喝了幾口茶之後又走出來，對那些人說道：「我問過我們掌櫃的了，他是個心善之人，一聽大家等了這麼久，決定破例一次，一人給一顆，大家明天可千萬不要來晚啦！」

剩下那十幾個人立刻歡呼起來，一人領了一顆梨子之後，開開心心地離開了。

等人都散了，房言要胡平順統計一下一共發放了多少顆梨子。

胡平順秤了秤剩下的梨子，說道：「一共發了七十多斤，花費四百二、三十文錢，大約來了三百多人。」

聽到這個數字之後，房言笑道：「不錯不錯，明天繼續。」

房二河這時明白房言的想法了。「二妮兒，爹有些理解妳為什麼要這麼做了，看來明天咱們家的客人肯定不少。」

房言得意地道：「那還用說，一定會很多。」

這就像是買東西之前先送贈品一樣，很多人拿了贈品之後，會被勾引起興趣，然後去買一些東西；有些人也可能覺得贈品好吃、好用，順便在店裡消費。不管出於什麼原因，總歸他們家開業之後的生意可以期待。

「看來爹還要讓胡管事再多買一些梨子才行。」房二河說道。

房言回道：「這倒是。既然今天領到了梨子，那些人明天就會再來，而且開業以後來吃飯的那些人也會要竹籤。不過，爹，您一定要記住，咱們要買品質好的梨子，不能買差的。」

房二河回道：「好，爹這就讓胡管事去買。」

開業第一天，還不到卯時，家裡送菜的人就過來了。之前房二河已經交代過老丁頭與房一，每天要趕在卯時之前把菜送過來。雖然這樣一來他們可能寅時就得起床，但是房二河也非常人性地安排了兩批人來做這些事，十天輪換一次，早上起得早的人，晚上能提前去休息。

菜送過來之後，房言就讓狗剩與房乙趕緊拿著竹籤去街上、集市上發放，店裡則先讓幾個夥計看著。

不到半個時辰，狗剩就回來了，房乙則是過了一會兒才回來。

接下來，房言讓狗剩專門負責在門口發放梨子兼宣傳，然後配了一個夥計在旁邊幫他的忙。

剛開始的時候，在門口排隊的人不是特別多，一些人拿完梨子就走，但是也有人拿了梨子再去店裡買東西當早點，或坐下來吃堂食。

到了卯正，門口就排滿了人。因為只有一排，而且是貼著店鋪的牆壁站著，所以並未阻擋道路。

對面的安掌櫃這會兒總算明白其中的道理，也對這家人佩服得五體投地。

光領梨子的人雖然不少，但是有不少人領了之後就直接去店裡吃東西。卯時正是要吃飯的時間，排了那麼久的隊，聞到香噴噴的餐點味道，可不就想吃上兩口嗎？

至於路過的人，看到店門外這麼有人氣，為了湊熱鬧，也會去前面領一根竹籤，然後跑到後面去排隊，這樣一來就能吸引更多人進野味館了。

安掌櫃在來他們店鋪買米糧的人身上，很清楚地看到這個策略的效益。

很多人都會詢問店裡的夥計，或是直接跑到對面去問，問完之後有些人就要了一把竹籤，然後迅速跑回家去，過一會兒就帶著一家老小過來領梨子。雖然他們看似占了便宜，但是排隊的人一多，就引發更多路人的好奇心。

怪不得野味館的人不僅不把這種情形放在心上，還鼓勵那些人回家多喊幾個人過來。

相較於野味館因此能賺到的錢，這些梨子又算得了什麼，房家也太會做生意了！

第六十三章　宣傳方案

安掌櫃還只是透過外面排隊的人潮推斷出這種推銷的效益，而身在其中的房二河，則是徹底感受到發梨子這個方法帶來的好處。

看到一個個昨天來過的熟悉面孔坐在自家店裡吃飯，或是順便買點東西帶走的情況，房二河簡直樂得不得了，他甚至會順口對客人道：「記得午時再來領梨子。」

房言看發放梨子的效果很好，臨時決定午時再發放一個時辰的梨子，好讓更多人上門吃午飯。

開張之後，房二河很快就發現，府城的人很多，吃飯的時間也長。到了辰末和巳時，人潮雖然減少一些，但是並不像縣城跟鎮上那樣落差較大。

巳時，童錦元也來到自家的米糧店，他想起今天是房家野味館開張的日子，所以過來瞧瞧。早上他雖然已經讓安掌櫃送了禮物過去，但是他本人並未親自到訪。

因為吃過房家的東西，童錦元知道他們的生意肯定不會差到哪裡去，不過不知道為什麼，他還是有些不放心，因此忙完之後就很自動地來到這裡。

這畢竟是房二河家第一次在府城開店，童錦元怕有不長眼的以為房家沒什麼靠山，就欺負他們。不管怎麼說，他們兩家都合作過，所以童錦元早就交代過安掌櫃，如果房家有麻煩，能幫的就儘量幫。

來到米糧店，童錦元往二樓去，他先是看了看帳本，然後就詢問起野味館的事情。

「今日對面的生意如何？」

安掌櫃早就憋著一肚子話想跟自家少爺說了，即使童錦元不提，他也想跟他分享，如今童錦元主動提起，他更要大肆宣揚一番。

吞了口口水，安掌櫃說道：「少爺，房家果然會做生意，小的實在是佩服得緊。」

童錦元沒想到安掌櫃對房家的評價這麼高，疑惑地問道：「哦？他們做了什麼事情嗎？」

安掌櫃一聽，馬上告訴童錦元他所見到的情形。

童錦元聽完安掌櫃說的話，也覺得送梨子這方法堪稱奇招。他明白了其中的道理，卻不知道這麼好的辦法到底是誰想出來的，不僅另類，而且值得玩味。

「更神奇的是，這個主意並不是房老闆想出來的，而是他女兒想出來的。那小姑娘才多大啊，十來歲的樣子，可是她吩咐起事情來有條不紊，小的在一旁看了都覺得訝異呢。」

聽到安掌櫃說的人，童錦元心中立刻浮現出一道人影，臉上不自覺地浮現出笑意。他從窗戶那邊看著對面二樓，目光鎖定一個人，問道：「安掌櫃，是她嗎？」

安掌櫃順著童錦元的視線看過去，說道：「對對對，可不就是那個小姑娘嗎！」

童錦元微微頷首。這個方法的確像是她想出來的，真不知道那小姑娘還有多少令人驚訝的本事，不僅發明出複雜的機器，連做生意也是一副手到擒來的樣子。

房言正在對狗剩交代一會兒要去宣傳的事，說著說著，她就坐到了窗邊。轉頭一看，她正好看到童錦元，於是朝他招招手。

童錦元看見了，也笑著朝房言點點頭。

此時安掌櫃突然指著下面說道：「少爺，快看下面幾個人。」

童錦元順著安掌櫃的手往下看，只見房家野味館門口已經排了兩、三個人。

「現在馬上就要到午時，對面的夥計說了，今天午時這個時辰會發放梨子。您等著瞧，一會兒人會越來越多的。」

果然，到了午時，野味館外面已經排了幾十個人，站在門口的夥計開始發梨子，一邊發，一邊跟人說上幾句。然而，因為發的速度太慢，所以後面的隊伍越拉越長。

此時，站在人群中觀看排隊隊伍的夥計見狀，就跑到前頭對發梨子的夥計說了幾句話，發梨子的速度突然就快起來；等到人潮沒那麼多的時候，那個夥計又去店門口對人說了幾句，接著發放梨子的速度就慢下來。

童錦元看著那些人的做法，著實感覺到有趣。他心想，這個房二小姐，果然不是一般人。

看了一會兒，童錦元站起身來說道：「安掌櫃，你有沒有去對面吃過東西？」

安掌櫃回道：「早上送禮之後就開始忙了，還沒來得及去。」

童錦元點點頭。「走吧，到對面吃飯去。」

「啊？少爺您中午就吃那些小吃啊？不去望春樓叫一桌菜？」

童錦元回道：「你去吃了就知道，他們家的東西，比望春樓的菜還有特色。」

「少爺您吃過啊？」安掌櫃好奇地問道。

童錦元沒再回答問題，他直接領著安掌櫃走到野味館門口，房二河隨即把他們迎了進去。

看著菜單，童錦元點了四個肉包子與四個素包子，又叫了兩碗湯、兩顆水煮蛋跟兩盤涼拌菜。

安掌櫃吃了第一口包子後露出驚訝的神色，之後就一口一口停不下來，沒多久一個包子就下肚了。

「味道如何？」童錦元問道。

安掌櫃又拿起一個包子，嚐了一口後說道：「嗯，這包子皮很好吃，不知道是麵粉還是水的緣故，或是添加了什麼東西，比用咱們店鋪裡上等精麵做出來的更好吃。菜也很美味，雖說是野菜，但又不單單只有野菜的味道。」

吃完這一個包子，安掌櫃又喝了一口湯。他閉上眼睛感受一下，說道：「不知為何，吃了之後整個人感覺神清氣爽，好像所有的疲憊都消失了一樣，實在是太奇妙了！」

說完，安掌櫃開始吃第三個包子，吃完之後他才覺得滿意了。等到要吃第四個的時候，安掌櫃突然發現童錦元才吃了兩個，他趕緊把手縮回來，不好意思地道：「少爺……這東西實在好吃，小的今天孟浪了。」

童錦元嚥下口中的包子，回道：「沒事，不用太講究俗禮。我第一次吃的時候反應也跟你一樣，如今再吃一回，依然覺得很好吃。」

四個包子下肚，安掌櫃已經很撐了，但還是忍不住想再點一個來吃。

坐在他對面的童錦元見狀，說道：「安掌櫃，東西再好吃也不能這樣，你年紀大了，怕是不好消化。反正這裡離咱們米糧店很近，你可以天天來吃，吃個夠。」

安掌櫃摸了摸肚子，呵呵笑了兩聲之後說道：「也是。」

離開之前，童錦元點了一些包子跟新鮮的野菜外帶，不顧房二河的推辭，他不僅付了全額，還多給了一些賞錢。

回到家，童錦元差人把野菜送到廚房，然後問了一句：「夫人吃飯了沒有？」

那小丫鬟小心翼翼地看了自家少爺一眼，說道：「夫人說沒有食慾，只喝了一碗湯。」

童錦元一聽，就拿著包子去找江氏。他一進房間，就見到江氏躺在榻上。

「娘。」

江氏沒理會童錦元，躺在床上一動也不動。

童錦元把包子往榻旁的桌上一放，說道：「娘，聽說您中午沒好好吃飯，我帶來了幾個包子，您嚐一嚐。」

江氏一聽，不太高興地道：「嚐什麼嚐，你明明知道娘心裡在想什麼。」

童錦元把裹著包子的紙打開。「娘，再生氣也不能虧待自己的身子，您這麼做，兒子可是大大的不孝，快起來吃一些吧。」

見自己的母親還是沒有要吃東西的意思，童錦元嘆息一聲。「娘，我答應您以後會好好跟潘小姐相處，但是……」

江氏一聽這話，立刻坐起身來。「你說的可是真的？」

童錦元無奈地道：「娘，您聽我把話說完。」

江氏的臉色又黯淡下來。「你這是在哄娘吧？」

童錦元回道：「娘，我不是在哄您。我可以答應您以後不躲著潘小姐，但是您得承諾我一件事，就是不能沒經過我的同意就決定成親的日子。」

江氏連忙說道：「娘不會的……」

「娘，您要是沒問過我的意思就這麼做，我真的會離家出走，到時候誰願意跟她成親，就讓誰去吧。」

說完這些話，童錦元又補充道：「您很清楚我會說到做到。聽說塞北在打仗，正好，我覺得那裡的天空非常遼闊，去看一看也挺好的。」

江氏這下子真的害怕了。她這個兒子從小就有自己的主意，她這做娘的實在很難約束他。也是因為他們夫妻跟兒子的想法與做事態度有落差，所以相處起來總是有點彆扭。

「錦元，你別嚇娘，娘幫你訂親也是為你著想。你都這麼大了，卻沒個喜歡的姑娘，你要是有喜歡的人，娘不會這麼做。娘啊，就是想快點讓你走出劉小姐的陰影……」

眼看兒子的臉色越來越難看，江氏趕緊道：「好好好，是娘不對，娘以後再也不說這種話了。」

江氏看到兒子的神情比較放鬆了，就看著桌上的包子轉移話題。「錦元，這就是你剛剛買來的包子吧，你吃過了沒有，什麼餡的？」

童錦元回答道：「我中午就在這家店吃過飯了，這是菜餡的，不過是什麼野菜，我也記不得了。」

江氏聽了之後，心疼地道：「真是苦了我兒，中午就吃野菜跟包子，晚上我叫廚娘做點豐盛的給你。」

童錦元淡淡笑了笑，說道：「您先嚐一嚐好不好吃，再下定論。」

江氏掰開包子嚐了一口，品了一會兒後道：「好特別的味道，這到底是什麼菜？還有，這包子皮是用什麼麵做的，竟然比咱們家上等精麵的味道更好。」

說完之後，江氏又吃了幾口。

旁邊的董嬤嬤看了包子一眼，湊過去稍微聞了聞味道，說道：「看起來像是地裡長的野菜，好像是薺菜吧，老奴小時候倒是吃過這種東西。」

江氏聽了之後沒說話，而是把剩下的半個包子遞給董嬤嬤。

董嬤嬤吃了之後眼前一亮。「夫人，這包子味道真好，這薺菜吃起來的味道像老奴小時候吃的，但是又不太像。」

見江氏吃完了半個包子，又想去拿第二個，童錦元臉上浮現笑容。

「看來娘很喜歡這種包子。」

江氏點點頭。「的確好吃，在哪裡買的？明天早上讓人去買一些回來。」

童錦元回道：「說起來，娘見過開店的人。」

江氏正要掰開包子，聽到這句話，她手一頓，問道：「見過？我認識嗎？是誰啊？」

童錦元道：「就是在寶相寺遇見的、那兩個小姑娘家賣的包子。」

江氏笑道：「原來是他們家啊，怪不得這麼快就把店開到府城來，這包子的味道的確很好。我看哪，用不了多久，他們家的店就會大紅大紫了。」

說完，江氏掰開第二個包子吃起來。第二個包子下肚後，江氏才想起來還有話要跟兒子說。

「你看娘，遇到好吃的東西，都停不下來了。」

「娘，沒關係，我還在他們家買了一些野菜，晚上讓廚娘做成涼拌菜，味道也很好。」

「嗯，你有心了。」

見自家母親乖乖吃了東西，心情看起來也好了不少，童錦元就道：「娘，您休息吧，我先出去了。」

江氏見兒子要走了，趕緊說道：「那……你什麼時候去見一見潘小姐？你之前沒出現，他們家就有些不滿意了，潘小姐她真的很想見你一面呢。」

童錦元的步伐一頓，微微偏過頭，說道：「這個月沒時間，下個月聽您安排。」

江氏聽他這麼說，終於放下心來了。

由於府城人潮眾多，到了晚上，店鋪照常營業，等到酉時，路上沒多少人時才關門。開張前三天，他們會賣得比較便宜，跟縣城的價格一樣。等過了三天，素包子與肉包子的價格都會上漲，參考其他家的售價，素餡的一個四文錢，肉餡的一個五文錢。

雖然是同一個老闆，但是各家分店不僅價格不同，用的材料也有些區別。

縣城城郊那五十畝地的麵粉全都用在府城，縣城用的是一般精麵，鎮上的則是精麵與粗麵夾雜在一起，菜與肉的分量也不盡相同。

此外，府城這邊不賣粗麵饅頭，只賣白麵饅頭，同樣夾帶一些野菜。不過這種白麵饅頭就不是用那五十畝地生產的麵粉了，價格是兩文錢一個。

府城與縣城的店鋪剛開張時的情況很像，野菜沒賣出去多少，但是包子與饅頭卻賣出去很多。然而房二河他們很清楚，等日後大家喜歡吃那些野菜，買的人就會漸漸多起來。

歇業之後一算，這一天下來賺了將近二十兩銀子。房二河臉上的笑意怎麼都止不住，一個勁兒地誇讚房言。

「爹沒想到會賺這麼多，多虧了二妮兒，那些梨子真的沒白買，明天再讓胡管事去買一些。」

雖然今天一共用掉了兩百多斤梨子，但是買這些梨子花不了多少錢，跟他們的收入相比，實在是小巫見大巫。

雖然房二河不停稱讚房言，但是房言卻覺得來店裡消費的人還是不夠多。

晚上要休息的時候，房言把狗剩叫過來，問他有沒有什麼好主意？房言之所以問他，是因為這個小廝腦子動得很快，問問他，說不定能激出新的火花。

「狗剩，咱們吸引過來的人還不夠多，你有沒有什麼好辦法能讓更多人過來呢？」

狗剩覺得這是自己表現的好機會，他想了想，說道：「集市、附近幾條街道小的全都去過了，不過還沒去繁華的街道宣傳，小的明天就去看看。」

房言點點頭。「嗯，去不同的街道挺好的。但是除了這個以外，你還有沒有其他想法？」

狗剩回道：「二小姐，要不然多派幾個夥計出去？」

房言搖搖頭。「不行，店鋪裡也要有人看著，不然人手不夠。」

狗剩的眼珠子轉了轉，又說道：「二小姐，那咱們花錢去雇幾個人怎麼樣？」

花錢雇人？就像前世找人在路上發傳單一樣？只是……這樣的人去哪裡找，這可不是單純發傳單而已，還要能言善道才行。

等等，她想到了！

房言說道：「我想到了一個主意，明天你去街上找幾個小孩子，把這件事交給他們。不過你要注意，他們負責宣傳的地點最好離家要近，一組還要有好幾個小孩子，免得發生危險或走丟了。然後，你就交代他們……」

狗剩聽到房言說的話，一直點頭，佩服地看著她。

「記住了嗎？」

「二小姐放心，都記住了，小的保證把這件事做好！」

第二天早上，狗剩與房乙出去發竹籤，發了一會兒，他們倆就回店裡幫忙。到了晌午，店內人不是很多的時候，狗剩獨自出門，他要完成房言交付給他的任務。

走到大街上，狗剩找到他之前在路上見過的、幾個非常調皮搗蛋的小孩子，他招了招手，要他們過來。狗剩告訴他們該怎麼做，並承諾發的竹籤多，給的錢就多。

到了中午，排隊來領梨子的人明顯增多了，狗剩隨口一問，發現他們的確是從那些小孩身上得到了消息。

對面米糧店的安掌櫃又來吃飯了，這次夥計長了眼色，沒跟他收錢。

安掌櫃心想，既然房老闆是自家少爺的朋友，他又哪裡敢怠慢，沒看到昨天他們少爺來吃飯的時候不僅給了全額，還賞了錢嗎？

眼看推辭不了，萬般無奈之下，房二河只能收下安掌櫃的錢。

第六十四章 成熟獨立

野味館營業第二天歇業以後，房二河算了算收入，發現比昨天還要高一些，除了小孩們的宣傳作用之外，更多的是回頭客。

府城的人明顯比縣城的人更捨得花錢，又比較會享受，對他們來說，吃幾個包子、饅頭跟喝點湯，花不了多少錢，比上館子便宜多了。

到了開張的第三天早上，狗剩又去找那幾個小孩子，吩咐了同樣的事情。雖然包括開店前一天在內，說好了只送三天的梨子，但是房二河覺得效果不錯，所以這天他們還是送了。

這三天下來，這間店鋪賺了七、八十兩銀子。

房二河這幾天興奮得有些睡不著覺，想到過去在鎮上的日子，再想想如今，簡直就跟作夢一樣！原本他們的生活已經過得很舒適，再這樣下去，說不定能變成富豪。

晚上房二河跟王氏憶苦思甜，絮絮叨叨了很久才睡著，第二天早上破天荒地起晚了。

起床之後，房二河發現胡平順早已開門迎客，而且廚娘們也開始捏包子和饅頭了。王氏見狀，迅速洗漱完畢，走到廚房開始指揮眾人。

對面的安掌櫃一早就過來吃東西了，因為他發現野味館的料理真的有奇效，早上吃，效果更好。

開業第四天，雖然價格開始上漲，但是客流量卻沒有減少，因為房言又讓狗剩去找那幾個小孩子了。雖然如今已經不發放梨子，但還是有必要做些宣傳，她每天支付五十文錢，要他們沿著大街小巷喊上一個月。

喊話的內容如下：「春明街開了一家新店鋪，名叫野味館，素包子一個四文錢、肉包子一個五文錢，可香、可好吃了。吃了之後保證你神清氣爽，快去瞧一瞧、看一看！」

等到房伯玄休假的時候，府城的野味館已經開張將近半個月。

王氏依舊很關心房伯玄的飲食起居，不過每天他們店裡的夥計，都會送些吃食給房伯玄，王氏有時候甚至會跟著去，這麼問不過是出自一個母親自然的反應。

房伯玄見店鋪的生意果然跟房二河說的一樣好，也就放下心來。雖說對面有童家的米糧店，但是他們家畢竟初來乍到，說不擔心是不可能的。

這會兒親眼看見店內的盛況，房伯玄總算能專注在學習上了。

又在府城待了半個月，房二河就把這裡的生意交給胡平順，一家人回了房家村。

房言返家後的第一件事，就是釀葡萄酒。此時正是葡萄成熟的季節，可得把握時間才行。

關於釀葡萄酒的工作分配，房言先讓家裡的僕人們處理前期作業，後面的關鍵步驟則由她、房淑靜、王氏與房二河完成。

此時村裡的學堂已經快要建好，門口豎起一塊大石碑，上面刻了「房氏族學」幾個字，旁邊還有三列石碑，分別是秀才榜、舉人榜與進士榜。秀才榜上第一個人的名字是房伯玄，第二個是房仲齊，除此之外就沒其他人了，其餘兩列榜單目前還是空白的。

學堂分為前、後兩個部分，前面是學生讀書的區域，後面則是夫子們住的地方。讀書的區域又分為兩個院子，大一些的院子裡有四間教室，供男子使用；旁邊小一些的院子有兩間教室，供女子使用。

學堂蓋好之後過沒幾天，房伯玄與房仲齊放假了。房伯玄把之前商議好的一位秀才與一位童生請過來，秀才負責教授準備考科舉的孩童，童生則教人識字讀經。秀才的束脩雖然貴一些，但是從長遠來看，還是由他教導比較妥當。

吳秀才今年三十多歲，家裡有一位夫人與一雙兒女，他在縣城頗有名氣，除了童生，他還教出過兩個秀才，這是房伯玄聘請他的原因。至於在基礎班授課的童生姓邱，名書平，今年十八歲，剛剛從院試落第。

自從興建了族學，房家村在周圍村當中的地位就隱隱升高了。有些人聽說房氏族學有一名秀才授課，便想方設法地安排自家孩子來這裡讀書。畢竟鎮上可沒什麼秀才，他們的孩子就像房伯玄與房仲齊之前一樣，由童生教導。

村長等人早就商議好，其他村子的學生可以來讀書，但是要交束脩，而且還要資質好的才能來，資質不好的他們就不收了。畢竟這裡是房家的族學，是供房家村孩子讀書的地方，而不是為了方便附近村子的人。

族學開課一段時間之後，來房家村提親的人越來越多，房荷花家的門檻都快被人踏破了。至於房言家，因為早早就放出風聲說女兒們十六歲之前不說親，所以媒人才沒去。

李氏為這件事愁得不得了。這兩年他們家的條件越來越好，來提親的人也日漸增多，可是女兒卻連一個相中的都沒有，她實在不知道該為她說個什麼樣的人家？

因為房荷花太有主見，李氏常跟王氏嘮叨，不過房言卻很支持房荷花的做法，畢竟女子要有點想法，才能掌握屬於自己的幸福。

今年房言設法騰出空間來種了更多葡萄，除了留一些給自家吃之外，其他全被她拿去釀酒。用來裝酒的罈子跟水果罐頭的不一樣，開口稍微大一些，瓶身也有點肚子。

房言足足釀了二十幾個五斤裝罈子的葡萄酒，她把家裡的地窖隔出一個空間來當作酒窖，包括去年用自產葡萄釀的十罈酒在內，所有葡萄酒都密封好，被放在那裡。

雖然一樣是自產的葡萄釀的酒，但是房言井井有條地按照年分分開來收藏，酒罈上也貼了紅紙，清楚地標明葡萄種類、釀造的時間，畢竟年分不同，葡萄酒的價值也不一樣。看著酒窖裡這些葡萄酒，房言的心情特別好。

至於去年那些外面買來的葡萄釀的酒，房言就拿去送禮或是招待客人。雖然很捨不得，但她還是倒出了兩斤葡萄酒交給房伯玄，要他送給孫家。

儘管孫家前世算是他們家的仇人，然而今生孫家卻幫了很多忙，若是沒有孫家，他們家的店鋪不可能開得如此順利，還可能遇到更多像周家、趙家那樣的人來找碴。

房言跟房伯玄不同的地方在於，房伯玄喜歡連坐，凡是與事件相關的人員，全都要受到懲罰；她則傾向找出事情的源頭，畢竟有因才有果，周圍的人有時候其實是身不由己。

況且，前世房伯玄已經報過仇，這輩子他們算是互不相欠了；至於周家跟趙家，也只能怪他們自己不長眼。

除了這些，房言認為，孫家在房伯玄的仕途上也許還會有些用處，她得為她哥哥跟全家人打算才是。

房伯玄笑著接過房言手中的葡萄酒，確定孫博在家之後，他就拿著葡萄酒去拜訪他了。孫博今年也考上了秀才，目前跟房仲齊一樣在縣學唸書。

今年從外面買來的葡萄釀造的葡萄酒，則被拿去水果齋販賣。那些葡萄不是在受過靈泉滋養的土地上成長的，味道自然不如酒窖那些葡萄酒，所以房言就要房四告訴客人，那些酒是從西域買回來的。

反正縣城很多人都知道他們與鄭家的關係，而且鄭傑明本來就會從關外帶一些貨品回來，所以這套說詞並未惹人懷疑。

到九月底，葡萄酒賣到了一斤五百文錢，房言算了算，嘆了一口氣。累死累活這麼久，竟然才賺不到一百兩銀子？不僅比不上府城野味館五天的收入，還不如她賣水果罐頭賺錢，真是虧大了！她決定以後不這麼做了，要把釀好的葡萄酒全都留下來，等待日後升值。

看到房言一臉不開心的樣子，房二河無奈地搖搖頭。一百兩銀子還不夠多嗎？這孩子標準未免太高了。

想了想，房二河笑著問道：「二妮兒，想不想明年多賺一些錢？」

房言回道：「當然想啊！爹，您是不是有什麼好辦法？」

房二河說道：「爹不是早就想買下咱們家旁邊那個山頭了嗎？也該去找村長問問要怎麼賣了。」

聽到這些話，房言眼前一亮。「爹，您不說我都快要忘記了。山頭上的樹跟石頭比較多，清理起來非常麻煩，清完之後還要鬆鬆土、整整地，再移一些咱們家的土過去……唉呀，事情多著呢，不知道明年春天能不能種上果樹？爹，您快去吧。」

聽到小女兒嘴裡嘟嘟囔囔說個不停，房二河摸了摸她的頭髮，說道：「二妮兒，這些事情妳不用操心，有爹在呢，明年春天肯定能種上果樹，到時候妳就能賣更多水果罐頭了，我看外面買來的水果妳不是很想用。」

房言說道：「那當然了，外頭的水果不如咱們家種的好吃，隨便拿來用的話會砸了咱們家的招牌。」

點點頭，房二河說道：「嗯，等這批果樹長起來的時候，妳就能去府城開一家水果罐頭店了。」

房言沒想到自己的心思竟然被她爹看出來，她不禁抓著他的衣角道：「謝謝爹。」

父女倆又說了幾句話，房二河就去找村長了，結果村長卻說，要買這個山頭得去鎮上找里正才行，因為那個地方屬於平康鎮，而非房家村。

房二河聽了之後皺了皺眉，因為他並不認識里正，而且這個人的風評不太好。房二河有些猶豫，一時之間不知道要不要去找里正？

回到家的時候，房言見她爹愁眉不展的樣子，就開口問了原因。一聽到房二河這麼說，房言眼珠子轉了轉，說道：「爹，反正大哥明天就回來了，不如把這件事交給他去辦？」

房二河沒想到小女兒會出這種主意，他說道：「交給妳大哥……這樣會不會太麻煩他了？大郎如今正集中精神讀書，還是不要拿這種小事去叨擾他。再說了，妳沒瞧見連妳二哥每天回來之後，都鑽進書房去讀書嗎？」

如今房仲齊雖是在縣學裡讀書，但是每天都坐家裡的馬車來回。縣學的住宿條件比不上霜山書院，所以很多學生並不住校，下課之後很少有對象能討論學業上的問題。

有鑑於此，房仲齊後來覺得不如住在家裡，這樣他回到家之後，還能跟邱書平與吳秀才探討一下課業。

出發到縣學讀書之前，房仲齊就像是變了一個人似的，雖然看起來有些心事，卻更認真讀書了。一家人欣慰的同時也有些擔心，他們覺得房仲齊這種狀態似乎不太對勁，也不知道房伯玄跟他談話的確切內容為何？

房言想了想，說道：「爹，大哥和二哥不一樣，您明天去問問他就是了。」

房二河覺得房言說得也有道理，於是點點頭說道：「好吧，等我問過大郎再說。」

房言跟房二河聊完之後就去書房找房仲齊。此時房仲齊剛從縣學回來，正在苦心鑽研策論，只見他時不時皺眉撓頭，很是困擾的樣子。

在門外看了半天，房言就走進去說道：「二哥，你要不要休息一會兒再看書？」

聽到房言的聲音，房仲齊長長地吁出一口氣，說道：「好多東西我都還不懂，可是大哥卻早就會了。明年秋天就要考鄉試，真不知道該如何是好？」

房言笑了笑，說道：「二哥，你不能這樣比。如今你才十四歲就已經是秀才，大哥可是十六歲了。即使你明年考不上也沒什麼，就當是去鍛鍊自己吧。」

房仲齊沮喪地道：「我也覺得自己明年考不上，但又想逼著自己去試一試。」

看到房仲齊的樣子，房言忍不住道：「二哥，你看你現在天天關在書房裡讀書，整個人都消瘦了，爹跟娘很擔心，你千萬不要把自己逼得太狠了。」

「我……我……都是我沒用，才會害爹娘擔心。」房仲齊聽了，整個人頓時更加萎靡。

房言說道：「二哥，你很久沒去山上走走了，爹打算把咱們家旁邊的山頭買下來，要不要趁著吃晚飯前這段時間去逛一逛？」

「可是，我……」房仲齊糾結地看了桌上的書一眼。

房言拉著房仲齊道：「別可是可是的，走吧，就當是去放鬆一下。」

在房言的勸說下，房仲齊終於跟著她一起出門。站在山上看著遠處的風景，他覺得自己的心胸都變得更開闊了。

等到房乙出來找人，他們倆才回家去。

第二天，房伯玄就從府城回來了。房二河跟他提起買山頭的事，房伯玄就說道：「爹，這件事交給我處理吧，我明天去鎮上一趟。」

房二河猶豫了一下，說道：「這樣會不會耽誤你讀書？」

房伯玄搖搖頭，回道：「怎麼會呢？書哪裡是一時半刻能讀完的，不差這麼一點時間。正好，我看二郎許久沒出去逛逛了，明天就跟我一道去吧，順便看看咱們家的店鋪。」

房仲齊聽到房伯玄找他出門，愣了一下之後說道：「我？這麼重要的事情我去適合嗎？」

房伯玄回道：「怎麼會不適合呢？大哥如今在府城讀書，你則在縣學，還能每天回家，家裡很多事都要麻煩你關照。」

其實房伯玄出發去府學之前，對房仲齊說的內容跟現在差不多，唯一的區別就是在讀書方面施加一些壓力給他。即便秀才有功名在身，卻不能做官，要想真正擔起保護這個家的責任，就得繼續往上爬才行。

房仲齊聽了這話，有些羞愧地說：「大哥，都是我沒用。」

「二郎，我從來沒聽別人說過一個秀才沒用，能考上秀才已經證明你很優秀，只是得再加把勁而已。如今你已經夠努力了，明天就跟著大哥出去一趟吧。」房伯玄說道。他曉得現在這個弟弟非常用功，得適時給點鼓勵才好。

房仲齊點點頭，回道：「好。」

第二天，不到一個時辰，房伯玄與房仲齊就從鎮上回來了，後面還跟著幾個丈量土地的人。

很快地，房二河就跟著他們交錢、辦手續，買下這塊二十幾畝的山地。

采。

自從房仲齊這次跟著房伯玄去鎮上回來之後，就像是變了一個人似的，恢復了往日的神

從縣學返家，房仲齊不再一股腦兒地鑽進書房讀書，他偶爾會幫房二河管一管家裡的事情，或是去查看山上那塊地清理的進度。

吃完晚飯，房仲齊還會找僕人聊聊天、問問家裡的大小事，比以往變得更成熟，卻不那麼壓抑了。

他這些變化看在房家人眼裡，不僅非常欣慰，也鬆了口氣。

第六十五章　命運分歧

房言家旁邊那塊山地，終於趕在下雪前打理好了，只待明年開春種上果樹。

土地整理好沒多久，房言就聽王氏說，邱夫子跟房荷花訂親了，得到消息的那一刻，她眼睛瞪得大大的。這是什麼時候發生的事，她怎麼一點都不知道?!

說起這件事，王氏本來眉飛色舞的，不過說著說著，她就看著眼前的房淑靜直嘆氣。比大女兒長一歲的姑娘都訂親了，他們家孩子的對象還不知是生是死？

房言見房淑靜有些難受，趕緊轉移話題。

等房伯玄回來的時候，房言不禁調侃起他。「大哥，說起來，你算是荷花姊跟邱夫子的媒人，要不是你找他來教書的話，哪能促成這樣的佳話啊！」

房伯玄笑道：「要是知道會有這種效果，我肯定不會找已經有家室的吳秀才，而是找個青年才俊留給小妹才是。」

房言一聽這話，臉色一紅。「大哥，我還小呢，不急不急，大哥的親事比較急。」

誰知房伯玄回道：「大哥也不急。」

此時王氏與房淑靜正好走進來，王氏一聽，嘆了口氣道：「你還不急？都十六歲了！還有大妮兒，也不知道仗什麼時候才能打完……」

房伯玄的眼神往北邊看去，他輕聲道：「娘，這場仗一、兩年內大概就會結束了。」

王氏驚喜地問道：「真的嗎，大郎？」

房伯玄回道：「是真的，娘。聽說皇上的病好了，皇上主戰，應該很快就會加派兵力過去，您且安心就是了。」

一旁的房言呆住了。皇上的病好了？不對啊，按照她的夢境，皇上不是應該纏綿病榻，過不了幾年就要死了嗎？他是真的痊癒了，還是朝廷為了穩定軍心與民心，派人散播這種謠言？

想到這裡，房言問道：「大哥，你確定嗎？皇上的病真的好了？」

房伯玄挑了挑眉。「小妹為何會有這種疑問？」

房言一時語塞，想了想，她有些答非所問地道：「我當然是希望皇上能盡快恢復健康，這樣的話，咱們做起生意也能安心一些。」

看了房言一眼，也不知道房伯玄相不相信她的說詞，只道：「的確是痊癒了。聽說是某位皇子去異地求了一種良藥進獻，皇上服用一段時間就好了。」

房言瞬間愣在當場，想到她之前的猜測，一顆心怦怦直跳。那位貴氣逼人的公子哥，難道真的是……

「這位皇子真是有孝心啊。」王氏說道。

眾人又聊了幾句之後，就結束了這個話題。

天氣慢慢變冷，房言這天坐著馬車去了縣城的水果齋。此時碰巧有人來買水果罐頭，一次就要了二十罈一斤裝的。

買完之後，那人放一個盒子在櫃檯上，對房言說道：「六少爺吩咐小的過來買水果罐頭，這是六少爺要給您的東西。」

六少爺？不就是神秘的貴氣公子哥嗎？想到這裡，房言打開盒子看了一眼，又蓋上了。她笑咪咪地道：「替我謝謝你們六少爺，歡迎下次再來。」

等那個人離開之後，房言抱著沈甸甸的盒子去了後院廂房，把裡面的金元寶全都放進空間裡。一百兩黃金，這個六少爺果然大手筆！雖然這次每罈的單價遠遠不能跟上次相比，不過這二十罈罐頭裡沒有摻靈泉，房言已經很滿意了。

又過了一段時間，即將過年了，房言聽房二河說這天下午要去府城，打算在那邊住幾天，看著野味館關門。她心念一動，也收拾好東西要跟過去。

王氏與房淑靜在家準備過年要用的物品，房伯玄與房仲齊也跟同窗好友有一些聚會。房言的水果齋已經歇業，不需要看著了，她想見識府城即將過年的景致。

中午吃完飯休息一會兒，房二河就要出發了。出門之前，房言突然想到了什麼，跑去酒窖拿了一罈去年自產葡萄釀造的酒。

房二河看到房言的舉動，調侃道：「怎麼，今天二妮兒捨得把妳釀的好酒拿出來給爹喝了啊？」

小心翼翼地把酒遞給房乙之後，房言說道：「爹，這東西酒窖裡面多得是，您想喝就喝。這不是給您的，是要給童少爺的。」

房二河聽了，點點頭道：「嗯，妳能記得童家的恩惠，爹很欣慰。聽胡管事說，童家的米糧店幫了咱們不少忙，爹本來就打算送些東西給他們。」

聽到房二河的話，房言笑了。

一個時辰之後，房言與房二河他們抵達了府城。休息一晚，房言就帶著狗剩出去逛街了——不對，現在應該要叫他「高勝」才對。

雖然因為府城的店鋪太忙，讓房言沒辦法教高勝識字，不過她還是幫他取了個新名字，不僅寓意佳，唸起來也好聽。

過年前的府城到處花花綠綠的，甚是好看，還有人在路邊表演技藝。之前房言覺得府城已經夠熱鬧了，現在她才知道，原來這裡能有更多面貌。

高勝在府城待久了，早就熟悉每一條街道，他邊走邊為房言介紹。走著走著，高勝指著前頭一間店鋪說：「那裡就是府城最大的米糧店，童記米糧店，他們光是在府城就有三間店鋪，分布在咱們對面、這裡還有城北。」

房言正在聽高勝說話，眼前忽然一亮。她正想著怎麼妥善地把禮物送出去呢，主角就登場了。

看到童錦元在店門外打招呼，房言也揮揮手，走了過去。「童少爺。」

「房二小姐，妳何時來府城的？」童錦元笑問道。

「昨天剛來。童少爺，您一會兒去不去我們家對面那家米糧店，我有東西要給您。您要是不去的話，我現在就讓高勝跑一趟，替您送過來。」

童錦元想了想，回道：「我一會兒中午會去你們家店裡吃飯。」

「好，那童少爺您忙，我們先走了。」房言說道。

等房言跟高勝走遠，招財從米糧店裡走出來，問道：「少爺，咱們什麼時候回家啊，夫人都派人催了好幾遍了。」

童錦元道：「今天中午不回家吃了，你去跟夫人說，我有事，要在外面吃。」

「啊？不回去了？」招財頓時愣住了。

要是不回去吃的話，他們少爺為什麼不早一點說啊，怎麼等人催了好幾次才說？真是奇怪！

話雖如此，招財還是聽話地回家向江氏稟報去了。

到了午飯時間，童錦元果然依言來到野味館用餐。

房言自然不會在人來人往的大堂裡跟童錦元說話，等他吃完午飯去了米糧店，房言這才招呼高勝抱著酒罈走去對面。

看著眼前的罈子，童錦元問道：「這東西不像是你們的水果罐頭，而且還有一股特殊的味道……難道是酒？」

房言笑道：「童少爺鼻子真好，一聞就知道了。」

「這酒的味道有些熟悉，但我卻記不太清楚。這是什麼酒？」

房言神秘兮兮地道：「您打開看就知道了。」她相信以童錦元的身分，肯定喝過葡萄酒。

果然，童錦元打開罈子，看到裡面液體的顏色，以及撲鼻而來的葡萄酒香，驚喜地道：「是葡萄酒！這顏色很美，味道也很香。」

房言點點頭道：「沒錯，就是葡萄酒。」

童錦元立刻蓋上木塞，說道：「這酒等級應該很高，這麼貴重的禮物，我受之有愧。」

房言笑道：「不貴不貴，這酒是我自己釀的，只不過數量有限，要不然就能多送您一些了。多虧童少爺幫忙，我們才能在這邊安心開店，這是一點小小的心意，您別嫌棄就好。」

童錦元沒想到房言再次給了他驚喜——她會釀酒！這麼優秀又有靈氣的小姑娘，真是世間少有。

房言看著童錦元，內心也在感慨。長得這麼好看、有錢、人品又好的青年已經訂親，真是……

在現代社會，他不過是個高中生而已，要是她能在那個時空遇到這種小鮮肉，肯定會想盡辦法接近他，把他追到手！

「那我就收下了，多謝房二小姐。」童錦元謝道。

「不客氣。只是，您切不可告訴別人是我釀的，就說是我爹從西域買回來送給您的。」

童錦元聽到房言的要求後愣了一下，接著他想了想，就理解原因了。目前還沒看到她把這葡萄酒拿出來賣，跟商業有關的事，確實不能隨便透露出去。

他靜靜地看著房言，覺得她是信任他才會毫無保留。想到這裡，童錦元心頭一熱，慎重地道：「妳放心，我一定不會告訴其他人。」

房言笑著回道：「那就好，我先回去啦。」

「好。」

看到小女兒回到店鋪裡，房二河問道：「東西送出去了？」

房言點點頭。「對。」

「爹剛才聽人說，童少爺的婚期訂在明年開春，到時候咱們也送一份賀禮過去。」

房言一聽到這話，好心情瞬間沒了大半。唉，可惜了這個帥哥啊！

童錦元在米糧店待了一會兒之後，就抱著酒罈回家了。到了吃晚飯的時間，他就把酒罈拿到正屋。

「爹，這是房老闆送給兒子的酒。兒子平時甚少飲酒，還是送給爹跟娘享用吧。」

童寅正摸了摸鬍子表示滿意，江氏卻問道：「房老闆來府城了？那他們家的小女兒也來了？」

不知為何，童錦元心頭一動，說道：「嗯，來了。」

「你今天中午該不會是因為去他們那邊，所以才沒回來吃飯吧？」江氏又問道。

童錦元見自己的舉動被猜中，又知道這件事可能不恰當，索性閉著嘴不說話。前一陣子，在祖母的催促下，他同意與潘小姐成親。雖說他娘這次不想勉強他，他卻深知自己背負了什麼責任，目前的情況容不得他再逃避了……

原本氣氛有些尷尬，好在童寅正打開木塞後驚呼一聲，瞬間轉移了焦點。

「好酒啊！」說完之後，童寅正又聞了聞，隨後要僕人把他的玉杯拿過來。

童寅正小心地倒出一些酒，晃了晃玉杯之後，小口抿了抿，然後就眯著眼睛讚道：「果真是好酒！」

童錦元看到他爹的反應後有點驚訝。他平時並不怎麼喝酒，所以房言送這罈酒的時候，他雖然覺得像是上等品，卻沒想過會是如此高檔的東西。他爹品嚐過無數美酒，若只是一般的好貨，他不會有這種表現。

「真的那麼好？」江氏也訝異地問道。

童寅正點點頭。「是上等的好酒，這種東西多年難得一見，一罈少不了要花幾十兩銀子買……不對，這樣的好酒不能用金錢衡量。錦元跟夫人也嚐一嚐吧，聽說葡萄酒喝了對女人身體好。」

說罷，童寅正吩咐僕人去拿了兩個玉杯過來。

童錦元與江氏並不懂酒，喝了之後不像童寅正這麼有感覺，但是因為裡面的葡萄受過靈泉滋養，所以他們也認同這酒很可口。

「雖說品不出來這酒到底好不好，但是喝起來卻非常舒服。」江氏說道。

看著玉杯裡的葡萄酒，童錦元眼底掀起了驚濤駭浪。他本以為房言會釀酒已經很厲害了，沒想到她釀的不是凡品，而是酒中的極品。

「錦元，房老闆到底從哪弄來這種東西？你快去問一問，爹好差人去買，這酒的味道實在太棒了，比爹喝過的都好。」

童錦元掩去眼中的思緒，說道：「爹，他們好像是偶然間在西域得到這種酒，至於是誰釀造的，並不清楚。」

一聽到這番話，童寅正頓時覺得相當可惜，好在罈子裡還有很多酒，足夠他喝上一段時間。

第二天，童寅正差人買了些好看的瓶子，把裡面的酒勻出兩斤，分裝到幾個瓶子裡，送去了京城。

江氏也在童寅正的吩咐下，準備了一些回禮給房二河。

臘月二十六那天，府城的店鋪歇業之後，房二河給店裡幾個夥計還有廚娘發了紅包，讓他們各自回家去了。

胡平順一家人留在府城過年，順便看著店鋪，高勝則跟著房言他們回房家村。

新的一年，在大家的期盼中來臨了。過了年，房二河家來了一個不速之客。

因為房淑靜的事情，房二河家跟王家徹底鬧翻，可沒想到王知義跟錢氏又來了。

這一次，王知義明顯不像過去那樣盛氣凌人，模樣有些落魄，像是經歷了什麼大事一樣。

房二河與王氏對於這對夫妻的到來顯得非常冷淡，王氏看了他們一眼之後，就出去了。

王知義只好跟房二河套起關係，他說道：「妹夫，我知道你們家發達，看不起我們家了，只是我好歹是孩子們的舅舅，你們這麼做未免過分了些。」

聽到王知義的話，房二河眼看就要發怒，房伯玄立刻說道：「爹，我聽丁大叔說，有事想問問您的意見，您就過去看看吧，舅舅跟舅母由我來招待就好。」

房二河巴不得不用理這個大舅子，一聽房伯玄這麼說，立刻離開現場。

待房二河出去，王知義又扯了幾句，無非是希望他們家看在彼此是親戚的分上，幫幫他的忙。

房伯玄淡淡地說道：「舅舅，您在賭莊的錢還完了沒有，還有沒有人去你們家要債？」

王知義與錢氏一聽房伯玄的話，臉色瞬間一白。

房伯玄卻像是沒看到他們的表情似的，說道：「聽說徐少爺死了，是被人塞入麻袋扔進河裡去的。您把所有賭債都推到徐少爺身上，是覺得死人不會開口說話吧？您說，要是徐家老爺知道了，會不會饒過舅舅您呢？」

王知義夫妻兩人都呆住了，一時之間屋裡安安靜靜的，只能聽到外面寒風呼嘯的聲音。

許久，王知義才顫抖地道：「玄哥兒，你……你這是什麼意思？」

房伯玄索性不再拐彎抹角。「沒什麼意思，我只是想警告舅舅，若是您還敢再來我們家的話，休怪我告訴徐老爺這件事。」

聽到最後一句話，王知義嚇得從椅子上滑下去。

錢氏害怕得不得了，趕緊說道：「玄哥兒，我們不會再來了，你千萬不要把這些事情告訴徐老爺，怎麼說我們都是你的舅家啊！」

房伯玄厲聲道：「我的舅家？你們想把大妮兒嫁給一個吃喝嫖賭樣樣來的男人時，怎麼沒想過這點？這個時候倒是想起來了！若再讓我聽到你們做些什麼骯髒事，相信徐老爺一定會對他兒子的死因很感興趣。」

這下王知義與錢氏什麼都不敢再說，嚇得連滾帶爬地回家去了。

房言得知徐天成死去的消息，一方面覺得鬆了口氣，一方面又覺得疑惑。她原本想等兩個哥哥更有權勢之後再去處理這個人，不料他就這麼走了。

王氏跟房二河得知此事之後，非常慶幸他們沒把大妮兒嫁給這種人，不然她這輩子就完了。

一旁的房仲齊詢問徐天成是怎麼死的？這也是房言心中的疑問，前世徐天成並未死得這麼早。

「這件事要問咱們的好舅舅，出事那天，他是最後一個見到徐少爺的人。聽說他是被討債的人追殺，也有人說他是被他虐死的那個丫鬟的兄弟推進河裡去的。總之，真正的死因說不清楚。」房伯玄說道。

他之所以知道這些事，是因為同窗中不乏在上層社會混跡的人。不過他不擔心這件事會影響到自己與弟弟的前途，畢竟消息來源無法證實王知義跟徐天成的死確實有關係。

房仲齊點點頭。「怪不得大哥剛才威脅舅舅的時候，他會那麼害怕，說不定他真的知情。」

聽到房伯玄與房仲齊的談話，房言心想，這大概是她魂魄回到身體以後帶來的效應吧，很多事跟她夢裡的前世不一樣了。

房二河沒死、皇上的病痊癒、徐天成被殺死、孫博與房仲齊都考上了秀才……

不過，無論如何，事情的發展都對他們家有利，所以房言有理由相信，一切都會朝美好的方向前進。

第六十六章 渡法大師

開春，房二河家就把旁邊的山頭圍起來了，整好地之後，其中一部分用來移植他們目前所有的果樹，剩下的地則用來栽種新買的樹苗、果苗與長成的果樹。

這個工作量非常龐大，除了家裡的僕人、村裡的人以及一些短工，房二河還特地請了不少果農前來，花了十幾天的時間才處理完畢。

這麼一來，後大院就空了一大塊出來，除了幾畝不方便移植的西瓜跟葡萄之外，就是種菜的地了。

房二河要家裡的僕人們在空出來的地上撒上野菜的種子，之後準備去隔壁兩個縣城開店。

管理這兩間店的人選，房二河早就想好了，就是房南與房北，他們原先在鎮上的店鋪，就由房三跟房五接管。經過這些日子以來的觀察與培養，房二河認為，他們兩個人已經能擔起管理一間店鋪的責任，他還另外找了幾個廚娘與夥計去幫他們的忙。

房南和房北得到這個消息的時候，自然非常欣喜。野味館在鎮上的生意就已經很好了，去了縣城，意味著他們的收入至少能夠翻倍。

一向老實的房林得知這件事，就告訴他爹房南說，自己不想讀書了，想跟著他一起去縣城做生意。

房南與李氏其實很清楚自家兒子在學習方面的能耐。他在學堂讀書的時候，夫子就隱隱約約向他們透露過一點意思，也就是他在讀書上沒什麼天分。話雖如此，他們還是希望兒子能多讀一點書，就算考不上童生，至少也能多長點知識。

聽到房林的請求，房南有些猶豫。他想了想，還是去了一趟房二河家。

房南說起這件事時，房伯玄也在場，於是他直接詢問這個學問好的堂姪，看看他對自家兒子的想法抱持什麼樣的態度？

房伯玄思考一下之後說道：「南叔，林哥兒在讀書方面確實不太有天分，想在科舉上有所成就的話，大概有些困難，得比別人下更多工夫。讀個幾年之後，運氣好的話，也許能考上。」

房南聽到房伯玄的話，終於死了這條心。

「不過，南叔，林哥兒在算學方面頗為出眾，再多讀一些書，當個帳房先生不成問題。」房伯玄補充道。

房南聽到這段話，臉色終於好看一些，他說道：「唉，只要別像我過去那樣只能出勞力就好，他能靠一樣本事過活，我以後就不用那麼擔心他了。每個人各有造化，考不上就考不上，他要是願意跟著我去縣城，我就帶著他吧。」

房伯玄卻道：「南叔，還是讓林哥兒再多讀一年書吧，他現在還小，心性有些不定，多讀些書能穩定性子。」

對於房伯玄這個秀才，房南非常敬畏，雖然他是自己的晚輩，但是他說出來的話卻讓人莫名信服。

「好，那我就聽玄哥兒的，若他明年還是想去做生意的話，我再帶著他。」商議好這些事，幾個人就去隔壁兩個縣城選店鋪、租房子、裝修內部等等，忙得暈頭轉向。

忙了一陣子，房二河才想起自己很久沒去府城了，趁著如今還不是麥收時節，他打算過去一趟。因為聽說童錦元即將在這個月成親，所以房二河與王氏商量了一下要買什麼東西送過去。

最後他們決定直接去府城買賀禮，畢竟縣城的東西不比府城的好，他們怕用來送禮不夠體面，也對童錦元不好意思。

房二河抵達府城之後，趁安掌櫃來吃早飯的時候問了一句，這才發現童錦元這門婚事又告吹了。

「安掌櫃，你們主家要辦喜事了吧，是哪一天來著？」房二河問道。

安掌櫃一聽到房二河的話，就往左右瞧了瞧，然後小聲說道：「房老闆，您許久沒來府城了吧？咱們家少爺那門親事結不成了。」

房二河錯愕地看著安掌櫃。結不成了？這是什麼意思？

聽安掌櫃解釋之後，房二河才知道，原來童錦元要娶的那位潘小姐，不久前在自家湖裡淹死了。

這可嚇到了房二河。成親前在自家湖中淹死……這也太不湊巧了。還好他們家院子沒那麼大，也沒挖湖。

若他沒記錯的話，這是第二次了吧，之前童錦元訂親的對象也死了，這豈不是剋妻之命?!

安掌櫃看著房二河，嘆了口氣說道：「我們家少爺也是可憐……唉，您說怎麼會這樣，我們主家正為這件事煩著呢。」

「是啊，誰也不希望發生這種事，真是可惜了。」房二河安慰道。

兩個人又聊了一會兒，安掌櫃吃完早飯就離開了。

房二河在府城待了幾天，這段時間他偶爾也會聽到客人提起這件事。大夥兒都說童錦元是剋妻之命，還調侃他的娶妻之路恐怕會很坎坷，有這種命數，誰敢嫁給他啊！

當房言從返家的房二河口中聽到這個消息的時候，不禁愣住了。又死了一任未婚妻？這童錦元模樣長得挺好的，沒想到卻有個剋妻命，真是可憐啊……

至於江氏，這段時間以來簡直要把眼睛哭瞎了。

她的兒子怎麼就這麼命苦呢？說了兩回親事，全都沒結成不說，兒子還被人冠上剋妻之命，這該如何是好啊？

不說江氏，童錦元心裡也不好受。如果他真的剋妻，那前兩個姑娘之所以會死，都是他害的吧？雖說他一點都不喜歡她們，但是若她們全因他而亡，那他可真是罪孽深重了。

江氏得知兒子的想法之後，勸慰道：「我的兒，這些事怎麼能怪你呢？劉小姐是跟人通姦被她爹打死的，潘小姐則是被她的庶妹推進湖中走的，跟你沒關係。」

即使江氏這麼說，童錦元依然覺得有些難過與自責，久久無法恢復精神。

六月分，京城童府的童老夫人讓人帶來一個消息，說是京城皇明寺的高僧最近遊歷回來了，她想讓童錦元去京城，看看能不能有幸讓高僧為童錦元去去晦氣，順便讓他散散心。江氏一聽立刻答應下來，第二天就收拾好東西，陪童錦元一道去了京城。

童家的老宅在府城，也就是童錦元的家，京城的童府則是童大老爺做官之後買的房子，童老夫人跟這個兒子一起住。

童大老爺的名字叫童未初，這是他們已逝親爹的智慧，孩子全都按照出生的時辰來取名字。

童未初與童寅正還有一個庶出的弟弟，他也沿用了這個方式，名叫童子正。不過他早就被童老夫人分出去了，住在府城的一戶宅院裡面，童府只有童未初一房人。

說起童家的祖上，他們是商戶出身，到了童寅正這一代，他的大哥——也就是童未初，在科舉上大放異采，他順利考取了進士，不僅在京城當官，還娶了京城的官家小姐。

童未初在仕途上的成功，帶動了府城童家的生意，他們一躍成為府城一流的商家。這個道理不難理解，只要朝廷中有自己人，不管做什麼事都方便。

反過來說，童寅正這個弟弟生意做得越大，童未初在京城的官也做得越來越順利，因為在處理各種事情上，「錢」都是一樣不可或缺的好東西。

就這樣，在兩個兄弟互相幫襯之下，童家大房漸漸地在京城嶄露頭角，住在府城的二房在當地的地位也逐漸攀升。

看到童錦元時，童老夫人心疼得不得了，眼淚不自覺地流下來。她的大兒子因為專心準備科舉考試較晚成親，所以童錦元是她第一個孫子，自然疼愛非常。

長孫第一個對象劉小姐，童老夫人還能埋怨是兒媳婦找的人家不好，可是第二個人選潘小姐她也掌眼了，結果還是不行。這可真是作孽，她的寶貝孫子怎麼就有了「剋妻」這個壞名聲呢，這樣他以後怎麼辦？他們童家又該如何是好！

童錦元任由祖母抱著自己哭了一會兒，然後從丫鬟手中接過手帕，替她擦了擦眼淚。

「祖母，都是孫兒不孝。」說著，童錦元跪了下去。

童老夫人說道：「這怎麼能怪你！說句難聽點的，她們的死都是自己造成的，跟你能扯上什麼關係？那是她們命中注定沒那個福分，你可別把這種罪名往自己身上攬！」

童大夫人常氏也說道：「是啊，錦元，你沒看那兩家人都愧疚得很，甚至讓了不少利給咱們家，顯然錯是出在他們那邊，跟咱們家沒干係。」

然而，不管別人怎麼說，童錦元內心仍舊過意不去，總覺得自己有點責任。

童老夫人看到長孫一臉憂鬱的樣子，就說道：「錦元，皇明寺的渡法大師回到京城了，明日祖母就帶著你去找他算上一卦。」

江氏聽了，在一旁抹了抹眼淚，說道：「多謝娘。」

第二天一大早，童老夫人就帶著家眷去了城郊的皇明寺。抵達之後，他們先上了幾炷香，然後童老夫人就帶著童錦元去渡法大師的院子。

渡法大師是個頗具傳奇色彩的人。傳聞有一孩童曾在山間見過渡法大師，等到這個孩童五十多歲再次見到渡法大師的時候，他還是原來的模樣，所以渡法大師究竟多少歲了，至今仍是一個謎。

這個故事提升了渡法大師的知名度，不只寧國人，鄰國的人也想來見他一面。不過渡法大師一般不見外人，也只替有緣之人卜卦，因此童老夫人帶著童錦元前來，也是碰碰運氣。

到了院子入口，只見現場已經排了一百多人。有個小沙彌從屋裡走出來，站在門口說道：「請施主們回去吧，今日大師不為你們卜卦。」

那些等了許久的人一聽，失望地發出嘆息聲，隨後陸陸續續離開。

童老夫人見狀，趕緊帶著童錦元走上前去。她知道這裡的規矩，要去抽一根籤，然後由渡法大師決定要不要卜卦。

另一個小沙彌示意童錦元抽籤，抽完之後，童錦元看了看，不過是一根細細的木條，瞧不出有何特別之處。站在門口的小沙彌看童錦元抽完籤，就進去請示了。

沒多久，小沙彌就走出來對童錦元說道：「施主，今日大師不為您卜卦。」

童老夫人一聽，露出失望的表情。剛才在排隊、還沒有走遠的人聽到這句話，心情頓時平復了一些。

沒想到，小沙彌後面又說了一句。「不過大師說了，施主是大富大貴之命，所求之事，弱冠之後即可達成。」

童老夫人聽完，瞪大眼睛。渡法大師竟指點他們家錦元了，這可是天大的福分啊！即使無法接受卜卦，能得到渡法大師的指點，也是一般人求都求不來的事。

「那……大師是說，我孫子弱冠之年就能成親了嗎？」

「阿彌陀佛！」

「大師到底是不是這個意思？」

「阿彌陀佛！」

接下來，不管童老夫人問什麼問題，那位小沙彌都是回答同樣一句話，說完之後，他就進了屋子裡。

童錦元扯了扯童老夫人的衣角，說道：「祖母，既然大師都這麼說了，咱們就離開吧。」

那些還沒走的人此時看著童錦元的眼神都不一樣了，他們心裡都在暗暗猜測，他到底是什麼身分，居然能得到渡法大師的指點。

有好事之人上前詢問，可是童老夫人巴不得所有人都不知道她孫子的命數，以及所求何事，所以她只說他們是童家的人。

回到童府之後，童老夫人的喜悅之情依然溢於言表。

能得到渡法大師一句話，是她孫子的福氣，只不過大師說要等到他弱冠之後才能實現願望，倒是有些晚了。

江氏聽了卻道：「娘，今年錦元已經十八歲了，也就再兩年的光景。只要到時候能找到一個適合的姑娘，等上這段時間也沒什麼。」

童老夫人回道：「那當然，既然大師都說了，咱們錦元肯定會遇到好對象。況且大師還說，錦元是大富大貴之人，命數好得很，咱們不用在意外人的看法。」

有了高僧的說詞以及祖母的勸說，童錦元看開了許多，在京城住了一段時間之後，他與母親江氏回到府城。

此時，遠在房家村的房二河家，有一個人正面臨重大的抉擇。

眼看再一個月就要考試，房仲齊終於說出自己的心裡話。「爹、娘、大哥，我今年不想參加鄉試了。」

房伯玄皺了皺眉，說道：「二郎，都已經報名，你卻忽然說不參加了，心裡是怎麼想的？」

雖然被自家大哥唸了，但房仲齊還是表達了想法。「大哥，我今年肯定考不上，有很多知識我都無法融會貫通，這次去了也是白搭。」

房二河勸道：「二郎，不管怎麼樣，總要去試一試才是。」

「爹，您不用再說，我已經決定了。」房仲齊堅定地說道。

房伯玄嘆了一口氣，說道：「二郎，去年大哥就知道你的想法了。其實學習知識就是這樣，必須循序漸進，不能妄想一口吃成大胖子、囫圇吞棗地學，而是要爭取學多少，就記住多少。」

房仲齊並未明確向房伯玄說過內心的感覺，沒想到他全都懂。

「我知道你沒指望這次能考上，爹、娘跟大哥也不逼你，但是不參加考試，卻不是個明智的選擇。你看過歷年的考題、明白考試的流程，卻從來沒去考過鄉試吧？既然你已經決定未來三年要全力衝刺，那麼今年你更應該去參加考試，好提前感受一下考場的氛圍。」

鄉試與童試不一樣，三年才舉辦一次，因為時值秋天，所以被稱為「秋闈」。通過鄉試以後才能參加同樣三年一次、應試時間落在明年春天的會試，也就是「春闈」。因為許久才舉辦一次，所以競爭非常激烈。

房仲齊不想參加考試，是不願意被嚴苛的考題與各路優秀人士打擊，但是他卻從來沒像他大哥那樣想過。提前感受一下考場的氛圍……這的確是增加經驗的一種方式，還記得第一次參加縣試的時候，他緊張得手都在抖。

鄉試很難考，過程更加折磨，若他能增加一些考場經驗，那麼不管考不考得上，對未來都有幫助。

想到這裡，房仲齊朝房伯玄拱拱手，說道：「大哥，是弟弟考慮不周，八月分我會跟大哥一起去應試的。」

房伯玄聽到房仲齊的話，滿意地點點頭。

第六十七章　出馬租店

六月末，房二河一家人來到了府城，吳秀才也在這個行列裡。如今他已經不像過去那樣有系統地學習，但是每次考試他都會來參加。

野味館後院其中兩間廂房提供給吳秀才、房伯玄與房仲齊讀書跟休息使用，其餘的人睡覺時就擠在另外兩個房間裡。

房淑靜在屋裡繡花，房二河與王氏則忙著店裡的生意，只有房言一個人閒得很。其實她被考前這種氛圍弄得非常緊張，所以她每天不是跟高勝去街上閒逛，就是穿上房仲齊的衣服在店裡當跑堂的。

王氏唸過房言幾次，但是她覺得這樣還挺有意思的，就每天都穿著了。王氏見房言不聽，也就不管她了，反正前面還有房二河看著，不會出什麼事。

考試前一天，房言特地要廚娘和出一團麵，然後偷偷地往裡面加了兩滴靈泉，接著囑咐廚娘，明天就用這團麵做饅頭給房伯玄與房仲齊。

因為鄉試一考就要好幾天，而且考生身上帶的東西都會被查驗，所以大家多半是帶饅頭充飢。

考試當天，房言又在茶水裡摻了靈泉給兩個哥哥喝，然後她也跟著王氏念叨了幾句「求神明保佑」。他們能不能考上，就要看天意了。

到了七月中旬，房言正在野味館門口招呼客人，遠遠地就看到一個英俊的少年走來。待那人走近之後，她才發現是童錦元，他不但沒什麼精神，而且瘦了很多。

房言心想，難道是因為他訂親的姑娘死掉的緣故嗎？唉，心愛的人在結婚前突然死去，這種事夠讓人傷神了，況且這事還來上兩回，真是致命的打擊啊。

「童少爺。」房言見童錦元正要走去米糧店，就笑著對他打招呼。

童錦元先是愣了一下，然後才發現是房言，他牽起嘴角說道：「房二小姐。」

看到童錦元有些憔悴的模樣，房言忍不住多嘴道：「童少爺，您是不是胃口不好啊，怎麼瘦了這麼多，記得要好好吃飯。」

童錦元感受到房言的關心，心中一暖，他笑了笑，道：「嗯，多謝房二小姐關心。」

想到自己早上的確沒吃多少東西，現在也快到吃午飯的時間，童錦元對安掌櫃說了一聲之後，就來到野味館。

房言見童錦元走到門口，趕緊招呼他進來。她見童錦元的臉色不太好看，就沒打擾他，菜上齊之後就又去門口站著了。

不一會兒，童錦元就吃完了飯，他跟房言打了招呼之後就離開野味館，可是走到兩家店鋪的中間時，他又轉身走了回來。

童錦元站在房言面前，說道：「房二小姐，我看你們這間店鋪人還挺多的，所以想問問妳，你們家有沒有開分店的打算？我們家木製品店附近有一家店鋪租約快到期了，你們要是有意願的話，可以去看一看。」

房言眼前一亮。看樣子那個地方跟童家的店鋪離得很近。於是她問道：「木製品店旁邊……是在哪條街上啊？」

地理位置很重要，在木製品店旁邊，不曉得那個區域會有多少人去吃東西，感覺客流量似乎不太大的樣子。

「在南邊那條街上，靠近碼頭。」童錦元回道。

房言聽到「碼頭」兩個字，心思才活絡起來。碼頭附近的話，客流量肯定不成問題，那裡的工人跟來來往往的人一定很多。

「好，謝謝童少爺，我一會兒跟我爹說一聲。」

聽完房言的話，童錦元卻沒有離開，他想了想，又道：「算了，到時候讓我領著你們去吧，令尊什麼時候有空，再跟我說一聲。」

房言驚喜地看著童錦元。這是打算要幫他們家的忙嗎？他真是個好人啊！

「謝謝童少爺。」

童錦元看著眼前滿臉笑意的小姑娘，心情頓時好了不少。

等到童錦元消失在米糧店門口，房言趕緊進店裡找她爹去了。

「爹，剛才童少爺告訴我一件事，說是碼頭附近有人要租店鋪，位置很好，問我們有沒有什麼想法，要是有的話，他會領著咱們過去。」

別看房二河現在看起來非常有精神地站在店裡，其實這會兒他著實有些恍惚。兒子們明天下午就要回來了，光想到他們的應試狀況，他便無力顧及其他事，只有招呼客人才能讓他的內心平靜一些。

雖然房二河知道小女兒說的是一件好事，不過他實在擠不出精力去看看。

見房二河有些失神，房言就說道：「爹，碼頭附近的店鋪不好租，您要是沒心思的話，就交給我吧，我去瞧瞧。」

房二河皺了皺眉，覺得這樣似乎不太妥當。小女兒今年十三歲了，跟個外男走在一起像什麼樣子。

「還是不要，改天爹再跟童少爺一起去吧。妳一個姑娘家，不要跟外男在一塊兒，否則妳娘要是知道了，肯定會說爹一頓。」

「爹，我又沒說要自己一個人去，就讓胡管事陪我，這樣您總能放心了吧？」

房二河一聽，頓時安心不少，他說道：「這樣倒是可行。」

看房二河同意了，房言又說道：「爹，我要是看著適合，可就訂下來嘍，您要是不中意，我就用來賣水果罐頭。」

房二河回道：「行行行，妳高興就好，反正妳手邊還有錢。」

眼見她爹一副心不在焉的樣子，房言心想，真不知道她爹到底有沒有聽清楚她剛才說了什麼話？

過了一會兒，房言就帶著胡平順去對面找童錦元了，正好童錦元沒什麼事，就直接帶著他們去看店鋪。

經過木製品店之後，轉角的另一條街上，要往外租的茶莊就在那裡。

房言站在茶莊門口就能看到碼頭，前方是一條江。這個地方的確不錯，而且旁邊也是賣吃食的，是一家麵館。

一行人四處看了看，覺得這個地方確實不錯，雖然外觀不如春明街那邊的好，但是一樣有兩層樓，兩邊空間大小差不多，若是一樓整修一下的話，甚至要比春明街那間店還要大一些。

房言非常滿意，她看了胡平順一眼，胡平順也點點頭。房言覺得不用跟她爹彙報，她能作主租下來了。

她剛要說話，正好有人跟童錦元打起招呼。

「童少爺。」

「莊老闆。」

「不知童少爺對這裡是否滿意？最近幾天有很多人過來詢問，三天後租約就到期了，我不太好辦……若是冒犯了童少爺，還望海涵。」

童錦元也知道莊老闆的顧慮，他說道：「實在抱歉，前幾日生了一場病，人昏昏沈沈的，沒早點跟莊老闆說一聲。」

其實童錦元本身並沒有要租這間店鋪，不過他心裡另有打算，所以之前跟莊老闆提過。

莊老闆一聽童錦元生病了，立刻關心了幾句，接著問道：「那麼童少爺……今日可是能確定下來？」

這家店鋪的屋主是府城人，但是租下房子的莊老闆卻是南方人。他找到了更適合當茶莊的地方，所以不想續租這裡的房子，可是他卻太晚說了，所以才這麼急著想租出去。只要他幫屋主找好下家，那麼屋主就不會責怪他了。

只是，來看店鋪的人雖多，但是這裡一年的租金畢竟是筆大數目，短時間內很少有人能馬上作出決定，所以莊老闆有些苦惱。

童錦元看了房言一眼，房言便朝他點點頭，湊到他耳邊，小聲道：「童少爺，您還沒跟我說租金多少呢。」

感受到房言嘴裡呼出來的熱氣，童錦元耳朵頓時有些癢癢的，耳根瞬間紅了起來。察覺到自己的不對勁，童錦元尷尬地咳了一聲，他不敢看房言，而是對著莊老闆說：「莊老闆，租金還是原來的數目吧？」

莊老闆一聽到童錦元這麼問，趕緊說道：「是的，屋主說了，一年六百兩。要是真的想租的話，我就去跟屋主通個氣，若對價格有些意見，還能再跟他談談。」

童錦元又看向房言，只見房言對他眨眨眼。童錦元覺得自己的心忽然也有些癢癢的，他喉頭發緊地說道：「好，那你去聯繫房東吧。」

莊老闆道：「擇期不如撞日，要不你們在店裡稍等，我讓夥計去請屋主來。都快急死我了，還是趕緊解決掉才好。」

跟房言交換過眼神之後，童錦元說道：「沒問題，我們就在這裡等。」

莊老闆對一個夥計交代了幾句，那個夥計就飛快地跑出去。

童錦元與房言坐在一張桌子旁等屋主來，胡平順則站在房言身後，一時之間，店內安靜得有些詭異。

房言看了看童錦元，想起剛剛他說過的話，於是問道：「童少爺，您最近生病了嗎？什麼病啊？嚴重嗎？現在好點了沒有？」

童錦元聽到房言一連串關心他的話語，笑著回道：「沒事，小病，現在已經全好了。」

房言鬆了口氣。「那就好，您平時要注意身體。」

童錦元看著房言，點點頭。

聊完這幾句話，店內又安靜下來。童錦元想了想，問道：「房二小姐，這件事不用跟令尊說一聲嗎？」

房言笑著回道：「不用，因為我大哥跟二哥正在考試，我爹緊張得很，剛才我跟他說了什麼，他可能都沒聽清楚。況且我聽莊老闆急著租出去，這個地方位置不錯，早點租下來比較安心。」

童錦元點點頭。「嗯，位置確實不錯。」

「多謝童少爺。您是不是特地為我們家問的啊，所以莊老闆才那樣說？」這些話房言剛才就想問了。

童錦元見自己的心事被猜中，有些不自在，但想到他這算是在幫人家的忙，一時之間又不明白自己到底為何要不自在？

「嗯。」童錦元索性承認了。要是編謊話的話，早晚會被人拆穿的。

房言笑道：「真是多謝您了。」

童錦元抿抿唇，心中有些異樣的感覺，他轉移話題道：「妳去年年底送的葡萄酒很好喝，家父非常喜歡。」

房言得意地道：「喜歡就好。今年葡萄稍微晚熟了一點，我就乾脆等到我大哥和二哥考完試之後再動手。等哪天我來府城的時候，再送你一些。」

童錦元道：「你們這幾天就要回去了嗎？」

房言點點頭。「是啊，我的水果齋還等著我去看看呢，交給僕人們總是不太放心；族學裡的課也停一陣子了，要回去開課才行；再來馬上就要秋收了，得收玉米；還有我們家又買了一些人，我娘要回去好好調教他們一番……」

房言絮絮叨叨地對童錦元說起回家之後要做的事情。

童錦元坐在對面，安安靜靜地聽著。他心想，這個小姑娘的生活可真夠精采的，每天都有做不完的事，比他那些住在京城的堂妹忙多了。

他在京城待了幾天，發現堂妹們每天除了繡花、看書、彈琴，似乎沒有其他娛樂，就連去寺廟參拜都是件大事，好似他爹豢養的金絲雀，雖然住在漂亮的籠子裡，卻沒有自由。

可是，眼前的房言就像是一隻不受拘束的小鳥一般，能優游自在地在天空中飛翔……

「啊，童少爺，原來是您要租我們家的房子啊。」

忽然間，外面由遠及近的一句話打斷了童錦元的思緒。

童錦元頓時回過神來，他站起身說道：「賈員外，並不是我要租，而是我一個朋友想租，所以我就帶他們過來看看。」

賈員外看了看房言，又瞧了瞧胡平順，一時之間不知道該跟這個冒充男孩子的小姑娘說話，還是要跟站在旁邊明顯是僕人的人說話？

房言站起來拱拱手，說道：「賈員外，我姓房，家父今日有事外出，讓我來負責這件事情。我們可以先交付訂金，等我爹回來之後，再補足剩下的錢。」

賈員外看了房言一眼，又看向童錦元，笑道：「付什麼訂金啊，有童少爺在，我還有什麼不放心的，等後日房老闆來了再付也一樣。」

「賈員外為人就是爽快，只是租金方面，不知道……」

賈員外笑道：「能把房子租給童少爺的朋友，是賈某的福氣。別人租我的房子要六百兩，童少爺的朋友，只要五百八十兩就成。」

童錦元拱拱手，說道：「多謝賈員外。」

看到跟賈員外談笑風生的童錦元，房言覺得自己似乎是第一次見到他這個模樣。

雖然頭一回見面的時候，他那風塵僕僕、態度怪異又忘了帶錢的樣子，曾讓她覺得有些好笑，可是當他打理乾淨時，她又認為這個少年本質上很溫文爾雅。過去的他，在談判桌上有些生澀，如今一看，他卻像個熟悉商場遊戲規則的生意人……

意識到現在還在談事情，房言趕緊收回自己的思緒，她笑道：「賈員外，訂金還是要付，既然有童少爺做中人，錢更不能拖，我們可不能壞了童少爺的名聲。」

房言很明白，商場上跟「錢」有關的事，一定要算清楚，千萬不要把別人的客氣當真，否則就失了禮數。

童錦元都已經打算等房言他們離開後，私底下先付訂金給賈員外了，沒想到她竟然自己提了出來。

賈員外一聽，心裡非常滿意，但嘴上還是說：「不急不急，等房老闆回來再付就成。」彼此客氣了一會兒，最後胡平順還是回去取了訂金過來，雙方先擬定合約。要不是房言是女孩子，年齡又小，她都想替她爹簽了。

事情處理好，房言一派輕鬆，淺笑道：「童少爺，去我們家吃飯吧，我請您。」

童錦元笑著回道：「不了，我還有些事要處理。」

回到野味館之後，房二河問道：「二妮兒，聽胡管事說，妳把店鋪訂下來了？」

房言點點頭，說道：「是啊，爹，童少爺跟胡管事都覺得那間店鋪好。前一戶的租約三天後就到期，得趕緊訂下來，要不然會被別人搶走的。」

房二河想到中午時自己說過的話，突然覺得臉被打得有些疼。雖然他說讓小女兒看著辦，但是等她真的作了決定，他又不太放心。

瞧見房二河糾結的表情，房言也知道他在想什麼。「爹，您不用擔心，等明天大哥跟二哥回來，你們後天一起去看看就知道了，保管滿意。位置好、地方大，租金也不是很貴，一年五百八十兩。本來是要六百兩的，房東看在童少爺的面子上，便宜了二十兩銀子。」

事已至此，房二河也說不出反對的話了。總歸童錦元很可靠，自家小女兒的眼光也不錯，就過個兩天，等他心情平穩之後再去看看吧。

「嗯，妳辛苦了，快去後面吃點東西吧，妳娘念叨一陣子了。」

房言笑著點點頭，去了後院。

第六十八章　聊表謝意

第二天下午，考了好幾天試的房伯玄、房仲齊與吳秀才，終於從考場裡面出來了。

房伯玄的臉色還好，沒看出來有什麼問題，房仲齊就有些憔悴了。雖然他也喝了房言的靈泉，但顯然他的問題不是出在身體上，而是在心理上。房言心想，大概是考題太難，所以讓他受到了巨大的打擊吧。

至於吳秀才，說實話，他雖然比不上房伯玄有精神，卻比房仲齊的模樣要好上許多。

吳秀才說道：「今年竟然比三年前應試的感覺更好，雖然我知道無望考上舉人，但是畢竟有進步了。」

房言聽了之後，覺得大概是吳秀才心態的問題，以及間接受她靈泉幫助的緣故。雖說那些饅頭是特地做給她兩個哥哥的，但是吳秀才也跟著吃了一些，多少有點作用。

王氏也不多問什麼了，立刻要高勝去廚房為他們端上來一大堆包子、涼拌菜跟雞蛋野菜湯。

洗了個澡之後，看到滿桌子香噴噴的料理，就連平日舉止最從容有度的房伯玄，也優雅不起來了。

屁股還沒坐到凳子上，包子就已經吃到嘴裡，房仲齊更是站著，三、四口就吃完一個包子，噎得他都要翻白眼了。高勝見狀，趕緊從桌上端起一碗湯遞給房仲齊，喝了幾口之後，他嘴裡的包子終於嚥下去。

看到房仲齊這個蠢樣，房伯玄破天荒地沒說什麼，因為他自己也餓得不得了。天天啃饅頭，吃到後來真的是膩了。

高勝來來回回往廚房裡跑了幾趟，本來桌上有十五個包子，竟然不夠他們吃。高勝又端來十個，最後只剩下兩個，湯也是一人喝了兩、三碗。

這三個人的吃相讓房言等人大開眼界，他們第一次見到房伯玄與房仲齊吃這麼多東西，而看起來瘦弱的吳秀才也不遑多讓。

等他們吃完之後走了幾步消消食，接著又全部回房，栽倒在床上，睡覺去了。

王氏驚訝的同時又有些心疼，可見連續考這幾天試真的不容易。看到他們全睡過去，王氏就吩咐高勝，悄悄放了幾塊冰在房間裡，好讓他們消暑。

房二河見兒子們好好地回來了，懸在半空中的心終於安穩地落下來，也有時間思考其他事。第一項要處理的，就是房言租下來的那間店鋪。

一聽到房二河終於有時間去看看碼頭的店鋪，房言就開心地跟著他一起去。

到了那間店鋪，房二河上上下下、左左右右、裡裡外外地瞧了瞧，當他站在二樓往窗外看時，竟然能瞧見白茫茫的江水。

這個位置著實不錯，來來往往的人非常多，樓上跟樓下的裝潢也不需要改動，只需要在後院蓋一間大一點的廚房就行。

瞧見房二河滿意的樣子，房言知道這房子是租對了。

隔天一早，童錦元就來到野味館對面的米糧店。房言從二樓看到童錦元的時候，就匆匆跑下樓去了。

當她到了一樓，發現童錦元已經走進米糧店，於是她小跑進店裡，走到櫃檯旁邊對童錦元說道：「童少爺，我爹昨天跟我一起去看過碼頭那邊的店鋪了，他非常滿意，謝謝童少爺。」

童錦元聽到房言這麼說，也覺得挺開心的。

到了巳正，房二河就跟童錦元一起去找賈員外，針對他想擴大廚房的提議，賈員外也一口答應。

看到賈員外對童錦元熱絡的樣子，房二河覺得，府城有童錦元在真的太好了，他實在不知道該怎麼感謝他？

面對房二河的感激，童錦元說道：「房老闆不必如此，這不過是舉手之勞而已。」

房二河心想，這哪裡是什麼舉手之勞，童錦元這一出面，不僅是屋主，連左鄰右舍都知道他們家跟童家有關係了，哪裡還會有人敢來找麻煩？這種看不見、摸不著的恩惠往往容易被人忽略，但是有了在縣城開店時，受孫家關照的經驗，房二河早就明白其中的關鍵了。

看過房言之前跟賈員外擬定的合約，房二河簽好名字之後，就去跟莊老闆交接。因為茶莊的租約今日就到期，所以店裡的夥計正在收拾東西，不過因為之前已經整理一段時日，所以今天要帶走的物品不太多。

童錦元則是去了附近的木製品店。他對江記木製品店的掌櫃說了幾句，掌櫃的就點點頭，明白了自家少爺的意思。

房二河出門沒多久，房伯玄他們就陸陸續續醒過來了。這一覺睡得可真夠久的，足足有八、九個時辰，而他們之所以醒來，用房仲齊的話來說，就是餓醒的。

房言心想，他們昨天吃了那麼多，今天還能餓醒，看來肚子裡還是缺油水。況且現在溫度仍舊很高，這幾個人竟然沒被熱醒，看來也是累到極致了。

王氏一聽到房仲齊說餓了，趕緊要人準備好水讓他們洗漱，又差廚房的人上一些吃食，再拿給高勝一些錢，讓他去望春樓叫一桌子好菜回來。

房伯玄他們打理好走出來外面，一看到桌上有包子就伸出手。他們剛拿起來吃，王氏就笑道：「少吃點，娘已經叫高勝去望春樓叫些好菜，一會兒就到了。」

房仲齊興奮地道：「真的嗎？娘，有沒有我喜歡吃的肘子？」

王氏點點頭，淺笑道：「當然有。」

房仲齊立刻放下包子，無視他大哥不贊同的目光，說道：「那我先不吃包子了，萬一吃撐了怎麼辦？我還是再忍一會兒吧。」

吳秀才與房伯玄倒是沒有房仲齊那種顧慮，他們很快就拿著包子細嚼慢嚥地吃起來。吃飽以後睡了那麼長一覺，雖然還是餓，但是今天已經不像昨天那麼迫切地想填飽肚子了。

房仲齊見他們吃得那麼香，肚子也叫了起來。他吞了吞口水，猶豫了一下，又拿起剛剛啃了一口的包子。

「算了，我還是先吃點包子吧。」

一時之間，屋裡又安靜下來，過了一會兒，望春樓的菜來了。正好此時房二河返家，所以大家都沒動筷子，等他過來一起吃。

房二河洗完手後走過來，看著眼前這三個考生，他說道：「辛苦了。」

由於剛才吃了幾個包子墊肚子，房伯玄等人這會兒也沒那麼餓，於是他們喝著小酒，開始討論起秋闈的事。

秋闈稱得上是一步登天的考試，跟秀才不同，一考上舉人之後就有機會做官，所以重要性非比尋常。房二河猶豫了一下，還是忍不住問出口。「大郎，你覺得這次考得如何？」

房伯玄放下手中的酒杯，說道：「爹，這個不好說，要看閱卷官的想法。」

關於這點，房二河也知道，科舉考試有時候要看寫的文章符不符合閱卷官的心意，若是符合，就有可能錄取；要是意見與閱卷官相悖，就有可能落榜。

「那……你自己的感覺呢？」房二河又問了一句，彷彿房伯玄只要說自己「考得還行」就能錄取一樣。

房伯玄搖搖頭，還是沒明確地說出自己的看法，只道：「爹，我已經盡力答題了，至於過不過……就要看老天的意思了。」

聽到這個答案，房二河嘆了一口氣。

吳秀才倒是沒房二河這麼悲觀，他笑道：「修竹若是錄取不了，那可真沒多少人考得上了。」

他在房氏族學教書之餘，也會跟房伯玄與房仲齊切磋學問，在他看來，房伯玄確實是不可多得的人才。

房伯玄謙虛地說了幾句話，接著又轉移話題聊起其他事。

房二河心想，反正已經考完試了，結果如何也不是自己能掌握的，就等成績出來再說吧。

吃過飯之後，房伯玄、房仲齊還有吳秀才三個人出去打探消息，順便跟考完試的秀才們聯絡感情。

房言這兩天沒去店裡晃，也沒跑出去，她窩在房間裡研究東西。

之前她一直在思考要怎麼報答童少爺，想到馬上就要秋收了，她就構思出一樣東西。等畫好圖之後，她把自己的想法告訴房二河，並且拿草圖給他看。

房二河眼前一亮，說道：「二妮兒，這個想法好，很多人都是用木棍敲，甚至用手摳下來，不但費力，形狀也不好看，要是這東西真的能做出來，是有利於百姓的一件事啊！」

面對房二河的稱讚，房言心虛地道：「爹，您別給我戴高帽子了，我就是看到咱們家僕人們太累，想幫幫他們罷了。這東西我想了好幾年才想出來的，您看看這樣行不行，還有沒有要改動的地方？」

也難怪房言故意要說想了幾年才有成果，這機器在現代根本算不上什麼，在古代卻稱得上是劃時代的發明，她可不敢讓自己變成別人眼中的「天才」。

房二河看著圖紙說道：「照爹的看法，這個地方……似乎有些行不通。不過因為爹沒實際操作過，所以也不知道會不會有問題？」

聽了房二河的話，房言抿抿唇，遲疑了一下，終於說出自己心中的想法。「爹，這個東西做好之後，我想送給童少爺當作謝禮，畢竟他在府城幫了咱們不少忙，您覺得怎麼樣？」

房二河訝異地看了房言一眼，想了想，他說道：「這東西要是拿出來賣，應該能賺不少錢。二妞兒，妳有這個心，爹覺得很好。」

見房二河答應，房言終於鬆了一口氣。她就怕她爹有意見，覺得這種能賺大錢的東西白白送人會虧本。

「既然這樣，爹，您就不用做了，我直接去找童少爺，讓他帶我去江記，我再跟木匠們商量做法。」

房二河點點頭。「也行。我見二郎今日沒出門，就讓他陪妳一起去吧。」

房言笑著回道：「好的，爹。」

目前房仲齊的心情還算可以，之前他跟房伯玄還有吳秀才出去應酬時，跟不少秀才聊過，並非所有人都覺得自己一定能考上，有些人只是來碰碰運氣，還有人五十幾歲了仍堅持不懈。相較於他們，他今年才十五歲，應該打起精神努力學習才是，三年後，他才十八歲，機會還多得是。

聽到房言喊他一起出去的時候，房仲齊還挺開心的。他們兩個人拿著圖紙，直接走到對面的米糧店。

安掌櫃說，童錦元今日不在店鋪，房言這才想到，童家生意做得很大，不是只有這個地方要看著，頓時有些失望。

「房二小姐有什麼事要找我們家少爺嗎？要是很急的話，我可以讓夥計去找少爺過來。」

說著，安掌櫃又道：「不過，說不定少爺一會兒就過來了，他最近天天都會來這間店鋪呢。」

關於童錦元到這間店鋪的頻繁，安掌櫃其實覺得很奇怪。不知為何，他們家少爺每天都會來店鋪，而且一坐就是很久，中午還會去對面的野味館吃一頓飯才離開。

安掌櫃一開始還以為童錦元是偶爾來視察的，後來發現他天天來之後，就開始懷疑是不是自己的管理方式出了問題，所以被盯上了，還為此戰戰兢兢了幾天。好在安掌櫃發現童錦元並沒有責怪他的意思，要不然他真的以為童錦元對他不滿意了。

幾個人正說著話，童錦元就從外面走了進來。

房言看到童錦元時，立刻喊道：「童少爺。」

童錦元看見房言，也不自覺地笑起來，說道：「房二小姐、房二少爺。」

看著眼前兩個人以虛禮相待的樣子，房仲齊忍不住說道：「童少爺、小妹，咱們都這麼熟了，就不用再叫什麼少爺跟小姐了吧。童大哥，你叫我子山就行，我小妹叫二……呃，你叫她言姊兒吧。」

不料，童錦元在聽了房仲齊的話之後，臉色頓時微微發紅。

房言瞪了房仲齊一眼，又看著童錦元說道：「童少爺，您別介意，我二哥說話比較直。不過，我也覺得您一直以來似乎太抬舉我了，不用再叫我什麼『房二小姐』，就叫我言姊兒吧。」

童錦元看著眼前說話很直接的小姑娘，笑著回道：「嗯，那妳也不用再叫我童少爺了，就像子山說的一樣，叫我童大哥就好。」

房言眼珠子轉了轉，然後笑道：「好啊，童大哥。」

童錦元聽了，笑著點點頭。

想起此行的目的，房言趕緊說道：「童大哥，可否借一步說話？」

童錦元指了指樓上，房仲齊跟房言就隨他上樓去了。

「童大哥，我這裡有一張圖紙，你看一下。」說著，房言把圖紙攤開，放到桌上。

乍一看，童錦元並不明白這是什麼，他疑惑地問道：「這個東西是……」

房言笑著回道：「這個是玉米脫粒機。」

童錦元一聽，眼睛瞬間發亮。

房言低下頭，指著圖紙上的畫，說道：「把一根玉米從這裡放進去，然後另一隻手轉動把手，玉米粒就會從旁邊這地方出來，最後中間的芯則會從這個出口出現。」

這東西一樣是房言從購物網站上看來的，不過現代這種機器除了手動，多半還能用電驅動，只可惜古代的人注定得多費點力，才能好好吃上一口玉米粒。

童錦元已經不知道該用什麼話來形容房言了。她跟他見過的所有姑娘都不一樣，不僅聰明大方、不拘小節，還樂觀開朗、態度積極向上。

玉米傳到他們這裡已經有將近一百年的歷史，可是大家還是直接用手或是普通工具來脫粒，累得整隻手痠疼不說，速度還很慢。有了這個東西之後，玉米脫粒將不再是那麼困難的事了。

況且房言發明的機器看起來不會太難製作，造價似乎也不會太高，照童錦元看來，很多普通老百姓都買得起。

「言姊兒，妳真聰明。」童錦元由衷地誇讚道。

房言被童錦元瞧得臉蛋發熱，她有些不好意思地道：「哪裡，我這不過是瞎想罷了，還不知道能不能做出來呢。」

看著一張俏臉紅撲撲的房言，童錦元的眼神有些變了。

他以前就知道房言長得好看，可是她現在卻多了一股不一樣的魅力。如今她雖然穿著一身男子的衣服，卻難掩她是一個嬌美姑娘家的事實。

房仲齊本來看著圖紙在聽房言介紹，但是聽著聽著，他卻覺得身旁兩個人的音調不太對。房仲齊抬起頭掃了一眼，這一看，他頓時變得有些緊張。

他們家小妹跟童錦元之間的氣氛不太對勁啊！

第六十九章 中舉喜訊

「咳，小妹、童大哥，你們聊完了沒有，咱們不是還要去找木匠們討論嗎？」房仲齊適時地提醒道。

房言聽了房仲齊的話，率先回過神來。「喔，二哥說得對。童大哥，這只是我初步的想法，很多細節方面還要請木匠們看一看，也許還有一些地方需要改進呢。」

童錦元低下頭捧起茶杯，掩飾自己方才那一瞬間的走神。喝完一口茶之後，他說道：「那就去我們家的木製品店吧。」

房言笑道：「肯定要去那裡啊，因為這個東西本來就是要送給你的。」

聽到這句話，童錦元震驚地看著房言。「送給我的？為什麼？這份禮實在太厚重了，萬萬使不得。」

房言卻道：「童大哥，這有什麼使不得的，你們家無形中幫了很多忙，還替我們找了一間店面。要是沒有你們，我們不知道要怎麼被人欺負，甚至繳上大筆保護費，比起你為我們家做的事，這一點點回報實在微不足道。」

有了孫博的例子在前，房言很清楚童錦元在背後施了多少力。

童錦元正色道：「言姊兒，咱們兩家本來就認識，幫點忙也在情理之中。況且那些事對我來說不算什麼，切莫再提了。」

房仲齊說道：「童大哥，你就不要再推辭了，我爹也同意這件事，但是因為店鋪裡比較忙，所以就由我們兄妹二人過來。」

童錦元還是搖搖頭。「言姊兒，這個東西要是能做出來，一定能賣出不少，收益也不會差。這麼賺錢的機器就這樣被我無償拿走，我著實承受不起。」

房言想了想，說道：「童大哥，這個東西就像是之前的水果榨汁機跟絞肉機一樣，只有你們家這樣的大店鋪才能撐得住。如果由我們家做的話，相信不出幾天，府城其他店鋪就會做出一樣的東西了，到時我們可沒地方去訴苦。可是這個東西到你手裡就不同了，你們家有權有勢，就算被模仿，也能大量製造，並銷往全國各地，大賺一筆。」

童錦元看了圖紙一眼，皺了皺眉，說道：「可是……」

房言打斷童錦元的話。

「童大哥，你別再推辭了，秋收馬上就要來臨，再不做的話，今年就來不及了。若是想避免其他人在這個時候搶奪商機，咱們就得把握時間，在秋收季節打響名號，這樣即使到了明年，人家說起玉米脫粒機，也會先想到童家不是嗎？」

童錦元不得不承認，房言真的是個很好的說客。他一時之間沒再回話，而是默默盯著圖紙。

房言也不催促童錦元，任由他靜靜地思考。

過了一會兒，童錦元說道：「這張圖紙我收下了，但是開始販賣之後我會給妳分紅。」

聽到童錦元的提議，房言不自覺地笑起來。

第一次合作的時候，她就想過要向童家要求分紅，但當時他們兩家的關係還很疏遠，如今卻已經算得上親近了。儘管如此，童錦元仍主動提出分紅這件事，代表他不會因為雙方走得比較近就讓他們家吃虧，這令房言非常開心。

「嗯，多謝童大哥的好意。雖然這機器做成全鐵的較適合，但是鐵的不如木頭的好做，所以除了中間的鐵片之外，製作的成本不會很高。這麼一來，價格的提升空間有限，所以咱們就先不說分紅的事，先去找木匠們商量怎麼做吧。若是將來真的賺大錢的話，你再跟我提分紅也不遲。」

聽了房言的話，童錦元覺得自己再堅持下去就太不識趣了，於是他說道：「好，那咱們現在就去江記吧。」

他們三個人很快就到了江記木製品店，童錦元把店裡幾個大師傅叫過來，有幾個木匠還記得房言，其中一個人笑道：「小姑娘，一段時間不見，長這麼高了啊。」

房言笑著打招呼。「各位叔叔、伯伯、爺爺好。」

「怎麼，你們家是不是又研究出什麼新東西了？」一位老人問道。

房言點點頭。「還是這位爺爺聰明。這裡有一張圖紙，我閒來無事畫的，但是有些地方不知道行不行得通，所以拿過來請各位一起研究。」

一聽到這番話，這些木匠手就有些癢了。待房言解釋一遍這個東西運作的原理之後，他們一個個都非常佩服她的智慧。

至於機器需要改進的一些細節，大夥兒也商量了一下該怎麼處理。因為馬上就要秋收了，所以大家立刻動手開始試做，房言則在一旁指揮。房仲齊見這個活兒非常有意思，也跟著幫他們的忙。

見房仲齊跟房言兄妹倆連午飯都沒回去吃，童錦元就差人幫他們叫了一些飯菜過來。

眾人齊心合力，到下午的時候就做得差不多了，越來越像房言在現代看過的東西。安裝好各個部位的零件之後，就準備開始進行測試。

童錦元已經提前吩咐僕人去找幾根玉米來。雖然新鮮的玉米還不能採收，但是很多人家家裡會留一些去年的玉米。一部分的人是因為懶，沒吃完就放著；還有些人是掛在屋簷下，向神明祈求明年能夠豐收。

看著把手轉動幾下之後，玉米粒就跟玉米芯分離，大夥兒都很興奮。

見到眾人歡欣鼓舞的樣子，房言心想，這種東西操作起來還是會累。雖然比單純用手方便多了，但是仍舊比不上自動化的機器。

童錦元察覺房言有些失神的樣子，於是走過去關心道：「言姊兒，機器已經做出來了，可是我看妳怎麼好像有心事，是機器做得跟妳想像中的不一樣嗎？」

聽到童錦元的聲音，房言收回自己的思緒，說道：「沒有，我覺得大家做得比我想像中的好多了。只是我突然想到，雖然借助了機器的力量，但是轉動的時間一長，手還是會痠，要是能更加省時省力就好了。」

童錦元沒想到房言竟然有這種想法，大家眼中這麼神奇的東西，在她心裡依然不完美、需要改進。

想到這裡，童錦元出聲安慰道：「言姊兒，能做出這種東西，對老百姓來說，是非常值得欣喜的事情，沒看到他們開心的樣子嗎？這說明大家對妳的機器很滿意，妳不必對自己要求這麼高。」

房言聽到這番話，嘆息了一聲。

自動化的過程需要電，她實在是無能為力，能想出這種東西，靠的是在現代生活的記憶，至於電，還是交給勇敢的科學家們吧。

想到這裡，房言笑道：「好，既然大家這麼喜歡，想必這個東西肯定會很好賣。童大哥，到時候能不能請你留兩臺給我，畢竟我們家的地很多。」

聽到房言的要求，童錦元點點頭。「這有什麼困難，機器做好之後，我先讓人送幾臺去給你們。」

房言笑著回道：「多謝童大哥。」

由於馬上就要秋收，房二河一行人就回到房家村去了。

過了數天，地裡的玉米都收好，外面的皮也扒了個乾淨，堆在房言家的後大院曬太陽。

童錦元早就讓僕人從府城送了幾臺做好的玉米脫粒機來房二河家，等玉米曬過以後，就能脫粒了。

又過了幾天，晌午的時候，胡平順突然讓高勝從府城回來了。高勝下馬車的時候，幾乎是從上面滾下來的，接著又跌跌撞撞地跑進屋子。

房二河見到高勝毛毛躁躁的樣子，以為出了什麼大事，趕緊讓人去扶著高勝。

高勝沒等到人攙扶他，自己就站穩了。

房二河深深吸了一口氣，說道：「可是府城出了什麼事？你慢慢說。」

因為每天凌晨都會有人送菜去府城的野味館，要是出了什麼事，一般都會捎信回來。今天送菜的人回來時並未有任何表示，所以房二河猜測，也許是早上到這段時間，店裡出了什麼狀況。

高勝直接跪到地上，激動地道：「老、老爺……」他話還沒說出口，眼淚就先流下來了。

高勝平時機靈的樣子已經深植房二河心中，如今這副模樣著實讓他嚇了一跳。

房二河上前想要親自扶起高勝，然而高勝卻沒有起身。磕了幾個響頭之後，他才終於冷靜一點，說道：「老、老爺，恭喜……老爺，恭喜老爺，咱們家大少爺考中舉人了！」

說完，高勝的眼淚流得更凶了，他拉起袖子擦了擦。房伯玄考上了舉人，意味著可以做官了，他這個僕人的地位也會跟以前不一樣。

高勝在府城待得久，早就明白一些道理，商人家的奴才怎麼能跟官老爺家的比，他就要雞犬升天了！

聽到高勝說的話，房二河一下子愣住了。他臉上寫滿了震驚，眼睛瞪得很大，嘴巴也合不起來。

半晌過後，房二河才回過神來，他剛想要說話，卻發現自己的嗓子啞了，臉上還有淚水。他方才還覺得高勝太激動，沒想到自己沒比他好到哪裡去。

房二河抬手擦了擦眼淚，不太確定地問道：「你剛剛說……大少爺考中舉人了？」

高勝使勁地點頭。「對，大少爺考中舉人了！」

房言、房伯玄與房仲齊本來待在書房，聽到僕人稟報高勝慌慌張張地從府城回來時，他們也跟房二河的想法一樣，怕府城的店鋪出了什麼事。

結果他們三個人一趕到正屋來，就聽到高勝後面這句話。

房言開心地轉過頭，看著房伯玄說：「大哥考中了，你變成舉人了！」

房伯玄面帶笑意地點點頭，房仲齊的心情卻有些複雜。按照高勝的意思，他並未考中。雖然早就能預料到這個結果，可是房仲齊多少有點失落，不過另一方面，自家大哥考上舉人，又讓他感到非常榮幸。

他看向房伯玄，說道：「大哥，恭喜了。」

房二河看到房仲齊時，本來想再問高勝幾句，但是轉念一想，如果小兒子考上了，高勝自然會說，既然只提大兒子，那就是另一個人落榜了，所以就沒再問什麼。

「二郎，別灰心，你還小，三年後還有機會。」房二河安慰道。

此刻房仲齊的心情平復不少，只單純為房伯玄感到欣喜，他笑著回道：「嗯，爹，我知道，我一定會努力的。」

看到房仲齊並未因此意志消沈，房二河欣慰地點點頭。

房言見大家都沒問她最關心的事，不禁有些著急。她看了身邊的房伯玄一眼，知道他肯定也很在乎那個問題。

「高勝，大哥考了第幾名？」

一聽到房言的話，在場的人瞬間安靜下來。對啊，他考了第幾名？會不會跟之前一樣，也是……

想到這裡，房伯玄與房言對視一眼。

高勝嚥了嚥唾沫，興奮地道：「第一名，大少爺考了第一名！」

聽到了名次，房言這才真正激動起來。她一把抱住身邊的房伯玄，邊跳邊喊道：「大哥，你考了第一名，你是解元了！」

房伯玄聽到這個名次也非常高興，他被自家小妹晃得有些頭暈，不禁抬起手來穩住她的身子。

房二河再也無法自持，他走過去抓著房伯玄的肩膀，想要開口說些什麼，卻又說不出來，眼淚不停地往下流。

王氏與房淑靜得到消息之後趕過來，兩個人也是淚眼婆娑。

看著眼前的情景，房伯玄被大家的喜悅感染，眼角也微微有些濕潤了。看著房二河和王氏，房伯玄跪了下去。

「兒子能取得這樣的成就，多虧了爹和娘的教誨，兒子以後一定更加努力，不負爹和娘的教養之恩！」

王氏聽了這話，拿著手帕悄悄地抹眼淚。

房二河哭了一會兒，這會兒整個人已經穩定下來，他說道：「嗯，大郎，你好好讀書，爭取更進一步的成績。」

「謹遵爹的教誨。」

此時房二河想去告訴村長，好開祠堂祭祖，不過卻被房伯玄攔住了。

房伯玄說道：「爹，等報喜的人來了之後，再拿公文去祭祖吧，萬一中間出了什麼變故，祖宗會怪罪的。」

聽了房伯玄的話，房二河說道：「怎麼還會有變故，不是已經張榜了嗎？」

房伯玄卻道：「爹，雖然已經張榜，但是過去有幾次出了問題，所以咱們少安勿躁，再等上一陣子吧。」

房二河點點頭道：「好，爹聽你的。」

王氏擦乾眼淚，看著周圍的僕人說道：「今天有賞錢，一人一錢銀子。」

僕人們一聽，頓時更加喜悅了。

看到眾人開心的樣子，房伯玄悄悄走出正屋，房言見房伯玄離開，就跟在他背後走了出去。

房伯玄站在門口看著蔚藍的天空，覺得此時已不再像方才那樣難以控制情緒了。他轉頭看著身邊的房言，問道：「小妹，要不要陪大哥去山上走走？」

房言點點頭。「好啊。」

由於房伯玄想看大自然的景色，而如今靠近他們家這邊的山頭已經被拿來種果樹，所以他們繞了一段路，走向袁家村那側。

從袁大山家門口路過的時候，房言說道：「也不知道大山哥如今怎麼樣，竟是音訊全無了。」

房伯玄回道：「快了，最遲明年，這場仗應該就會結束。」

兩個人慢慢往上爬，一邊走，一邊說幾句話，聽著樹林裡的鳥叫與蟲鳴聲，聞著清新的空氣，房伯玄覺得心中很平靜。

房言依然很雀躍。她大哥考中了解元，明年說不定還能更進一步。心中沒了仇恨，身邊也少了那個壞蛋三皇子，她大哥的仕途也許不會像前世攀升得那麼快，但是一定會走得非常穩當。等戰爭結束，姊姊心心念念的人也能回來了，她相信未來一切都會很美好。

到了高處，房伯玄往遠方眺望，覺得自己胸中漸漸生出了豪情壯志。如今自己只是個小小的解元，距離最終的目標還差得遠，他一定不能被周圍的稱讚迷惑，要安定下來，繼續前行。

在山上待了一會兒，他們倆就下山去了。回到家之後，房伯玄立刻進書房學習。

按照房伯玄的意思，房二河約束僕人們不要對外散播這件事，他自己也不敢出門，怕碰到熟人時會忍不住說出來。

到了晚上，房二河與王氏想到自己有可能成為官員的父母，一時興奮得睡不著覺。
他們一家能有目前這個景況，是三年多前倉促從鎮上回房家村時，想都不敢想的……

第七十章　禮尚往來

放在後大院的玉米曬乾之後，就要開始脫玉米粒了。有了脫粒機，房二河家眾人作業的速度也快了許多。

就在大夥兒忙著秋收的時候，一隊官差騎著馬，敲鑼打鼓地來到了房家村，來到房伯玄的家。官差們下馬之後，看見大門開著，門口還有一個老頭。

領頭的官差問道：「請問這裡可是房伯玄家？」

老丁頭對於這種事並不陌生，他去年已經經歷了一回。

不考慮這個緣故，房二河家的僕人們也早就知道自家大少爺中舉，只是受了房二河的吩咐沒說出去，這會兒看到報喜的人來了，老丁頭趕緊上前說道：「是，就是這裡，我馬上請我們家大少爺出來。」

說完之後，老丁頭先是跑進去向房二河稟報，接著就去書房通知房伯玄。

當房二河和房伯玄出來時，大門外已經站滿了村子裡的人。

雖然現在一些人還忙著秋收，但是一知道有熱鬧能看，他們就都跟著衙役過來了。

官差們等了一會兒，終於看到一個壯年男子與一個俊秀的少年郎走了出來，想到喜報上的年紀，便猜測這個少年郎就是房伯玄。於是領頭的官差上前說道：「恭喜了，您高中舉人，是全府城第一名，恭賀解元老爺。」

房伯玄拱拱手，朝來報喜的官差們道謝，他們不敢受房伯玄的禮，趕緊把身子彎得更低，把喜報遞給房伯玄。

圍觀的村人也聽到官差說的話了，他們雖然不懂秀才跟舉人到底有什麼樣的區別，但也知道這是喜事一件，總歸一句話，房二河家的大郎在仕途上又更進一步了。

但是其中有人比較懂這方面的事，他聽到之後，激動地向人說道：「這可是舉人老爺啊，聽說縣城裡一些官就是舉人出身，玄哥兒這是能做官了！」

一聽到這些話，大夥兒頓時激動起來。

這一批報喜的人還沒被迎進門，第二批報喜的人就來了。官差們見面之後，互相拱拱手，然後第二批人就開始對房伯玄道喜。接下來，第三批報喜的人也來了。

王氏要僕人們把準備好的荷包拿去門口發給官差們，一個荷包裡面有二兩銀子，發完了喜錢，又把這些人迎進屋裡。

報喜的人坐了一會兒，喝了幾口茶之後就離開了。

沒多久，村裡那些德高望重的老人們來到房二河家，又是一番老淚縱橫。他們直呼房家村很快就要發達起來，因為房伯玄能去做官，他們以後再也不用怕被人欺負了，這可是至高無上的榮耀啊！

一群人絮絮叨叨地聊了一陣子，接著大家就去祠堂祭祖，祭完祖之後，一群人又去祖墳上香。

房明生笑道：「多虧了六爺爺要咱們修一修祖墳，您看，修了祖墳之後果然不一樣，咱們房家的兒郎要一步一步往上爬了。」

祖爺爺說道：「所以啊，做人不能忘本，否則走不了太遠、爬不了太高，要牢記祖宗們的恩德才是。」

眾人聽了，皆點頭稱是。

等到這些事情忙完，房二河他們回來的時候，天已經快要黑了。

晚上吃飯時，想到今日房家一些老人哭得泣不成聲的樣子，房二河笑道：「多虧前幾日已經知道大郎考上的消息，要不然啊，我也會在祖宗面前失態呢。」

房言心想，說得您今天好像很冷靜一樣。想到這裡，她看著她爹說道：「爹，我怎麼聽說您趴在祖墳上哭了好久，還是大哥和二哥把你拉起來的。」

房二河臉色先是一僵，隨即又笑著回道：「爹這不是見到祖宗們，所以高興嘛！妳大哥能考上、咱們家能有這樣的好日子，都是多虧祖宗在天之靈保佑，爹難免激動了一下。」

大家一聽到這些話，忍不住笑了起來。

第二天早上，房家來了一個人，此人正是孫博。

「恭喜修竹兄，取得了魯東府的第一名。」孫博說道。

房伯玄朝孫博拱拱手，說道：「多謝懋之兄，也恭喜你了。」

孫博回道：「多謝。但我不能跟修竹兄相提並論，我的名次比較靠後，不過是僥倖考上而已。」

「懋之兄謙虛了。」說完這句話，房伯玄指著旁邊的椅子，說道：「懋之兄快請坐。」

坐定之後，房伯玄就跟孫博聊起來。一考上舉人，孫博整個人也變得有自信多了。

「這回考上舉人，算是揚眉吐氣了一回，再也不用被我爹瞧不起了。我實在很懷念在霜山書院讀書的時光，當時就是純粹求取學問，不用理會一些其他的事情。可是現在呢，讀書不只是鑽研課業，還要結交各路好友，令我甚是心累。」

房伯玄笑了笑，心想，其實霜山書院也不是那麼單純，孫博之所以會這麼認為，是因為有孫家撐腰，到了京城，很多事情就不一樣了。

「是啊，人長大之後，腦袋裡面裝的事情就變多，讀起書來也就沒那麼用心了。」

聽到房伯玄的話，孫博想起今日前來拜訪的另外一個目的，他猶豫了一下，不知道要不要開口？

房伯玄注意到孫博的表情，但是卻假裝沒看見，他端起桌上的茶喝了一口，等待孫博自己說明。

果然，孫博糾結了一會兒之後，還是說話了。「修竹兄，你們家可曾為你訂親？」

房伯玄沒想到孫博會問這種事，一口茶差點噴出來。他的心思千迴百轉，最後穩了穩心神，笑著對孫博說道：「不曾。」

孫博聽到房伯玄的話，稍微放心了一些，又問道：「那……你們家最近有為你訂親的打算嗎？」

憑房伯玄的聰明才智，加上孫博的問話，還有他的表情，房伯玄也明白他的意思了。不過他並未直接戳破，而是說道：「懋之兄，明年就要考春闈了，不管是我爹娘或是我，都暫時沒這個打算。我不想因為這些事情分心，一切都等春闈之後再說吧。」

孫博一聽，頓時覺得後面的話不好說出口，他有些失望地道：「這樣啊……嗯，好，我知道了。」

中午在房二河家吃過飯，孫博才返回縣城。回到家裡，孫老夫人就問孫博有沒有探過房伯玄的意思？

孫博回道：「問是問了，只是修竹兄暫時沒有娶親的打算，說是等明年春闈之後再考慮。」

孫老夫人聽到這話，知道這算是被拒絕了。現在他們家的姑娘若跟房伯玄訂親的話，還能占得先機，等到明年，若是房伯玄考上了狀元，一切就不好說了。

「既然這樣，祖母到時候修一封書信，你再帶去京城，等考完春闈之後就立刻交給他。」

「好的，祖母。」

此時，遠在府城的童錦元在米糧店看帳本的時候，正好看到對面房家的野味館非常熱鬧。遠遠看過去，門口似乎貼著一張紅紙，大夥兒都擠在那裡議論紛紛。

「沒想到這家老闆的兒子這麼厲害，竟然考了咱們府城的第一名。」

「就是說啊，改天我得帶我兒子過來吃一頓飯，不求他考個解元，只盼榜上有名！」

「說得有道理，走走走，去沾沾老闆他們家的喜氣。」
「還真別說，他們家的吃食味道的確不錯。」
童錦元離開米糧店，走近一看，只見那張紙上寫著——
特大喜訊！茲因本店老闆之長子近日通過鄉試，中了頭名解元，這三日來店內用餐全部只收八成費用。
看到紅紙上的內容，童錦元真的對房伯玄敬佩不已。過去他只知道言姊兒的大哥書讀得好，卻從來不知道竟是好到這種程度。中了府城的頭名，明年的春闈基本上沒問題了，考取進士也是指日可待。
查完帳回家，童錦元找了一些過去讀書時，別人送他的用具。這些東西非常貴重，他用都沒用過，拿來送禮正適合。從中挑選了幾樣，童錦元又去正屋找他娘要府中庫房的鑰匙。
江氏聽到兒子的來意，問道：「你開庫房做什麼？」
童錦元解釋道：「咱們春明街米糧店對面的房家，他們家大兒子高中這一屆的解元，兒子想送一些禮過去。」
江氏不是什麼無知婦人，她一聽到這些話，驚訝地道：「今年咱們府城的解元竟然出自他們家？他家大兒子書讀得這麼好？這可真是有福氣啊！」
童錦元回道：「是啊，他從縣試開始，每次都是頭名，書的確讀得很好。」
江氏問道：「他家大兒子似乎沒有多大吧？」
「的確是沒多大，似乎比兒子還要小的樣子。」

江氏更加佩服地說道：「這可真是不得了，小小年紀就成為咱們府城的解元。咱們府城的解元一直以來，都是年紀大一些的人得的，沒想到這次竟然被個不足弱冠的孩子摘下，不知道會有多少媒婆要踏破房家的門檻。」

說到這裡，又勾起了江氏的心事。

雖然京城皇明寺的渡法大師已經說過，等到童錦元弱冠，他們就能得償所願，不過平時她出門會客時，還是聽了不少閒言碎語。

江氏過去還會在意，但是現在，她已經懶得看那些說她兒子有剋妻之命的人的嘴臉，總歸過不了兩年，她兒子就能成親了。

「喔，對了，我記得房家有女兒吧，多大年紀來著？」

童錦元一聽他娘說這些話，也知道她想問什麼。類似的事情她不知道問過多少次了，童錦元索性直接說了出來。「娘，您之前見過她們，也問過我這個問題。房家有兩個女兒，大女兒十五歲，已經訂親了，小女兒則是十三歲。」

他之所以知道房淑靜的情況，是因為房言曾經跟他聊過。她姊姊跟二哥是雙胞胎，姊姊房淑靜喜歡的人去從軍了。

江氏失望地說道：「噢，我問過了嗎？可見年紀一大，什麼事都很容易忘記。不過，他們家小女兒有點小啊……」

說完這句話，江氏又回到正題上，說道：「你能想到去送禮挺好的，這麼大的喜事，禮物得厚重一些。聽說前些日子，娘的店鋪裡造出一款新機器，也是房二小姐想出來的吧？掌櫃的說賺了不少錢，你可要好好地謝謝他們家。」

童錦元回道：「好，娘，我知道了。」

母子倆正說著話呢，童寅正從外面回來了。聽到母子倆談論的問題，他想了想，說道：「禮的確要厚一些，我看這房伯玄並不簡單，說不定哪日就要一飛沖天了。」

江氏疑惑地問道：「這話怎麼說？」

童寅正回道：「我最近在外面聽說了一些事情。據說今年解元答題的內容，所有的閱卷官都說好，一致評選他為第一名。這種情況以往可是很少見，畢竟文人之間最喜歡挑對方的毛病、不贊同對方的觀點，可唯獨對這位解元的試卷，沒人說他的不是。咱們家沒有考科舉的人，我當時聽了也沒放在心上，沒想到他竟是咱們身邊的人。既然如此，你可要盡可能地與對方打好關係，即使不喜歡他這個人，也不要得罪他。」

童錦元說道：「兒子很欣賞房家人的做事風格。」

童寅正點點頭。「那就好，跟這樣的人交好只有益處，沒有壞處。」

跟父母又說了幾句話之後，童錦元就走去庫房，按照江氏的交代拿了一些東西。要離開庫房的時候，童錦元突然看到幾疋鮮亮的布疋，他覺得顏色好看，就順手拿了兩疋，把懷中原本的布疋換掉了。

第二天早上，童錦元就讓僕人以他母親的名義送禮到房家村。正好，當天是房二河家宴請賓客的日子。

鄭傑明這回人正好在縣城，這麼值得慶賀的事情，自然要來湊湊熱鬧。他趕著馬車，帶著一家老小過來。

「傑明表弟。」

「恭喜二河表哥、恭喜大姪子，一點薄禮，還望你們能收下。」

因為鄭傑明來了，所以房二河就讓房伯玄與房仲齊兩兄弟在門口迎客，他則跟鄭傑明去一旁說話。

「傑明表弟，聽說你前段時間去南方了，那裡情況如何？」

鄭傑明回道：「南方的生意倒是好做，錢也比從前賺得多了些，只可惜塞北那條線因為戰亂斷掉了。希望這場仗趕緊打完，再去一趟塞北做生意才好呢。」

房二河道：「大姑母本就不喜歡你去塞北那邊冒險，前些時日還跟我說，如今你出門她都能睡個好覺了。既然南方的生意更好做，就別再想著去塞北了。」

鄭傑明皺了皺眉頭，嘆了口氣，無奈地道：「只是……這麼長一段時間下來，我對塞北那邊也有感情了，這麼一段時間不能過去，還怪想念的。」

房二河見鄭傑明一臉眷戀的樣子，悄悄地附在他耳邊道：「莫急。我聽大郎說，最遲明年，這場仗就要打完了。」

鄭傑明在外面聽過這個消息，但是同樣的話從房伯玄口中說出來，就增加了一些可信度。

他小聲地回應道：「我也聽說了，皇上的病痊癒，咱們寧國的士氣大振，收復丟失的領土，指日可待。」
房二河道：「是啊，只有日子太平，咱們才能多賺些錢。」
聽到這句話，鄭傑明道：「我聽說二河表哥在府城又開了一家分店？」
「是啊，在碼頭開了一家，如今工匠們正在裡面整修，過些時日就能正式開張了。」
除了廚房之外，房二河臨時決定再把店鋪內部弄得更漂亮一些，所以花費的時間比預定的更長。
鄭傑明真心地道：「我真是佩服二河表哥，這才短短三年多時間，你已經開了這麼多間店鋪了。」
房二河謙虛地說：「這都是運氣好。」
鄭傑明是真的覺得房二河很有一套，這麼短的時間內，他不僅開了好幾家店，而且每家都有盈利；家裡有眾多僕人，更有良田百畝，而且兩個兒子都是秀才，其中一個今年還考上舉人。
這樣的人家別說是在縣城，在府城也能立足了。
儘管如此，他們依然住在小小的房家村，更經常自己動手做事。有了錢跟地位，還能保持初心，讓人不服都不行。
「二河表哥，你要是不勤勞苦幹的話，哪裡能有這樣的運氣？所以人還是要一步一腳印，踏實地前進才是正理。」
「傑明表弟這話說得沒錯，做事還是要老實勤懇。」

兩個人正在聊天，外面忽然傳來一些聲音，似乎是童家送禮過來了。

房二河心想，他們在府城的生意，多虧童家照應才站得住腳，沒想到童家這次竟然送禮來給他們。

鄭傑明道：「童老爺是個有信譽的商人，看來二河表哥在府城跟他們家處得很好，這樣我就放心了。」

房二河回道：「我們家的店鋪能開得這麼順利，不就是託了童家的福嗎？」

說完，房二河走到門口跟從童家過來送禮的人寒暄了一會兒，接著客客氣氣地請對方進家門吃飯。

第七十一章 京城擴地

送禮的人陸陸續續上門，宴席也開桌了。

不知道是不是上次被村長他們嚇得不輕，所以陳氏這次並未出席。雖然她沒有來，但是老宅其他人可都到場了。

張氏心中仍舊非常嫉妒王氏，卻不敢多說什麼，表面上還對王氏一副阿諛奉承的樣子，讓一向了解她的王氏很不習慣。再來，張氏甚至對王氏說起了陳氏的壞話，這讓王氏打從心底瞧不起她。

儘管房峰一直沒考上秀才，但也漸漸振作起來了，如今他已娶妻生子，選擇在家裡準備考試。這次房伯玄考上舉人，他也過來祝賀，只不過表面上是來道喜，實際上則是乘機跟一些自己不認識的貴人學子打好關係。

房伯玄看到房峰巴結他一些同窗好友，心裡雖然有些不屑，但是終究沒表示任何意見。

這一天就這麼熱熱鬧鬧地過去了。

第二天吃過早飯，房言與房淑靜跟隨王氏去庫房查看大家送的禮物。

房言一眼就相中了一疋鵝黃色的布。她走過去摸了摸，觸感比看起來的還要好，是一塊上等布料。鵝黃色的布旁邊還有一疋香緋色的，同樣很吸引人的目光，她也伸出手感受了一下布料的細緻程度。

見房言在看這兩疋布，房淑靜也走過來，她們對這兩疋布都頗為中意。

房淑靜問道：「娘，這兩疋布是誰送過來的啊，質料這麼好的布，肯定出自大戶人家。」

王氏拿著禮單看了看，接著有些驚訝地道：「竟然是府城的童家送過來的。」

房言問道：「真的是府城的童家？」

王氏點點頭，走過來確認了一下布料，又看了一下禮單，回道：「沒錯，這邊的禮品全是府城的童家送來的。」

看著這兩疋布料，王氏笑道：「這兩疋布顏色倒是挺鮮亮的，童夫人真是有心了，送了不同顏色的布，既照顧到了我，也顧全了妳們姊妹。不過，我看這些顏色比較適合妳們，就用這兩疋布給妳們做兩身衣裳吧。」

房言抓著王氏的胳膊道：「好啊，娘，我喜歡這疋鵝黃色的，不過我還在長個子，做一身就行。您幫姊姊一個顏色各做一身吧，反正布料挺多的，夠用。」

房淑靜笑道：「我做那麼多做什麼？」

王氏回道：「娘不偏心，既然妳都這麼說了，那就兩個人一個顏色各做一身，總共四件，這些布絕對夠用。」

房言與房淑靜兩人對視一眼，開心地笑起來。沒有女孩子不喜歡漂亮的新衣裳，尤其是布的質料這麼好，穿起來一定很舒服。

確認好庫房內的禮品，又把一些沒放好的東西歸類，王氏就差僕人們把現在用得到的東西收拾出來，以備不時之需。

在家待了沒幾天，房伯玄又去府學讀書了。中了舉不算終點，後面還有更重要的考試要努力。

房伯玄有自己的事要做，其他人也沒閒著，目前的首要工作就是替玉米秤重。

這些事一樣由自家人處理，大夥兒一批一批輪流把麻袋扛過去稱重，最後再統計出總重量。

今年房二河家那五十畝地產量很好，玉米的畝產量達到了六百斤，不過其他的地收成情況就跟去年差不多。

如今因為房伯玄與房仲齊身為舉人、秀才，所以他們家的東西不用上繳。房二河不打算賣掉這些糧食，而是選擇自己吃跟打成粉，剩下的則是全都拿去餵豬跟餵雞。

房言心想，要是能用玉米榨出油來就更好了，只可惜她完全不會這門技術，不然不光是玉米，大豆也能榨出油，那才真的叫做物盡其用呢。

秋收過後就要翻地了，今年除了種水果的地方，他們打算將所有的地都翻一遍，把縣城郊中間那五十畝地的土，與周圍那些土融合一下。這麼一來，那五十畝地的收成肯定不如之前好，但是總產量反而會增加。既然外面那圈地的產量增加可以預期，那麼現在周圍也得像中間那塊地一樣，用牆圍起來才行，至於原本在那邊耕種的長工，就全部換成自家人。

有了之前的教訓，房言不敢再偷偷借助靈泉的幫助，反正無論如何，這些地的糧食產量都不會少就是了。

交代好房一該怎麼做以後，房二河就準備著手進行更重要的事，那就是去府城買地。如今府城開了分店，需要的麵粉越來越多，雖然可以從其他地方購買，但總歸不如自己種出來的方便，還能節省成本。

抵達府城之後，房二河跟胡平順就去了中人那邊；房言也來了，不過她先待在野味館裡查看店鋪的情形，等待房二河的消息。

那個中人對房二河也算熟悉，房家在府城的野味館租約就是他經手的。

中人知道房家的情況，他們不但跟童家交好，房二河的長子還是今年府城的頭名解元。不管是衝著哪一項原因，他都對房二河更加恭敬。

聽到房二河說要買地，中人趕緊把自己手邊適合的地點都找出來。

看到地的價格，房二河頓時愣了一下，他沒想到府城的地才十四兩銀子一畝。

房二河詢問這是什麼緣故？中人答道：「北邊的仗還沒打完，有些領土還被侵占，有些人覺得南方比較太平，所以就想遷過去。再說了，這幾年的收成普遍不太好，可是賦稅卻高了一些，因此有些來這邊做生意的人想回去南方。」

聽到原因之後，房二河皺了皺眉，說道：「如今仗打得不是挺好的，聽說前幾日還贏了一場。」

中人回道：「就算是這樣，後面的事情也不好說，所以一些人還在觀望。如今賣地的人多，地的價格自然就下降，要是前幾年，一畝地沒有十五、六兩銀子可拿不下來，有人甚至一畝要價十七、八兩呢。」

房二河聽了中人的話，若有所思。他之前在縣城買的那塊地也不便宜，一畝要十三、四兩，沒想到府城的地現在反而只值這個價。

想到這裡，房二河道：「原來如此，那把你手中比較大一點的地挑出來讓我看一看。」

翻閱了一會兒資料之後，房二河接下來沒跟著中人去看地，而是心事重重地帶著胡平順回到店鋪。

雖然房二河早年做生意算不上成功，但好歹經歷過一些事。看到這麼低的地價，他從中嗅到了很多商機，所以回到店鋪之後，他跟房言說了一聲，就帶了些吃食去找房伯玄。

到了府學，房伯玄還沒下課，等了一會兒房二河才終於見到他。

對房伯玄敘述在中人那裡遇到的事情後，房二河說道：「大郎，你之前為何勸爹去京城買地？」

房伯玄回道：「其實我那時也不太確定，只是覺得咱們家早晚會去京城，所以建議爹多買一些地。當然了，中人說的那些原因，也在我的考量之內。不過京城具體的情況如何，我沒實地見過，所以不好下定論。後來聽爹說，我們要腳踏實地一點，我覺得也有道理，就沒再提過了。」

房二河聽了之後點點頭。

房伯玄想了想，又道：「爹，您近日要是無事的話，可以去京城瞧一瞧。要是地價真的這麼便宜，多買一些地非常划算，總之不會虧的。」

房二河微微頷首道：「爹正有這個打算。」

再度回到野味館之後，房二河覺得時間耽擱不得。誰也不知道地價什麼時候會再漲上去，況且再拖個幾天，那些地可能就要種上下一季的糧食，到時候就不好買了，不如現在就去。

房二河思考了一下，就要房言與高勝收拾好東西，三個人一道出發。

兩天後，他們終於在日落之前到達京城。

看到巍峨的城門，房言被這裡的氣勢震懾住了。一個國家的首都，果然不是其他地方比得上的。

這就是京城，是寧國最大、最繁華的地方，連路上行人穿的衣服看起來料子都好上不少，城門口的士兵也比府城的更加嚴肅。

進了城門以後，房言與高勝左看看、右看看，恨不得身上多長幾雙眼睛；房二河的情況稍微好一些，他的重心還是放在找地這部分。

趁著天黑前，他們找了一家客棧住下來，然後隨口向人打聽京城買賣田地的地方在哪裡？

雖說這兩天在路上他們夜間並未趕路，每晚都睡在驛站，但是連續坐了兩天馬車還是很累，尤其是房二河，他不如房言與高勝精力旺盛，進了房間就想好好睡一覺。

房言對京城這個地方感到很新奇，不過她從沒趕過這麼久的路，所以她還是選擇好好休息，反正想要逛的話，明天白天有的是機會。

至於高勝，他對京城的好奇心戰勝了身體的勞累，房二河與房言歇下之後，他就跑到街上逛去了。

第二天起來吃完早飯，房二河還想再問問店裡的夥計上哪兒去找中人，高勝見狀，立刻說道：「老爺，小的昨天已經仔細打聽過了，跟著小的一起去就行。」

房二河對高勝露出讚賞的表情，房言也覺得自己沒看錯人。像高勝這麼聰明伶俐又細心的人，往後放在她大哥身邊，他們就不用擔心了。

不過一會兒，一行三個人就來到京城最大的房屋土地交易所。

他們一走進去，就有中人過來招待。

房二河也不囉嗦，開門見山就問道：「有沒有好一點的地？」

聽到房二河的要求，中人立刻對他介紹起手中最好、最貴的那塊土地。見房二河聽了之後眼睛都沒眨一下，中人就覺得或許能成交。

因為房二河想儘早買下來，所以要中人帶他們去看一看。

首先看的，是離京城比較近的一塊地。

看到房二河低下頭看地的神色，還有臉上的表情，中人信心都上來了，他說道：「房老闆，咱們看的這個地方，基本上是我們手邊最貴的一塊地，十六兩銀子一畝，因為這裡離京城比較近，不到一里路的距離，所以賣家出價高了一些。您要是不圖方便的話，就不用買這塊地，咱們可以看看稍微遠一些的地方，一畝能便宜個一、二兩銀子。當然了，您要是喜歡這裡的話，咱們可以跟地主商量一下，價格方面大概還能讓一些。」

房二河一聽這話，抬起頭來說道：「倒是不追求距離這麼近的。這附近還有其他地？在哪裡？煩勞帶我們去看一看吧。」

駕著馬車走了一刻鐘的時間，他們又去看了另一塊。

中人說道：「這裡的土地便宜一些，十五兩二錢銀子一畝，一共有八十畝，如果您能全都要的話，地主說能賣便宜一些。」

房二河下地看了看，然後回到車上，要高勝駕車繞著這八十畝地走了一圈。

中人又說道：「這塊地還有一個好處，就是離水源比較近，便於澆地，要不然也不會這麼貴。像旁邊那塊地，一畝要價十五兩，真要入手的話，價格還能再壓低。」

「還有其他地嗎？大一些的。」房二河問道。

中人聽到這裡，猶豫了一下才說道：「是有，價格也更便宜，只不過那塊地雖然一畝才要價十四兩銀子，卻要跟莊子一起賣，莊子本身要價五百兩。」

房言聞言愣了一下，問道：「難道他們家的莊子很大？還是說蓋得很好？」一般來說，如果是個小莊子，很多人都會直接贈送給買主。

中人回道：「那莊子占地約莫十幾畝，要是你們感興趣的話，可以隨我去看一看。」

房言看了房二河一眼，他立刻說道：「那就去看看吧。」

到了那裡，房二河發現土質不錯，是上等的良田。看完地之後，他們又去了地頭上的莊子。

中人上前敲了敲門，裡面就有一個人出來開門。聽到中人表明身分，那位僕人趕緊把房二河一行人迎進屋裡。

房言一看到莊子裡的建築，頓時相當驚豔。這實在蓋得頗有江南的韻味啊，雖然比他們家在房家村的院落要小，但是這裡的院子中間有個兩、三畝大的人工湖，周圍還有各種花草樹木，看來非常詩情畫意。

至於後院，跟他們家一樣，全都用來種菜，還有一些葡萄架。

雖然這莊子的布局跟他們家差不多，但是除了湖以外，還有個比較顯著的不同。這戶人家的後院很整潔，除了分區種植的植物以外，沒有雜物；他們家因為還有雞、豬與馬，所以雖然也分成幾個區域，但是整體視覺上就沒那麼清爽了。

這莊子看上去大約值個三、四百兩，不過五百兩這個價格，能看出主人對這個地方的喜愛，要不然也不會出這種價了。

房言對這裡的設計非常滿意，不過她有些好奇，這麼出色的地方為什麼沒被人買走？想到這裡，房言問道：「為何沒人買？」

中人笑道：「還不是因為屋主賣得急，大家沒反應過來，要不然早就脫手了。」

房言聽了以後點點頭，她看向房二河，房二河自然明白她的意思，於是說道：「那就買下來吧。」

在他看來，雖說這個莊子很好，但是他們家似乎用不太上。不過以後如果他們家人上京城來，也算是有個落腳的地方了。

一聽房二河這話，莊子上的僕人立刻準備好東西，跟著他們一起去辦手續。不到午時，手續都完成了，事情一處理好，那個僕人就拿著行李離開了京城。

看著他離去的方向，房言有些傻眼，她呆呆地問道：「爹，咱們的地跟莊子辦的買賣手續應該不假吧？」

房二河一聽，也有些不確定了，他忍不住看了中人一眼。

中人有些愣然地道：「呃，房老闆，您放心，這絕對不是假的，只不過這麼爽快的買家跟賣家我倒是第一次遇到。」

他見房二河和房言還在發愣，趕緊說道：「您忘了，他們家賣得急。」

一聽這話，房二河恍然大悟道：「對，也是，果然很急。」

房言也知道這些手續完全沒問題，畢竟她剛才全程跟著，只不過事情發生得太快，僕人消失得太迅速，讓她有一瞬間不安罷了。

此時，房二河又對中人說道：「對了，剛才看過的第二塊地，就是離水源比較近的那八十畝地，煩勞您去問問賣家能不能便宜一些？要是價格適合的話，我打算全部買下來。」

中人一聽，眼前一亮，說道：「好，我馬上就去幫您問。房老闆，您住在哪裡，等我得了消息再去告訴您。」

房二河回道：「就在離南門比較近的東升客棧。到時候您跟掌櫃的說一聲就是，我們可能還有其他事情要忙。」

中人欣喜地說道：「行，房老闆您先忙，我馬上去問，就不打擾您了。」

第七十二章　買房置產

跟中人分開之後，他們三個人在京城逛了起來。比起府城，京城的繁華程度更令人咋舌，不僅讓人眼花撩亂，每間店鋪跟每條胡同裡，也都有很多值得探索與玩味的地方。

在逛街的同時，房二河也順道打聽一下京城的房價。聽到價格之後，房言有些驚訝，京城的住宅竟然沒有想像中的那麼貴。

同樣是三進的院子，在不太繁華的街道上或是普通的住宅區，竟然花兩千兩就能買到；在比較多官員住的地方，三千兩就能入手；位置再好一些的區域，五千兩就能買到了。

別說是他們家賺的錢，也別提房言從貴氣公子哥那邊得來的黃金，光是靠在水果齋賺的銀子，買下地段最貴的房子都綽綽有餘。房言忽然覺得，自己幸好沒繼續留在現代，要不然首都的房價可是高得嚇人，若背負了巨額貸款，那可是要還二、三十年才有盡頭的事。

「爹，京城的房子真便宜，稍好一些的地段，竟然沒比咱們在縣城的店鋪貴多少呢。」房言忍不住說道。

房二河顯然也沒想到京城的房價會是如此，不過他還是解釋道：「咱們在縣城買的是做生意用的房子，那種比較貴，住宅會便宜一些。」

房言一聽立刻就懂了。就跟現代一樣，商業用的房子總是比普通住宅有價值，租店面跟租一般房子的價格也是天差地遠，這個道理倒是一點都不會變。

回到客棧，父女倆在房二河的房間裡聊了起來。

房二河喝了幾口茶之後，讓自己冷靜一下，接著才問道：「二妮兒，妳說咱們要不要買一座院子？萬一妳大哥明年通過春闈，不就很有可能要待在京城做官了嗎？咱們提前買下來如何？」

房言心想，一樣是考上進士，只有考得好的人才能留在京城做官，考得不好的人會被派駐外地，或者沒有受到任何安排。不過，她堅信她大哥不只能考取進士，而且一定能留在京城，所以她非常贊同她爹的提議。

「當然要買啊！爹，咱們買一座又好又大的院子，到時候咱們一家在京城就有地方住了。至於城郊的莊子，可以用來休憩。」

房二河沒想到小女兒比自己還熱衷這件事，於是他聚精會神地繼續跟她討論起來。

「那要買多大的？」

房言說道：「三進？四進？五進的也行。」

房二河被房言嚇到了，他說道：「買這麼大的做什麼，咱們家也沒幾個人；更何況，好一點的地段，五進的院子可是要價上萬兩銀子，一口氣花這麼多錢實在太冒險了。」

「那就買四進的，咱們明日就去看看。」

房二河聞言點點頭。「行。」

兩個人又聊了一會兒，房二河突然說道：「二妮兒，妳說咱們家是不是很有錢了？」

房言有些疑惑地問道：「爹何出此言？」

他們家當然有錢啊，不然地怎麼一塊一塊地買、店一間一間地開呢？

想了想，房二河說道：「或許不是京城的房價太便宜，而是咱們家有錢吧？要不然京城這個地方這麼好，那些房子怎麼就賣不出去呢？」

房言笑道：「爹，您不是參加過縣城商人的聚會嗎，多多少少能看出一些端倪吧？那些人是不是對您特別尊敬，有沒有讓您坐在上座？」

房二河愣了一下，說道：「有是有，但是他們難道不是因為妳兩個哥哥一個是秀才、一個是舉人，才會這麼尊敬爹嗎？」

搖了搖頭，房言回道：「爹，既然是商人之間的聚會，誰還看你們家的孩子有沒有功名在身，肯定是看您富不富有、事業成不成功。當然了，如果有人的兒子是做官的，那大家自然會更敬重那人一些。」

這番話對房二河而言，衝擊有些大，他愣愣地看著房言，不知道在思考什麼？

房言接著說道：「那府城的情況呢？我聽說前些日子，府城的商人聚會也邀請您去了，他們有沒有瞧不起您，或是冷落您？」

一聽到這些話，房二河就說道：「怎麼可能，爹畢竟是跟童少爺一起去的，誰敢冷落我啊，巴結我都還來不及呢。」

房言卻道：「爹，您難道覺得，大家是因為童少爺所以才討好您嗎？說不定他們都知道咱們家有錢，配得上他們聚會的層次，才邀請您過去的。」

房二河喃喃說道：「會是這樣嗎？」

越是思考，房言越覺得有這種可能，她點點頭。「說不定真的是這樣，不然爹回去以後打聽一下就知道了。」

「其實打不打聽都無所謂，爹也沒特別喜歡參加那種聚會，剛開始是挺有意思的，慢慢地就覺得無趣了。大夥兒聚在一起不談些重要的事，反而吃吃喝喝、找地方玩，實在沒什麼意義。」

房言抓住了這些話裡面的「重點」，她立刻問道：「爹，您都跟他們去哪裡玩了？」

房二河回道：「去……」

話還沒說出口，房二河就察覺自己差點說溜嘴，他瞪著房言說道：「小孩子打聽這麼多做什麼？不過……爹被推進去看了一眼之後，就趕緊出來了，那樣的地方可不能去。」

「那娘知不知道爹去過『那樣的地方』？」房言有些緊張地問道。

看著小女兒的眼神，房二河笑道：「妳娘自然知道，爹那天回去之後就跟她說了。」

房言鬆了一口氣，說道：「娘知道就好。」

見她一副小大人的模樣，房二河趕緊轉移話題。「妳說，買房子的事要不要問問妳大哥的意見？」

房言想了想，道：「我覺得不用了，反正房子不貴，我們家也不缺錢，買了就買了，不礙事的。」

房二河笑道：「對，不缺錢，先買了再說。做生意若是栽了跟頭，賠起錢來可不得了，田地與房子倒是跑不掉，買下來好。」

父女倆商議好之後，就決定第二天再去看看房子。

隔天早上，房二河從房間裡走出來的時候，正好看到昨天那個買賣土地的中人在樓下等著。

中人一看到房二河就上了樓，他有些歉疚地道：「昨日我去問了一下，結果那八十畝地的主人說，一文錢都不能少。房老闆，您看這土地……還要不要？」

看過房屋的價格之後，房二河本來就打算轉移目標，於是他說道：「先不要了。對了，你們那裡是否經手京城的宅院？如果有的話，倒是能推薦給我。」

其實中人在聽到地主不肯算外地人便宜一點時，就覺得這樁買賣八成是沒指望了，沒想到竟然還有別的生意能做！

「有，只是不知道房老闆您想要多大的房子，位置又要在哪裡呢？」中人積極地問道。

房二河回道：「不要太偏僻，三進以上的院子。如果有的話，今日可以去瞧瞧。」

中人殷勤地道：「房老闆，您稍等片刻，我馬上就帶你們過去。」

房二河點點頭。「好。」

過了一會兒，中人就回來了，帶著房二河一行人去看房子。

最後他們買了一座四進的院子，因為地段不錯，離繁華的鬧市不遠，所以價格比較高，一共是五千兩銀子。

好在之前房二河去府城的錢莊分鋪存了一萬兩銀子，這次出門前也帶了相關憑證，所以買完莊子跟地之後，還能再從錢莊總鋪取錢出來買房子。

辦完相關手續，房二河他們就去皇明寺為一家人祈福，順道買些土產回去。

回到府城，房言發誓，如果沒有什麼特殊的事情，她絕對不要再去京城，這趟路程真的要把她的骨頭都震碎了。

此時野味館裡的人不多，房言在二樓一邊吃東西，一邊跟高勝交代事情。過幾天，房二河打算讓胡平順去京城處理事情，房言想讓高勝跟著過去，因為他腦袋靈活，很多事情懂得變通，相信能幫胡平順不少忙。

兩個人正在說話，房言忽然間聽到有人在喊她。

「房二小姐！」

房言轉頭朝窗外看過去，明明對面有兩個人，喊她的人還是招財，可是她眼中卻只有童錦元一人。此時太陽西斜，光芒映照在他身上，讓房言覺得自己似乎看到了所謂的「男神」。

見到童錦元的笑容，房言臉上的笑意也加深了，她脆生生地喊道：「童大哥！」

喊完之後，房言轉過頭，抓起盤子裡的半個包子塞進嘴裡，接著又喝了幾口湯，跟高勝交代一聲之後，她就跑下樓去了。

到了對面的米糧店，房言迅速爬上二樓，很自動地在童錦元對面坐下，笑著對他說道：

「童大哥，好久不見。」

童錦元看著房言的笑臉，嘴角微微揚起，說道：「言姊兒，好久不見，聽說妳最近去京城了。」

房言挑了挑眉。沒想到童錦元知道這件事，那她接下來就不用費功夫另起話頭了。

「是啊，京城那個地方可氣派了，不僅城門高、人很多，賣的東西也很精緻。」

童錦元點點頭，回道：「的確，京城的風貌跟咱們這裡有些不同。」

房言轉了轉眼珠子，說道：「我在京城也看見了幾家童記，那也是童大哥家裡開的吧？」

童錦元回道：「對。」

聽到童錦元的回答，房言心中挺羨慕的。她心想，什麼時候他們家的野味館也能開得全國遍地都是啊？

感慨完之後，房言想到自己所求之事，雖然有些猶豫，還是說了出來。

「那個……童大哥，我能不能拜託你一件事？這件事我爹並不知情，是我自己想求你的，要是你覺得麻煩的話，儘管拒絕我。」

還沒聽到是什麼事，童錦元就說道：「不麻煩，妳說就是了。」

聽到這個答案，房言樂得不得了。大戶人家的少爺就是不一樣，這種氣度，隨隨便便就打趴一堆人了，他們家能跟童家沾上關係，真是好運啊。

「是這樣的，我們家在京城買了房子跟土地，不過你也知道，我們對那個地方一點都不熟悉，所以……」

沒等房言說出真正要拜託的內容，童錦元就貼心地道：「這事有何困難，我會盡快修一封書信，到時候你們就拿著信，去正陽門大街的童記米糧店找溫掌櫃吧。溫掌櫃在京城生活多年，那邊有哪些忌諱他都很清楚，有不懂的地方儘管問他。言姊兒，妳也太客氣了一點。」

聽到童錦元的話，房言笑道：「童大哥，真的很謝謝你。我們胡管事幾天後就要去京城，到時候再讓他去找溫掌櫃。」

童錦元點點頭，接著看了旁邊的招財一眼，說道：「去把我今日帶的東西拿過來。」

招財聽了之後就下樓去了。

房言這才想起自己有一樣東西還沒給童錦元，她從兜裡拿出一個平安符，遞到童錦元面前說道：「這是我跟我爹去皇明寺求來的平安符。」

看童錦元接過了平安符，房言又說道：「這東西我買了很多，我爹娘跟我哥哥姊姊他們都有。」

房言沒說出口的是，因為她有求於人，所以想買些禮物送給童錦元，可是又不知道他喜歡什麼，索性多求了一個平安符。仔細想想，童錦元這種人根本什麼都不缺，送點誠心求來的東西最恰當。

沒想到平安符根本沒用到，童錦元就答應了她的請求，所以她乾脆當成普通禮物贈送給他。

「多謝。」童錦元道過謝後就把平安符收起來。

房言淺笑道：「你不嫌棄就好。」

「怎麼會呢，言姊兒能想起我，我就很開心了。皇明寺的香火一向非常鼎盛，謝謝妳幫我求了平安符，相信我能得到庇佑。」

提起這個，房言就有話要說，她抱怨道：「是啊，我第一次去那麼大的寺廟，因為那邊人實在太多了，我們就沒進正殿參拜，聽說那裡有個出名的渡法大師，也不知道到底有多靈驗？」

提及渡法大師，童錦元就想到了自己的命數，他端起桌上的茶喝了一口，掩飾自己的尷尬。

「大概很靈驗吧，不過很多事不是神佛能決定的，還是得靠自己。」

雖然房言自己就經歷過「靈異事件」，也在夢裡見過神佛，不過她還是點點頭道：「你說得對。」

沒多久，招財就把東西拿過來了。

童錦元把帳本推到房言面前，說道：「這是到目前為止玉米脫粒機的收益，妳看一下吧。」

說完，童錦元看了招財一眼，招財趕緊把手中抱著的一個小箱子放在帳本旁邊。

房言看著童錦元，不太明白這是什麼意思？

童錦元笑著解釋。「這是賣玉米脫粒機的分紅。想了想，我還是覺得儘早分紅給妳比較好。我知道多了妳肯定會拒絕，所以只給兩成。」

房言以為她大哥考中舉人時，童錦元送的東西，就已經包括她給他圖紙的回禮了，沒想到竟然不是。

想到這裡，房言笑了笑，說道：「童大哥，你這也太客套了一些。這機器剛賣沒多久，工資、房租、運輸都要花不少錢，你竟然還給我兩成分紅，我這不是白白拿了這麼多錢嗎？」

童錦元笑道：「雖然木製品店由我管理，但那畢竟是我母親的嫁妝，有些事我作不了主，所以只給了妳兩成，妳要是嫌少，我就再加一成？」

見到童錦元答非所問、打馬虎眼的樣子，房言就覺得他沒打算把錢收回去。

她打開箱子，看了裡面的銀子一眼，說道：「看來賺了不少錢，謝謝童大哥，那我就收下了。」

房言心想，再拒絕下去就沒什麼意思了。反正童家生意做得很大，他們願意給，她收著就是。

童錦元笑著點點頭，說道：「是賺了不少，多虧了言姊兒。」

房言回道：「童大哥客氣了。」

回到野味館後院的廂房裡，房言打開箱子數了數，一共是三百兩銀子，看來這次江記木製品店沒少賺錢。家大業大就是好，一樣小小的東西，就能讓他們在短時間之內獲得這麼多收入。

房言隨即把這些錢收進空間。她所有的積蓄全都在這裡，畢竟箱子、儲藏室甚至庫房都不比這裡面保險。

沒事的時候，房言會拿錢出來數一數，看看自己現在擁有的資產，然後就更有動力去賺錢了。

第七十三章　誤會生根

房言把高勝叫過來，問他願不願意再去京城一趟？因為胡平順明天就要出發了，得把握時間才行。由於高勝剛跟著他們從京城回來，房言不知道他的意願如何？

高勝一聽到房言要讓他去京城，就知道這是人家器重他，要不然她怎麼沒讓別人去？高勝一直都知道自家二小姐有意提拔他，所以即使身體有些疲累，他也沒說出口。反正他還年輕，有的是力氣，這樣來回奔波並不算什麼。

想到這裡，高勝跪了下去，說道：「二小姐，小的一定不會辜負您的信賴。」

房言笑道：「我很看好你，若是做得出色，我就安排一個好差事給你。先起來吧，聽我慢慢跟你說。」

高勝一聽，趕緊站起來。

房言道：「你這次跟胡管事去京城，他做事的時候，你就在旁邊跟著他學習，等胡管事要回來，你就繼續待在那裡，因為我有一件很重要的事要交代你做。胡管事離開後，你去京城城郊的莊子上住，那裡離京城近，又不引人注意。」

聽到房言的安排，高勝有些激動，卻仍儘量保持冷靜地道：「二小姐，您繼續說。」

房言又說道：「之前我教過你識字了，你記錄一些事情不成問題。這次去京城，你就打聽一下那邊的田地、房屋、米、麵、水果跟蔬菜等各種東西的價格，全都記下來。如果京城有什麼新鮮事，你也寫下來，尤其是一些跟達官貴人有關的，一個月給我一封書信。」

高勝雖然不太明白房言要他這麼做的意義何在，但他還是堅定地點點頭。「好的，二小姐，小的一定會好好做。」

房言拿出一個純色的荷包遞給高勝。「這裡面一共有十兩銀子，都是一些碎銀跟銅錢，畢竟在京城打探事情需要給人一點甜頭。你不用去什麼高檔的地方，去小胡同上的茶館或酒肆就成。」

高勝一聽，猶豫了半晌後問道：「二小姐，小的怎麼覺得這不是去辦事，而是去吃喝玩樂的啊？」

房言被高勝的話給逗笑了，說道：「可不是嗎？就是去玩的，但是在玩的同時，也要辦好正事。」

說著，房言的臉色變得有些嚴肅。「這件事非常重要，我是信任你，才交給你處理，你可要認真地辦。」

高勝回想了一下房言剛才說的話，點點頭道：「二小姐放心，您剛剛交代的事，小的都記住了，這個難不倒小的。」

房言頷首道：「京城有權有勢的人非常多，你小心一點，不要得罪了權貴。萬一真的出了什麼事，就去正陽門大街童記米糧店找溫掌櫃求助。」

對於房言的關心，高勝感動地跪在地上，磕了幾個響頭，說道：「二小姐，小的一定辦好您交代的差事。」

房言趕緊說道：「快起來去收拾東西吧，明天跟胡管事一起走。」

稍晚，房言就把童錦元寫的信交給胡平順，並轉告房二河這件事。房二河得知了童錦元的好意，心中萬分感激。

胡平順跟高勝離開之後，房二河與房言沒回到房家村。

一來是因為房二河經過一番思考之後，還是想買地；二來是因為碼頭的分店已經來到裝修的尾聲。買地的事情好辦，府城畢竟不是京城，他們對府城也算熟悉，所以看了幾次之後就定了下來。

這一次，房二河買了五百畝地。

房言想了想，主動把水果齋賺的錢拿出一些，再讓房二河去買地。如今地價便宜，等打完仗，國家與人民開始休養生息的時候，地價不知道會上漲多少？

房二河覺得有理，被房言一勸，就又去買了五百畝地。他心想，錢放在手中也不會生出更多錢，不如買了地，等女兒們出嫁的時候，把這些地當作嫁妝，她們臉上也有光。

買完地，房二河決定留在這裡等到碼頭分店開業，然後多待一段時間。房言每天都穿著男裝，時不時跟著房二河去查看店裡的準備情形。

碼頭分店跟春明街的店鋪一樣，桌椅、板凳、碗筷都是去江記木製品店訂做的。由於這裡離江記更近，店裡的夥計兩三下就把成品給搬過來。

看到佈置得乾淨明亮的店鋪，房言的喜悅之情油然而生。

打廣告的事情房言交給房乙負責。由於這次的店鋪位在碼頭，所以打廣告的對象就要換一換。

房言讓房乙領著幾個夥計去碼頭那邊口頭宣傳，在店鋪開業之前，他們又每天去碼頭發一些水果給工人們。

等到開業的時候，房言就要房乙他們給碼頭每個工人幾文錢，要他們在送貨給客人或是接送客人時，推薦一下他們家的店鋪，如果有人因為這樣過來消費，另有報酬。

這種宣傳的效果非常好，客人一直湧進店裡。

等到前三天過去之後，房言要房乙告訴碼頭的工人們，如果能介紹一個客人過來，就能拿到一文錢，拉來的客人越多，拿到的錢就越多。不過他們當場不結帳，而是一個月一結，由專門的夥計負責記錄介紹者的人名與拉來的人次，這麼做能避免客人們看到之後，心裡不舒服。

他們家的店鋪距離碼頭不過一百公尺，工人們領客人過來用不了多少時間，所以這些工人都很樂意賺這個錢。

一個月下來，嘴皮子索利、能言善道的人，竟然賺了一百多文錢。儘管在府城做工的日薪高一些，但是他們一個月的工錢，平均也就差不多五百多文錢，且不是每天都能有活兒幹，來回送貨也是非常辛苦的事。這種不用送貨、單單幫人介紹生意的事，就能讓人賺到每個月五分之一的工錢，可謂輕鬆愉快。

不過，這倒不是說那個人每天都能帶好幾趟客人來，人數之所以能累計這麼多，是因為碼頭上很多客人經常成群結隊。

有時候遇到大戶人家帶著丫鬟跟奴僕一起來，只要有用餐的人，都算一個人頭，一次就有十幾二十文錢了。

來的人多，房言家的店鋪收入就更多，相較於他們從客人身上賺來的，碼頭工人們拿到的都是小數目。

童錦元聽到木製品店的掌櫃說起這件事時，實在不知道該用什麼樣的詞來形容房言？他交代了掌櫃的幾句話之後，就站在轉角處觀察野味館的營業情形。

此時恰逢吃午飯的時間，只見一個碼頭工人拎著東西，領著幾個人來到野味館。

「我去幫各位老爺送信，你們在這裡慢慢吃就好。這間店鋪的吃食著實不錯，是我們府城最大的包子饅頭店，料理的味道非常獨特，這是他們第七家分店了。」

把人領進門之後，童錦元就看到那個碼頭工人去櫃檯前找人說了幾句話，然後就快步離開了。

童錦元想了想，覺得自己有必要跟掌櫃們談談，要他們好好思考一些吸引客人的策略了。

這一天，童錦元在春明街看到房言的時候，不禁笑問道：「言姊兒，這麼好的推銷手段妳是怎麼想出來的？我們童家最厲害的掌櫃都對此自嘆不如。」

房言挑了挑眉，回道：「童大哥，怎麼，你要讓你們家掌櫃的來跟我學一學嗎？如果是這樣，我可要收費喔。」
童錦元感興趣地問道：「費用是多少？我看掌櫃的不用學，我先學一學再說吧。」
房言笑道：「童大哥，既然是你要學，那就不用收費了，反正咱們已經很熟啦。」
童錦元拱拱手。「多謝房二小姐。」
「童少爺客氣了。」
兩個人裝模作樣地回了虛禮之後，房言說道：「其實道理並不難，不同的地方，就要採取不同的宣傳方式。春明街上能吃飯的地方比較多，我們家的位置也不是太顯眼，所以需要走街串巷地告知旁人，讓他們知道野味館的名號。另外，因為我們想吸引的是府城的本地人，這些人不乏婦人與小孩，所以就用梨子吸引他們。」
房言頓了頓，又說道：「碼頭就不一樣了。剛開始我們也發過水果給在碼頭上幹活的工人，但是效果不太好，畢竟他們要做很重的活兒，水果對他們來說沒什麼吸引力。雖然還是有一些碼頭工人過來，但我覺得還不夠，所以後來我就一個工人發幾文錢，透過他們的嘴，帶來在碼頭上往來的客商。再來就乾脆改成帶一個客人來就給一文錢，這樣他們就會推薦得更賣力。」
童錦元靜靜地聽著房言說生意經，他目光灼灼地看著她，說道：「沒想到言姊兒小小年紀就懂這麼多道理，我真是虛長了妳幾歲。」
不知為何，房言看見童錦元就想炫耀一番，雖然話被童錦元打斷，但她還是想繼續宣揚自己的豐功偉績。

「你猜，最厲害的碼頭工人一個月拿到了多少錢？」

看到房言的表情，童錦元笑道：「我猜不到，還請言姊兒告訴我。」

房言見童錦元不猜，有點不太高興地道：「你就猜猜看嘛。」

童錦元見狀，想了想，說道：「嗯……一百文錢？」

房言愣愣地盯著童錦元。一下子就被猜得這麼接近，還讓人怎麼玩下去呢？真沒意思！

察覺到房言的情緒，童錦元覺得自己好像說錯話了，他趕緊彌補道：「我就是隨便說說的，還是請言姊兒告訴我吧。」

房言洩氣地回道：「就是一百文錢，確切來說，是一百零九文錢。我還以為這樣已經很多了，可是這麼快就被你猜中，我又覺得沒什麼了不起了。」

看著房言孩子氣的模樣，童錦元笑著說：「都怪我，其實我早就觀察過了，而且江記的掌櫃也告訴過我大致上的數字，所以我才會知道。」

房言驚訝地道：「你們江記的人難道站在門口，一個一個數了不成？」

這句話讓童錦元一瞬間有些尷尬，他說道：「沒有，是掌櫃的估算的。」

點了點頭，房言說道：「原來如此，我就說嘛，我們家那麼小一間店鋪，沒什麼好研究的。」

此時童錦元的臉色已經恢復正常，他說道：「怎麼會呢，言姊兒謙虛了，之前我跟掌櫃們議事的時候，還提起妳的做法，跟他們一道探究了一下，而且，妳不知道，你們家的店鋪在府城多有名氣嗎？」

一聽到這些話，房言又來了精神。從她爹經常被人邀請去參加商人聚會開始，到在京城買房、買地，她多多少少能感受到自家如今的能耐，只不過沒人直接對她說過罷了。

「你們竟然還拿來研究……我們家真的很有名氣嗎？大家都怎麼說？」

童錦元回道：「剛開始，大家說的都是你們家的店鋪非常賺錢，等妳大哥考上府城的解元之後，人家就喜歡稱呼野味館為『解元包子饅頭店』了。如今你們家又開了一家分店，大夥兒都說，你們家的店鋪是全府城最大的包子饅頭店、有特色的小吃店了。」

房言的關注點在其中一個詞上，她不禁脫口而出。「若是我大哥考上狀元，豈不是狀元店了？」

童錦元被房言逗笑了。「可不是，到時候就是狀元店了。」

聽到這裡，房言覺得童錦元口中那些外人對他們家的評價很真實，畢竟他可是童家的少爺，出身自府城一流的商家，得到的消息應當很準確。

房言開玩笑地道：「童大哥，我看我爹都不知道外界是怎麼評論我們家的，他一門心思都放在工作上，要是知道了，不知道會有多開心呢！」

童錦元露出佩服的神色，說道：「所以我很敬佩房大叔，永遠都能保持初心，即使賺了再多錢，還是經常親力親為，商人舉辦的一些聚會他也不去了。」

聽到這些話，房言猶豫了一下，問道：「那麼童大哥呢，你去不去那些聚會？」

身為府城數一數二的商戶，童家自然不會缺席，房言這個問題似乎有些多餘了。

果然，童錦元毫不猶豫地點點頭，說道：「偶爾會去。」

房言進一步問道：「各種活動都會去嗎？」

童錦元不太明白房言問這些話是什麼意思，他思索一下之後，微微頷首。

房言想到她爹說過的事，突然覺得有些不認識童錦元了。原來他也會跟人去「那種地方」嗎？果然，從古到今男人都是一個樣，尤其是有錢的男人。

不過，房言還是不願意相信眼前，這個單純的少年私底下是那種人。她想了想，又問了一句：「你真的會跟那些商人們一起去吃喝玩樂嗎？」

問完這句話之後，房言忽然覺得自己有些失態。這種話她怎能問出口呢，更何況這也不是她該問的事，她頓時有點懊惱。

童錦元聽到房言的問話之後，雖然不了解她的用意，但是他並未聯想到「那方面」去，畢竟眼前之人還是個小姑娘。

所以，他又點點頭，承認了。

房言的表情微微一變，覺得很失望，一時之間不知道該說什麼？

童錦元見房言的臉色不太對，關心地問道：「言姊兒，妳怎麼了，身體不舒服嗎？」

房言愣了一下，然後點點頭說道：「嗯，的確有些不舒服，我先回去了。」

說完之後，她就跑回家了，留下童錦元一個人在原地失神。

當天下午，房言就跟房二河回房家村去。

過去房言離開府城之前，只要看到童錦元，她就會跟他說一聲，這次她卻不想搭理他。

即使知道他人還在對面的米糧店裡，她也不想跟他多說一個字。
童錦元不知道房言心中在想什麼，他離開米糧店的時候，特地去了一趟對面的野味館。看到胡平順，童錦元問道：「胡管事，你們家二小姐身體可是無恙了？」
胡平順疑惑地問：「我們家二小姐沒生病啊。」
童錦元皺了皺眉，說道：「沒生病？難道沒請郎中？我看她今天臉色有些不好看，她也承認自己身體不太舒服，你們還是請個郎中來看看比較好。」
這些話說得胡平順一愣一愣的，他猶豫了一下，回道：「可是我們家二小姐真的沒生病啊，她剛剛還在店鋪裡轉了一圈，跟我說了幾句話呢，而且她與我們老爺從後門回家去了。」
「你們家二小姐回去了？」童錦元有些訝異地道。
胡平順點點頭。「對，剛走。」
聽了胡平順的話，童錦元說不清楚心中有什麼感受，他抿抿唇，說道：「嗯，既然你們二小姐沒事，那我就先走了。」
胡平順只能用不明所以的表情看著童錦元離去的背影，然後搖搖頭。

第七十四章 大山歸來

房言最近的心情著實不太好，即使看到酒窖裡面那幾十罈葡萄酒，依然覺得整個人很鬱悶。她覺得自己或許是生病了，而且還是心病。

過了一段時間，房言終於想通了。既然不知道自己在悶些什麼，那就專心處理那些能讓人填飽肚子、有成就感的事情。看房四送過來的帳本，房言覺得自己的狀態回復不少，也比較有精神了。

他們家山上的果樹今年狀況還不錯，等到明年更適應環境的時候，收成一定會更好，到時她就能去府城開一家水果齋的分店了。

現在距離過年還有一個多月的時間，因為對童錦元莫名感到不滿，加上天氣變冷，房言就選擇窩在家裡了。房二河去府城，她也沒跟著去，這讓童錦元有些失望。

上次童錦元回家之後思考了很久，卻怎麼想都沒想通房言那天到底是怎麼回事？本來以為她那天不過是心情不好，但是之後卻很久都沒能再見到她，他才隱隱發覺問題似乎是出在他這邊。

「那孩子說外面天氣太冷，就不跟著我來了，再加上她娘嫌她天天往外面跑，正拘著她在家裡繡花呢。」

童錦元被房二河說的話給愣住了，心裡有些說不清、道不明的東西，好似快要破繭而出，他喃喃地道：「是啊，天氣的確是冷了，出門也容易感染風寒。」

房二河笑道：「就是啊，童少爺也要注意身體。」

童錦元有些失神地回道：「嗯，多謝房大叔關心，您也是。」

快要過年的時候，高勝從京城回來了。見到房言，他非常激動，絮絮叨叨對她說起在京城的所見所聞。

房言見高勝手邊的銀子還剩下三、四兩，就說道：「這些錢你先留著，其中二兩是賞給你的，我再給你一些銀子，過了年再去那邊待著。」

高勝一聽，向房言磕了頭，就退下去了。

雖然房二河的積蓄在去京城跟府城投資房地產時，基本上都花光了，但是野味館總共七間店鋪的收入仍舊很可觀，很快就讓他手邊又攢了一些錢。

由於開發了雞肉餡的包子，房二河家裡的雞不太夠用，所以他們現在不賣雞了，不僅如此，豬也是一樣。如今他們每隔一段時間就要買一批小雞或豬崽子，雞還長得快一些，豬養起來就慢了。有了前車之鑑，房言不敢動手餵牠們稀釋過的靈泉，然而光是餵牠們被靈泉滋潤過的野菜，成長速度就已經稍微提升了。

新的一年馬上就要到來，袁大山去從軍已經快要三年，眼見三年之約馬上就要到了，房淑靜最近都沒什麼精神。

房言也知道房淑靜心裡在想什麼，但是她不知道該怎麼勸慰她？塞北的戰事已經告一段落，軍隊陸陸續續班師回朝，舉國上下都充滿了勝利的喜悅，然而到了這個時候，袁大山依然沒有回來。

一開始房言還跟著房淑靜，時不時去看袁大山的家一眼，不過最近這幾天她們沒再去了，而是待在家裡好好準備過年。

舊年的最後一天，從早上開始，房二河家裡的門檻都快被村民踏破，一個個都來求墨寶，房伯玄和房仲齊各自承擔了一半。

寫完春聯，房仲齊隨房淑靜與房言去袁大山家裡貼對聯。看著仍舊空空蕩蕩的屋子，他們三個人的心情都有些沈重。

晚上大家聚在正屋一起守歲，就在房言的頭靠在房淑靜肩膀上、快要睡著的時候，忽然聽到僕人來報，說是外面來了個陌生人。

房伯玄見房二河有些睏了，就起身過去查看；房言也想醒醒神，於是就拉著房淑靜一起往門口走。

結果，他們一走到那裡，就覺得僕人口中的「陌生人」看起來好熟悉。

還沒等房言反應過來，房伯玄就拉了她一把，並示意她往旁邊看。

房言一看，房淑靜都快要哭出來了，表情甚是激動。當她再轉頭仔細看了看來人時，就發現，這不正是從軍兩年多的袁大山嗎?!

看到袁大山放在腳邊的行李，還有他臉上的神情，再看房淑靜的反應，房言此時想到了

一句詞

執手相看淚眼，竟無語凝噎。

須臾之後，房伯玄打破了沈默，說道：「外面冷，都進屋裡去吧。」

房淑靜這才回過神來，她擦了擦眼角的淚，轉身進了門；袁大山一見房淑靜往裡面走，抬起腳來就想跟過去。

房伯玄見狀，就指了指被袁大山放在地上的行李，對僕人說道：「把這些東西拿進去吧。」

到了正屋，房二河看到來人是袁大山，激動地道：「大山！太好了，你終於回來了！」說著他就上前拍了拍袁大山的手臂，上下打量他一番。

王氏見袁大山安然無恙地回來，終於放下心來。未來的女婿好好地站在面前，這代表女兒不久後就能跟喜歡的人共結連理，她的一樁心事總算能了結了。

袁大山定定地看著房二河和王氏，接著忽然跪了下去。

房二河想要拉袁大山起來，但是他二話不說，就朝地上磕了三個響頭，說道：「請大叔跟大嬸把靜姊兒嫁給我吧！」

這句話就像是一道驚雷，「砰！」的一聲，在整間正屋炸開了。

房淑靜是第一個反應過來的，她不禁拿起手帕，害羞地摀著臉跑了出去。身邊的丫鬟見狀，趕緊跟在房淑靜身後離開。

其實房言也想追過去，但是她更好奇袁大山的經歷，所以她儘量弱化自己的存在感，在一旁默默聽著。要是她吭聲的話，說不定她娘就會想起她來，不讓她繼續在這裡待著了，畢竟她是個未出閣的小姑娘，男婚女嫁的事情不太適合她聽。

說起來，房言覺得，整個家裡最希望袁大山回來的人，是自己那個神經容易緊張的娘。有時候她甚至覺得她娘比她姊姊更著急，時不時就念叨一下，如今他人完好無缺地回到這裡，她娘可總算能安心了。

房二河看向王氏，只見她臉上的喜悅藏都藏不住。他笑了一下，轉頭對跪在地上的袁大山說道：「大山，你先起來再說，求娶我們家大妮兒的事，還是改天請個媒人上門來吧。」

袁大山遲疑了一會兒才從地上起來，他繼續說道：「大叔、大嬸，這段時間我一直在前線打仗，戰事太緊張，沒時間寫信。如今仗已經打完，我還立了功，將軍封我為百戶，朝廷到時候還會給予嘉獎，我肯定不會讓靜姊兒跟著我吃苦的。」

房二河聽到袁大山的成就，不禁感到相當滿意。當然了，即使袁大山沒有官職，他也非常喜歡這個晚輩。

房伯玄卻道：「百戶不是那麼容易就能當上，你是怎麼獲得這個職位的？」

百戶，顧名思義，是管轄一百個人左右的官職，雖然聽起來沒什麼了不起，但在當朝卻是世襲的官職，而且是正六品官。一般縣令不過是正七品，這麼一比就知道，百戶的官職有多大了。

袁大山看著房伯玄，解釋道：「因為我救了將軍一命，所以才被提拔為他的親信。」

房伯玄挑了挑眉，想必這「救了將軍一命」，必定冒了極大的風險，如果是一般的情況，肯定不會直接給百戶這個職位，於是他關心地問道：「你的身體可有大礙？」

袁大山感覺到房伯玄的好意，心裡覺得暖洋洋的，他回道：「已經沒什麼問題了。」

房仲齊卻對袁大山救人的事情非常感興趣，他佩服地說道：「大山哥好厲害，竟然救了將軍，不過……你是怎麼救的？」

回想起當時的情景，袁大山對房仲齊說道：「當時我們一行人被敵人伏擊，我運氣好，沒被敵人的箭射中。眼看我們登上船就能離開射程，結果就差那麼一步，敵人的箭朝將軍射了過來。我當時正好在將軍身邊，第一時間撲了過去，擋在將軍面前。」

房仲齊沒想到實際上的情況這般凶險，想起剛剛自家大哥問的問題，他錯愕地道：「那你豈不是受傷了嗎？」

袁大山笑道：「當時的確是受了很重的傷，多虧……」

他話還沒說完，房言突然咳了兩聲。

這道聲音一出來，所有人的目光都轉向房言。這麼激動人心的時刻，竟然有人咳嗽，這不是很掃興嗎？

房言看到大家的眼神，頓時有些尷尬。

王氏這才注意到房言一直在旁邊，她說道：「二妮兒，妳是不是凍著了？快回房去多加幾件衣裳。」

房言立刻說道：「娘，我沒事，只是喉嚨有些乾，喝點水就行。」

「大山哥，你剛剛還沒說完呢，多虧什麼啊？」房仲齊著急地問道。

「對，多虧……」剛說了三個字，袁大山就瞧見房言在對他搖頭。

此時袁大山有些明白房言的意思了，但是他又不會撒謊，憋了半天才道：「多虧我吉人自有天相，沒死成，昏迷一天之後就醒過來，後來就一直待在將軍身邊了。」

房伯玄注意到袁大山的眼神，也看到了房言的小動作，他直覺其中有什麼他不知道的事情，不過當下他並未說什麼。

王氏鬆了口氣，說道：「那就好，多虧神佛保佑，改天你一定要去廟裡拜一拜才是。」

袁大山恭敬地回道：「嗯，謹遵大嬸教誨。」

雖然房二河還有很多問題想問問袁大山，但是看到他一臉疲憊，就說道：「大山，看你這個樣子，是不是很久沒好好休息了？快去歇著吧，有什麼事情明天再說。」

王氏接過話說道：「也別回家了，你們家這麼久沒人住，今天晚上就先住在這裡吧。」

袁大山想了想，也沒客氣，拱了拱手回道：「好，多謝大嬸。」

洗漱了一番、躺上鬆軟又暖和的床，袁大山的嘴角不禁揚起來。他終於活著回來，也見到了自己心心念念的姑娘。在軍營裡，他聽很多人說過，打完仗回去之後，心愛的姑娘可能早就嫁人了，所以他內心懷抱了很多不安跟不確定。

從塞北趕路回來，戰戰兢兢地進了房二河家，看到房淑靜還在這裡，袁大山總算放心了。想到心上人就在離自己不遠的地方，他就心滿意足地沈沈睡去。

新的一年很快就到來，袁大山早上醒過來的時候，已經快到午時。

房仲齊在王氏的催促下去客房查看過幾次，都沒發現袁大山有要醒過來的跡象，他還嘀嘀咕咕地對房伯玄說道：「大哥，大山哥睡得這麼沈，是怎麼在軍營裡過日子的啊，聽說軍人睡覺時不都很警醒嗎？」

房伯玄卻道：「你沒聽說過，動物們回到自家時都會很有安全感，睡得比較香嗎？」

這話讓房仲齊恍然大悟道：「原來是這樣啊，怪不得，我看大山哥是把咱們家當作自己家了。嘿嘿，反正很快就是一家人了，他這麼想也沒錯。」

雖然房仲齊這話說得有點調侃，但是房伯玄難得沒因為這樣而給他一個白眼。

醒過來的袁大山看到床邊放著嶄新的衣裳與鞋子時，心裡充滿了感動。

穿上衣服打理好自己之後，袁大山一走出門，赫然發現大夥兒已經在準備午飯，他不禁覺得有些尷尬。看到房二河的時候，他不好意思地說道：「大叔，我睡過頭了。」

房二河笑著回道：「別客氣，就當是在自己家，一會兒陪大叔喝幾盅。」

袁大山聽到「自己家」三個字，笑道：「好。」

雖然今天是大年初一，但是對於從小就失去爹娘的袁大山來說，並沒有得在真正的「自己家」過年的意識。如今他唯一的目的，就是早日將房淑靜娶進門，順便跟未來的家人多相處一下，等吃飽喝足了再回家看看也不遲。

袁大山的酒量很好，他跟房二河把酒言歡，兩個人聊得甚是開心。等房二河吃完飯、不勝酒力準備去睡午覺的時候，袁大山也放下酒杯。

吃過飯，袁大山在房仲齊的陪同下，把自己的行李搬回在山上的家。

昨天的情況比較特殊，所以他才住在房二河家。雖然已經決定要娶房淑靜，但他還是怕被人說閒話，這對她跟自己都不好。不過，雖然袁大山要回山上住，但是飯還是會在房二河家那邊吃，晚上再回家睡。

再過幾天，等衙門開工，袁大山的就職令就會下來。由於他成功地申請進入魯東府衛所就任，所以他之後會搬去衛所住，據說那裡有專門為他們這些人安排的住所。

當初將軍問袁大山要不要跟著他回京城的時候，他很明確地拒絕了將軍。因為袁大山知道自己的能耐，在京城那種勾心鬥角、爾虞我詐的地方，他未必會有什麼大好前程。最重要的是，他心中有牽掛，所以他回來了。

走到家門口，看到門上貼的紅色春聯，袁大山愣了一下。這副對聯肯定不會是他爺爺奶奶那邊的人過來貼的，從他們這麼多年對他不聞不問就知道了。想來就算他死在外面，那些人也會不痛不癢、漠不關心。

那麼，唯一的可能就是……

「竟然還有人想著我，為我貼春聯呢。」袁大山試探地對房仲齊說道。

房仲齊笑著回道：「可不是，我娘天天念叨你，我姊姊還去寺廟為你燒香拜佛、祈禱平安呢，這些春聯就是我跟兩個姊妹一起貼的。」

袁大山聽了之後，心裡不禁湧起一股暖流。

初七，袁大山的任命文書下來了，他正式成為一名百戶、朝廷的正六品官員。這可把袁家村的人給嚇呆了。他們原本以為他已經死在外面，沒想到他不僅活著，而且還當上了朝廷命官，他們村子這是要發達了嗎？

袁家村眾人激動得想去袁大山家裡沾點喜氣，無奈他們跟他並不熟，不好冒然過去。然而，這些歡欣鼓舞的人，可不包括袁大山的爺爺、奶奶跟叔叔、伯伯們。想到自己過去是如何對待袁大山的，他們都有些惴惴不安，更別提上門去沾光了，只要袁大山別來找他們就行。

折騰了半天，只有袁家村的村長過去找袁大山祭祀祖先，不過對於這件「重要」的事，袁大山卻表現得不冷不熱。村長有些不滿袁大山的態度，但是想到他如今已是今非昔比，也不敢多說什麼。

任命文書下來之後，袁大山才做了一個月的官，還沒在位置上坐穩，就趕緊找人提親了。

房二河很爽快地答應下來，但是成親不是一、兩天能解決的事，最終他們將婚期訂在七月底。

婚期決定之後，房二河與王氏先是鬆了口氣，接著就加快了為房淑靜準備嫁妝的腳步。

第七十五章　互不相讓

房言今年卯足了勁要好好幹一場，她認定她大哥春闈過後肯定能做官，到了那個時候，她們家的果子也快成熟了，所以她打算去府城開水果齋的分店。首先要做的，就是去府城找據點，房言看中了春明街的一間店鋪。

童錦元聽到招財無意間說起房言跟著房二河來到府城的時候，內心隱隱升起了自己都沒有察覺到的期待。思考一會兒，他放下手邊的事情，去了春明街。

到了野味館門外，童錦元又站在原地，遲疑起來。現在還不到飯點，他也沒什麼特別的事，突然跑去人家店裡也不太好……想了想，童錦元決定等到午飯時間再過去，打定主意之後，他就上了自家店鋪的二樓。

如今是二月下旬，天氣還是有些冷，結果童錦元一上去，就把窗戶打開，凍得剛走上樓的安掌櫃一個哆嗦，眼睛也瞥向了自家少爺。

童錦元察覺到安掌櫃的眼神，尷尬地咳了一聲，說道：「感覺有些悶，就打開窗戶透透氣。」

安掌櫃點點頭，快速稟報完，他就把帳本往桌上一放，藉口生意太忙就溜下去了。他都一把老骨頭了，還是不要這樣吹風比較好，雖然樓下也開著門，但至少有地方能躲一躲，好過讓風這樣直接往臉上撲。

等安掌櫃下樓，童錦元就無心看帳本了，時不時地就往對面瞧一眼。只可惜野味館二樓的窗戶一直緊閉，他瞧了一個時辰也沒看到有人打開窗戶，失望之餘，他只能等待吃飯時間到來。

一看到有人去吃午飯，童錦元就下樓。

只不過，到了野味館，童錦元依然沒看到想見的人，他索性去問胡平順。

「我們家老爺去碼頭那邊的店鋪了，至於我們家二小姐……她從早上出去之後，還沒有回來。」

童錦元失望地問道：「出去？她去哪裡？去做什麼了？」

胡平順有些怪異地看了童錦元一眼，似是不明白他怎麼這麼關心他們家二小姐？

察覺到胡平順的目光，童錦元覺得自己太過孟浪，他乾咳一聲，心思轉了轉，道：「之前房二小姐不是送我們家木製品店一張圖紙嗎？我有些地方想更動，所以要問一問她。」

胡平順恍然大悟道：「原來如此，不過小的也不知道二小姐去哪裡了，要不一會兒等她回來，我再跟她說一聲？」

童錦元聽了這話，連忙道：「那就不用了，也不是什麼大事，我先吃些東西吧，你讓人給我上些吃食。」

胡平順笑道：「好，童少爺您先坐。」

童錦元這頓飯吃得很慢，慢到店裡的人越來越多，甚至比他來得晚的人都已經吃完飯的時候，他終於坐不住，加快速度吃完結帳離開。

等童錦元要走出門之際，碰巧瞧見房言一身少年郎的打扮，帶著一個小廝回來了。

一見到房言，童錦元眼前一亮。這個小姑娘好像又長高了些，不過臉蛋卻瘦了一點，不知道是不是有什麼煩心事，所以沒有吃好？

「言姊兒。」

房言正在跟房乙說話，聽到一個熟悉的聲音，她就轉頭看過去。這麼久沒見，童錦元似乎抽高了一點，人也變得清瘦，不過看起來卻比之前更成熟穩重了。

人總是會改變的，想到上次的事情，房言的心沈了沈。

不過，在自己家的店門口，房言做不出不搭理人的舉動，況且童錦元私底下過著怎樣的生活跟她也沒什麼關係，她不過是自尋煩惱罷了。真要說的話，大概是看到一個懵懂青澀的少年郎如今變成那種人，讓她覺得有些失望吧。

想到這裡，房言臉上堆起客套又疏離的笑容，說道：「童少爺好。」

聽到房言的稱呼，童錦元的心沈到了谷底。如果說他之前還有些僥倖，覺得應該只是自己哪句話惹她一時不高興，這次他倒是真的明白了，他肯定得罪了房言。

只是童錦元不知道他到底哪裡做得不對，這種話他也問不出口。

想到這裡，童錦元勉強擠出一絲笑容，說道：「不是說好了不要叫童少爺，要叫童大哥的嗎？」

看到童錦元受傷的表情，房言頓時有些心軟，但是無論如何，她都覺得他們之間的關係回不去了，所以有些話還是說清楚比較好。

「童少爺，以前是我不懂事，才隨便亂叫的。以後我還是叫您童少爺，您就原諒我之前的冒失吧。」

童錦元看著眼前的房言，覺得自己彷彿失去了一些什麼東西。房言之於他，就像是……像是妹妹跟好朋友，但又不完全是這樣。他們有很多觀點不謀而合，她也總能提出一些讓他自嘆不如的點子。

如今就要失去這個朋友了，他非常難過，可是這種心情似乎又跟失去朋友的感覺不太一樣，童錦元也說不清自己到底把房言當成什麼了。

不過童錦元有屬於自己的驕傲，他在商場上這麼多年，早就學會看人的臉色，看到房言這個樣子，也知道對方厭惡自己了。

這麼一想，童錦元的態度就冷了下來，拱拱手之後，他說道：「叨擾房二小姐了，去年玉米脫粒機的分紅，我一會兒就讓招財送過來，再會。」

說罷，童錦元就要離開。

此時，房言忽然在他背後喊道：「等一下！」

童錦元心中一喜，轉過頭來看著房言，期待她接下來說出口的話。

不料房言卻道：「那就不必了，我不過是提供一張圖紙，上次收了您那麼多錢，我爹娘責罵了我，我萬萬不能再占您的便宜了。」

聽到房言的話，童錦元更加失望了，他低聲道：「這是妳該得的。」說完之後，他就頭也不回地走進對面的米糧店。

房言看到童錦元的樣子，忍不住皺了皺眉，但是此時來來往往的客人不少，房言無意站在這裡擋人，於是轉過頭，走到後面的廂房去。

沒多久，招財就把錢送過來，房言知道這筆錢是退不回去了，索性收了下來。

午睡過後，房言繼續帶著房乙出去辦事。

跟中人訂下店鋪租約開始的時間之後，五月分水果齋分店就要營業了，雖然現在還早，但是她不能保證接下來還能來府城。自從房淑靜訂下婚期，她娘對她管得越來越嚴，簡單來說，就是她如今已經是個大姑娘，不能再像從前一樣天天在外面亂跑了。

關於新店鋪需要用到的東西，房言想親自決定，像是碗的花紋、杯子的樣式以及罐子的品質等等，而她也想藉此讓縣城的器具跟著一起改變。

逛了兩天，基本上都定下來了，後續的事情直接交給房乙就行，不過還有一些東西沒有確定，包括桌椅、板凳跟果汁榨汁機等。

其實最方便的方法，就是直接跑一趟江記木製品店，但是一想到童錦元，房言的心情就很複雜。

不要說古代，就是現代社會，去有女人的地方應酬交際也不是什麼大不了的事，房言覺得自己實在是太小題大做了，可是不知道為什麼，她就是無法原諒童錦元。其實他也不是閒來無事一個人去那裡尋歡作樂，她怎麼就不能理解他了呢？

房言聽她大哥說過，孫博家早就為他安排了丫鬟當通房，她當時聽了也沒什麼感覺，也沒因此改變面對孫博的態度。

不過一想到童錦元會去那種地方「逍遙自在」，甚至家裡也有通房，房言心裡就難受得很。明明童錦元都這個年紀了，家裡要是沒安排才奇怪，而且他之前還差點成親了不是嗎？房言從去年就開始反思，她甚至懷疑自己是不是喜歡童錦元，所以才會對他比較苛責？可是之前聽說他訂親的時候，她也沒這麼難受啊，頂多是覺得有些遺憾罷了。

如今她怎麼就變成這個樣子了呢？

或許是在心中把他當成哥哥，所以才會無法容忍？可是如果她哥哥們也去逛逛紅樓館子，甚至三妻四妾……雖然她心中不贊同，但也不至於像對待童錦元一樣，不想再搭理他們。

現在一想到童錦元，房言腦子裡就亂糟糟的，尤其是想到他最後對她說話的態度，她就覺得心頭像是有根針在扎一樣。

最先擺出冷漠態度的人是她，可是當對方用同樣的方式回敬之後，她卻先受不了了。

房言覺得自己簡直矯情得很，也做作到不行。想到這裡，她覺得或許是在這個時代待得久了，不但有親人，家裡也有了錢跟地位，讓她漸漸變得不像自己。

不過，既然她無法忍受他這種行為，那就不忍了吧，反正他們本來就是兩個世界的人。

想清楚之後，房言就帶著房乙去了江記木製品店，掌櫃的看見了她，就親自過來接待。不說房二河家跟他們姑爺家的關係很好，房二河也是有名的商戶，他自然要慎重一些。

房言把自己的要求告訴掌櫃的，掌櫃的全都記了下來。

解決了最後一件事，房言覺得渾身輕鬆。她帶著房乙去碼頭逛了一圈，然後回到春明街的店鋪。

抵達野味館門口的時候，房言下意識地往對面的米糧店裡看了一眼，然後迅速轉過頭來。

儘管她什麼都沒看到，卻覺得這個舉動實在有些多餘了……

隔日，房言就跟著房二河回房家村。過沒幾天，房二河就帶著房伯玄去京城考試了。

王氏天天在家燒香拜佛，祈禱房二河與房伯玄一路平平安安，還有房伯玄能順利通過會試。

在進入殿試、有資格成為進士之前，必須先接受會試，考上的人稱為「貢士」。

一個月之後，房伯玄考上貢士，甚至榮登第一名，也就是「會元」的消息傳到房家村的時候，整個村子都沸騰起來。

如今天氣很暖和，王氏便帶著房言與房淑靜兩姊妹去寶相寺。每次在這裡燒香，王氏都覺得特別靈驗，所以一有什麼事情，她都喜歡去那裡。

再次來到姻緣樹下，此時的房淑靜已經決定了婚期，房言則是仍舊孤身一人。

雖然房二河之前為了杜絕不必要的麻煩，對外一律宣稱女兒們不到十六歲不說親，但那是因為房淑靜要等袁大山回來才這樣的。再怎麼說，房言今年已經十四歲，在這個時代十三、四歲的姑娘基本上都訂親了，所以王氏開始緊張起來。

房言本來不想往樹上扔紅繩的，因為她覺得這種舉動有點傻，可是房淑靜卻說：「之前妳是怎麼勸姊姊的，結果到了妳身上，妳卻不願意做，我看妳是害羞了吧？」

房言心想，誰害羞了啊？她前世活了二十多歲，今世在這裡生活了四年，兩世加起來都快要三十歲了，她可不懂什麼叫害羞。

不就是扔紅繩嘛，根本不用怕。

眼睛一閉，房言往上扔出了紅繩，她在心中默唸，以後要找一個對她好的男人，最重要的是，對方一定要很專情，不管是身體還是精神，都不能出軌。

當房言睜開眼睛的時候，房淑靜笑道：「二妮兒，不錯啊，扔上去了，妳保證會有一個好姻緣。」

紅繩扔上去了，房言自然也非常開心，畢竟沒有人不喜歡好兆頭的事。不過她聽了房淑靜的話，卻笑著調侃道：「也不用太好，能像大山哥對姊姊一樣就行。」

房淑靜聽了房言的話，臉色瞬間紅透，作勢要打她。「亂說什麼呢，他哪裡對我好了？」

房言回道：「大山哥為了娶姊姊，把自己全部家當都送過來，只是這樣一來，不知道姊姊嫁過去之後，你們倆還怎麼填飽肚子？」

聽到房言這麼說，房淑靜雖然開心，卻強忍著羞意說道：「成親那時候肯定會帶回去給他的。」

「是啊，不過帶回去的話，那可就是姊姊的嫁妝了，大山哥對妳可真好。」

想到袁大山的體貼，房淑靜笑道：「二妮兒，妳也會遇到一個好對象的。」

房言心裡卻想，這樣的人可遇而不可求，她不一定能有這種好運氣……

等王氏一行人離開寶相寺，正好在門口遇到江氏。

房言默默在心中感慨，他們來這裡，大約有一半的機率能見到童錦元跟他娘，只是往江氏周圍瞧了瞧，並未發現童錦元的身影，她不禁微微有些失落。

房言與房淑靜早就認識江氏了，王氏倒是頭一回見到她。

江氏早就想見一見王氏了，她覺得房家非常神奇，他們家的生意才做三、四年，聲勢就已經很不得了。兩個兒子書都讀得很好，一個甚至是今年的會元；兩個女兒不僅漂亮，其中一個還跟百戶訂了親。

如今府城的人都在說，今年的狀元也許會出自他們魯東府。

王氏無疑非常幸運，有這麼會賺錢的丈夫，還有這幾個爭氣的兒子跟女兒。

聽說房二河之前是個窮小子，王氏則是讀書人家的女兒，他們兩人的愛情故事，著實耐人尋味。見了面之後，江氏才發現王氏比她想像中更漂亮、更有氣質，她立刻熱情地跟王氏打起招呼。

王氏知書達禮、溫柔寡言的性子，一下子就博得江氏的好感，兩個人彷彿多年未見的老友，在寺廟裡的姻緣樹下說起話來了。

說著說著，江氏不免開始誇讚起房淑靜與房言。她拉著房言的手說道：「許久未見，妳們姊妹倆都越來越漂亮了，還這麼有禮貌，我剛才還以為是哪裡的大家閨秀呢。」

王氏謙虛地說道：「她們兩個人不懂什麼規矩，當不了夫人的誇讚。」

江氏卻道：「哪裡的話，你們家女兒實在優秀，我那個陪嫁的木製品店多虧了言姊兒，才能煥發生機。她既貌美又聰慧，真的很令我歡喜。」

王氏看了房言一眼，說道：「還不快謝謝夫人。」

房言聽話地福了福身。「多謝夫人。」

江氏笑容滿面地說道：「不用客氣。」

說著，江氏突然靈機一動，她看了看房言，又對王氏問道：「對了，言姊兒今年多大了？可曾說了人家？」

王氏答道：「她剛剛過了十四歲的生辰，還沒定下來。」

江氏一聽到房言的年齡就說：「十四歲了啊，也是大姑娘了。」比他們家兒子小了五歲，年齡差得稍微有點多……

其實童錦元早就對王氏說過好幾次房淑靜跟房言的年齡，她卻老是記不住，或許是早就知道房淑靜這邊沒機會，房言年紀又太小的緣故。

王氏接過江氏的話說了起來。「是啊，一轉眼，孩子都長大了……」

第七十六章 心儀對象

等王氏她們離開，江氏看著房言的背影，還是覺得有些可惜。要是他們兩個孩子差個三歲左右就好了，差個五歲，她怎麼樣都不好意思向人提出請求。

江氏身邊的董嬤嬤察覺到她的異樣，問道：「夫人，您在想什麼呢，可是想為房二小姐說媒？」

江氏嘆了一口氣，說道：「哪裡是為別人說媒啊，我可沒有那種心思，只求錦元趕緊說上一門合意的親事就行了。」

想起房言那討喜的模樣，江氏還是覺得有些可惜，她說道：「唉，要是她再大上個一、兩歲就好了。從前我就挺喜歡這小姑娘的，可惜當時她還太小，我沒往這方面想，如今倒是長大了，但是終究跟錦元差得有些多。再說了，有了過去的經驗，我實在不敢再為錦元作主，也不知道他到底喜歡什麼樣的姑娘，還是算了。」

董嬤嬤聽了卻是若有所思，回去的路上，她忍不住對江氏說道：「夫人，老奴看少爺未必不喜歡房家小姐。」

江氏愣了一下，然後臉色又恢復正常，說道：「就算他喜歡又有什麼用，他年紀這麼大了，在外又有剋妻之名，人家小姑娘聰明貌美，家裡有錢不說，哥哥又前途無量，未必能看上他呢。」

董嬤嬤卻是憂心忡忡地道：「夫人，老奴是擔心，少爺喜歡的不知道到底是房家哪個小姐？」

聽到這段話，江氏疑惑地看著董嬤嬤問道：「嬤嬤這是何意？」

董嬤嬤回道：「不知道夫人注意到了沒有，兩位房小姐身上穿的衣服布料有些眼熟。您記得嗎？咱們過年的時候，想要找那兩疋布料送去京城，結果卻不見了，管庫房的人說，似乎是被少爺拿走的。那兩疋布料分別是鵝黃色與香緋色，可不就是今日房小姐她們衣服的顏色嗎？」

江氏聽到這些話，一下子來了精神，她問道：「確定？妳剛剛沒看錯？」

被這麼一問，董嬤嬤有些遲疑地說：「雖然老奴不是非常肯定，但顏色總歸錯不了，當初那兩疋布料還是老奴親自放到庫房去的。」

「那錦元到底是……」江氏皺了皺眉。

董嬤嬤說道：「夫人，我就是怕少爺看上的是房大小姐啊。」

江氏聽董嬤嬤這麼一說，不禁滿臉愁容。「可是房大小姐已經訂親了啊，聽說還是三年前就決定的……」

「是啊，夫人，聽說房大小姐今年要成親了。」

這句話說得江氏突然心神一震。「就說錦元最近怎麼一副心情不好的樣子，我還當是生意上有什麼狀況，可是老爺卻否認了。這樣一來，問題就是出在錦元身上嘍？」

董嬤嬤憂愁地道：「夫人，您說這可怎麼辦才好？」

江氏抓緊手中的手帕，趕緊吩咐道：「讓車夫快一點，回家再說。」

到了家裡，江氏立刻吩咐僕人把童錦元找過來。

童錦元正在店鋪裡，聽到他娘十萬火急地要他回去，他還以為出了什麼大事，馬上放下手邊的工作，連忙返家。

進了房間，童錦元看著他母親臉上的神情，心裡一緊，問道：「娘，發生什麼事了？」

江氏正在思考該怎麼問兒子這件事，她想了很久，又覺得或許不用她提點，等到房大小姐成親，兒子自然就能放下了。只是，私下送東西這種事還是要說一說，免得兒子再做出更出格的事，壞了姑娘家的名聲不說，也令他們童家蒙羞。

想到這裡，江氏沈著臉，對身邊的僕人說道：「你們都退下去吧。」

等到現場只剩下他們母子兩人，江氏嘆息了一聲，認真地盯著童錦元問道：「錦元，你可是早就已經有了喜歡的人？」

聽到母親的問話，再想到前一段時間的事情，童錦元的表情一滯。他抿抿唇，說道：「沒有，兒子沒有喜歡的人。」

看到兒子臉上的表情，江氏以為是他不好意思承認，也不敢承認。照她的觀察，這應該是她兒子的單相思，今天她見房大小姐提起她的未婚夫婿時，神情很是甜蜜，臉上的愉悅不似作偽。在這種情況下，她能理解兒子為何不肯老實說出口。

想到這裡，江氏又覺得兒子太可憐了。兩個未過門的妻子突然在成親前死去，心儀的女子又不喜歡他，他心裡該有多苦啊？可是她這個做娘的還要勸兒子斷了心中的念想，簡直太殘忍了，不像是一個親生母親該做的事。

不過，該說的話還是要說，江氏說道：「沒有就好，只是以後你行事得注意一些，不要再送東西給已經訂親的女子了。」

童錦元聽到這些話，皺了皺眉，不太明白他母親的意思。已經訂親的女子？送東西？他什麼時候做過這種事了？

「娘，兒子不太明白您的意思……」

江氏怕兒子太執著，都送了兩疋布，說不定還有她不知道的禮物，於是她索性挑明了說：「庫房裡那兩疋鮮亮的布疋去了哪裡？」

鮮亮的布疋？他什麼時候……

啊！

童錦元的記性很好，被江氏這麼一點，他一下子就想起來了。說起顏色鮮亮的布疋，就是去年送去房家的那兩疋，那是他出於私心偷偷換的，他以為不會被發現，沒想到仍逃不過被揪出來的命運。想到自己做過的事，再對照如今的心情，童錦元覺得萬分羞愧。

「是兒子不對，不應該自作主張換下來的。」

江氏本以為是兒子私相授受，一聽到這話，就問道：「換下來？換到哪裡去了？你不是偷偷送給人家姑娘的嗎？」

童錦元以為江氏已經知道了，這會兒看她的臉色，又聽到她說的話，忽然覺得他們兩個人說的好像不是同一件事。

不過童錦元很聰明，稍微分析一下之後，就明白是怎麼一回事了。他跪了下去，說道：「母親放心，兒子不曾做出這種事，說起來，兒子的確是有私心。當初母親要送給房家長子的賀禮當中，布疋被兒子換掉了兩疋，還請母親責罰。」

江氏一聽到這話，終於鬆了口氣。只要不是私底下送東西就好。

「原來如此，母親還以為你是偷偷送過去的，人家姑娘畢竟已經有了喜歡的人，如今還訂親了，你就算有那種心思，也不能再這樣下去了。」

童錦元聽到江氏的話，猛然抬起頭來問道：「母親，您說什麼？她已經訂親了？」

什麼時候的事，他怎麼一點都不知道?!

江氏嘆道：「可不是，全府城都知道這件事，你不是也很清楚嗎？」

要不然你最近怎麼那麼憔悴，脾氣也大了些——這些話江氏藏在心裡沒說出口。

童錦元呆呆地直視前方，表情甚至有些絕望，他麻木地搖搖頭，說道：「兒子不知。」

江氏看到寶貝兒子痛苦的模樣，立即安慰道：「不知道就不知道，總歸你現在曉得她已經訂親了，往後就收斂一些，不要壞了人家的名聲。況且，她要嫁的是個正六品的百戶，你可別做出什麼出格的事。」

正六品百戶？

童錦元覺得有些奇怪，低聲喃喃道：「她竟然也要嫁給一個百戶？」

雖然因為聽到兒子說了「也」這個字，讓江氏感到有些奇怪，但她還是說道：「可不是嗎？她的未婚夫婿剛剛從戰場上回來，還救過將軍一命。不是娘怕得罪他，而是人家姑娘本來就無意於你，若是你們之間兩情相悅，那麼娘怎麼樣都會為你爭取一番。可是既然她不喜歡你，你就不要再這麼執著了。」

童錦元這會兒一臉茫然。他怎麼覺得這話好像在說房言的姊姊呢？

江氏看到兒子的表情，再想想他剛才的話，突然靈機一動，說道：「難不成你喜歡的不是房大小姐，而是房二小姐？」

冷不防被母親戳中心事，童錦元的臉龐一下子刷紅，就連耳朵上也慢慢爬上紅暈。

江氏不知道兒子內心的矛盾與掙扎，她反而非常開心。不是房大小姐就好，這樣就不用怕兒子會傷心了。

她本來就挺喜歡房二小姐，今天甚至動過讓她當自己兒媳婦的念頭，沒想到兒子竟然跟她有一樣的想法。這會兒她早就忘了房言年紀到底多大，也忘記問兒子究竟是什麼時候喜歡上人家的了。

江氏興奮地扶起跪在地上的童錦元，拉著他的手說道：「地上涼，快起來。我的兒，你果真喜歡房二小姐嗎？」

童錦元站起身來，紅著一張臉，抿著唇，沒有講話。

江氏越想越開心，看著兒子一副被抓包的樣子，她說道：「娘也喜歡房二小姐，今天見她穿了一身鵝黃色的裙裾，就是用你送的那疋布料做的，襯得她嬌美無比。」

童錦元得知房言穿上用他挑選的布疋做的衣裳，內心不禁感到一陣歡喜。他已經很久沒見過房言穿裙裝了，她總是穿著男子的衣服，打扮得像個少爺一樣，在店鋪與街上到處走來走去。

只是……想到他們兩個人如今的距離，還有房言的冷漠，他一顆心又沈了下去。

「娘，我跟她是不可能的，您不要多想了。」

江氏正沈浸在從天而降的喜悅中，突然聽到童錦元說出這麼喪氣的話，臉上的笑容漸漸消失。她問道：「為什麼？你們兩個男未婚、女未嫁的，怎麼就不可能了？」

童錦元聽了，卻是沈著一張臉不開口。

「難道你不喜歡她了？」

聽到這話，童錦元立刻說道：「娘，我喜歡她有什麼用？我們之間相差太多，兒子今年已經十九歲了，還擔著剋妻的名聲。我不想禍害別人家的姑娘，所以打算終身不娶。」

江氏一聽，厲聲說道：「錦元，你說的這是什麼話！」

「娘……」

江氏氣得眼淚都流出來了，她坐到榻上說道：「我的兒，你怎麼就這麼命苦？那些事情怎麼能怪你，她們又不是莫名其妙遭殃，問題分明出在她們自己身上啊！」

童錦元站在原地，低頭默默看著地板，不知道在想些什麼？

江氏見到他這副模樣，心疼地說道：「渡法大師不是說等到你弱冠之後一切就會好了嗎？你今年已經十九歲，那就是明年了。」

在童錦元看來，眾人相信渡法大師是一回事，他自己本身卻是抱持懷疑的態度。儘管他對過世的那兩個姑娘有些愧疚，但是想開以後，他並不覺得自己真有剋妻之命。

然而，一想到萬一哪天他得償所願，跟房言訂了親，結果她卻遭遇不測……那種痛苦，他實在無法承擔。

想到這裡，童錦元有些難受地說道：「娘，您不要再操心這些事，我先出去了。」

江氏剛才聽到兒子承認喜歡的人是房言，本來還高興得不得了，這會兒見兒子這般消沈，她的心情可說是大起大落，跌宕起伏。

看著兒子的背影，江氏突然說道：「錦元，我看你喜歡房二小姐不是一天兩天了吧？」

此話一出，童錦元果然停下了腳步。

江氏見自己的目的達到了，就擦了擦眼角的淚水，繼續說道：「你可知我今日見到房二小姐的時候，她們在求什麼嗎？在求姻緣。房二小姐今年十四歲，該訂親了，你難道捨得眼睜睜地看著自己喜歡了那麼久的姑娘嫁給別人嗎？若你還像現在一樣一點都不積極，我看你也沒什麼希望了。」

不得不說，江氏非常了解自己的兒子。

童錦元這個人雖然看起來一副溫和無害的樣子，但是他在商場上的表現可說是殺伐果決，冷漠無情。自從當初去了塞北一趟回來之後，不到四年的時間，他就已經能獨當一面了。這足以說明童錦元本質上並不是個懦弱的人，要不然不可能在短短幾年內撐起童家這麼大的家業。

他的外表看起來隨和多情，但是對不喜歡的人卻最是冷漠無情，看他對前兩任訂親對象的態度就知道。只不過，對於喜歡的人，或是自己想得到的東西，又是另一番模樣了。

其實關於自己的兒子喜歡房言喜歡多久，江氏只是猜測罷了。去年秋闈後送賀禮給房伯玄時他就抽換了東西，看來最少也有半年了。

聽到這些戳心窩的話，童錦元的身子晃了晃，說道：「那就……那就讓她嫁了吧。」說完，他加快腳步走了出去。

看到童錦元這副模樣，江氏真是恨鐵不成鋼，氣得她捶了幾下榻邊的桌子。

等童寅正回來，江氏就把這件事說給他聽。童寅正也覺得這是一門好親事，無奈兒子的態度不明確，所以他們夫妻倆一時之間不知道該怎麼辦才好？

另一邊，已經子時了，童錦元躺在床上卻毫無睡意。

今天和母親的對話一直縈繞在他耳邊。如果房言真的嫁給別人，那他……一想到這種可能性，他就難以入眠。

真的要眼睜睜地看著房言嫁給別人嗎？童錦元在內心問起了自己……

童家眾人有多糾結，房言自然不知道，在新店鋪開張之前，她還有很多事要忙。由於房伯玄正在準備殿試，房言早就知道她爹暫時回不來，好在府城還有胡平順跟房乙能幫她的忙。

臨近開張，房言隨著母親與二哥房仲齊一起來到府城的時候，不免看向對面的米糧店。不過她隨即搖搖頭，告訴自己賺錢比較重要，她不要再陷入那種莫名其妙的沮喪中了。

店裡的夥計早已找好，也由胡平順培訓完畢，只待新的分店開張後直接上陣。至於掌櫃的人選，房言將原本管理縣城水果齋的房四調來府城，那邊原本的二掌櫃則升成大掌櫃。

因為房言很早之前就已經開始宣傳府城的水果齋分店，所以開張當天，有很多縣城水果齋的貴客送來賀儀，這可比之前任何一家野味館分店開業的時候，都還要讓她有面子。

袁大山知道房言的新店開張，正好他今日休息，所以帶了幾個下屬過來維持秩序。房言看著站在門口的士兵，覺得既開心又安心。

雖然以他們房家如今在府城的地位，不太會有不識相的人過來找碴，但是多一些人來鎮鎮場子也不錯，正好讓那些沒長眼睛的看清楚了，不要沒事找事。

王氏得知這件事，自然又在房淑靜面前好生誇讚了袁大山一番。

第七十七章 高中狀元

童錦元站在二樓探出頭，朝窗外看去，只見斜對角的一間店鋪外，房言正穿著一身男子的衣裳，站在門口笑著招呼客人。看到這個情景，童錦元的嘴角不自覺地揚起來。

「少爺，您要的東西我拿來了。」招財在童錦元背後說道。

童錦元回過神，轉頭看著招財道：「把東西放下吧。對了，你回家找個人去房家的水果齋，買二十罈兩斤裝的水果罐頭。」

招財愣了一下，不太理解童錦元的用意。早上他不是才剛以家裡的名義去買了二十罈嗎，怎麼現在又要買？

不過招財無權反駁自家少爺，他應聲之後，打算下樓時，童錦元又補充道：「找個沒怎麼出過門、房二小姐沒見過的人去吧，不要讓他們知道是我要買的。」

對於自家少爺喜歡房家二小姐的事，招財早就發現了，但是少爺這種做法他卻不是很贊同。這麼偷偷摸摸的有什麼意思，就算做得再多，對方也不知道啊？

不過，招財沒有多說，只道：「好的，少爺。」

招財回到家以後，立刻去後門找了個老實又很少外出的小廝，領著他就要出去。

正好，江氏今日要出門，她看到招財，就隨口問了一句：「你們家少爺呢？你這是要去做什麼？」

招財一聽，隨即上前回話道：「稟告夫人，少爺正在查帳，要我帶著個人去辦點事情。」

江氏一聽童錦元去查帳了，又問道：「去哪裡查帳？春明街的米糧店嗎？」

招財笑著回道：「之前在別處查帳來著，這會兒剛到了春明街。」

江氏聽了之後，反而不急著走了。她之前打聽過，兒子已經好一陣子沒去過春明街了，都是直接讓安掌櫃把帳本送到家裡來，這會兒一聽到他又去了，她就看著招財問道：「你可曾看到對面房家的二小姐？她今日是不是來府城了？」

聽到這個問題，招財有些糾結。說實話，他們家少爺的心思，他這個貼身僕人怎麼可能不知道，甚至在少爺還不明白自己的心意時，他就已經察覺了。只是他不知道自家夫人對這件事抱持什麼樣的態度，所以不知道該如何回話？

江氏看到招財一副猶豫、不想開口的樣子，反而覺得這是她兒子交代的，她因此更加懷疑招財回家叫上一個人到底要去做什麼？

她冷聲說道：「這有什麼不能說的，你不告訴我，我一會兒隨便找個人去打聽一下就知道了。」

招財被江氏嚇了一跳，馬上跪到地上說道：「夫人，不是小的不告訴您，是……是……那個，房二小姐來了。」

看到跪在地上的招財沒說出她要的所有答案，江氏繼續問道：「那你們現在要去做什麼事？」

招財又開始糾結了。這件事是少爺吩咐的，他不能說啊。

「就是去辦點小事……」

江氏逼問道：「辦點小事？什麼小事？難不成你們家少爺說不准你告訴我嗎？」

招財一聽到這話，回想了一下。少爺好像……沒這麼說。然而作為少爺身邊最親近的小廝，他覺得有些話還是不能說。

江氏看招財一直不肯回話，就說道：「既然不能說……行，你們去吧，我就不為難你了。」

這下子招財如蒙大赦，他趕緊磕頭道：「多謝夫人。」

看著招財帶著小廝離去的背影，江氏找了一個僕人過來，囑咐了他幾句話。

接下來江氏索性不急著出門。反正她不過是去街上買些東西罷了，這種事又怎麼能跟兒子的終身大事相提並論呢？

大約一炷香的時間，江氏派出去的心腹回來了。聽到僕人回稟的內容，她覺得自己這個兒子實在太蠢了。

想了想，江氏對心腹僕人說道：「你去帳房領一些錢，再帶幾個人，去水果齋買六十罈兩斤裝的水果罐頭回來，一定要讓房二小姐知道是你們家少爺買的。」

雖然買的量多，但是他們家的人不少，多買一些還可以送到京城或者相熟的人家，就算送不了那麼多，也可以賞給家裡的奴僕。

僕人領命之後，一刻也沒耽擱地去辦事了。

江氏看著僕人離開，臉上終於露出笑容。明明自家兒子挺聰明的，怎麼就做出這種浪費錢又毫無效益的事呢？就他那種做法，這輩子都別想討姑娘家歡心，更別說追到心上人了，她不出手幫忙怎麼行！

另一邊，房言聽到童錦元差人來買六十罈水果罐頭的時候，有些愣住了。兩個多月前，他們最後一次談話時不歡而散，這會兒童錦元卻來照顧她的生意。況且，明明早上童家的僕人已經買了二十罈回去了不是嗎，現在又買那麼多做什麼？

然而房言不知道的是，在江氏派人來買這六十罈水果罐頭之前，招財已經要人來買二十罈，再加上早上買的，總共已經一百罈了。

房言一方面非常開心，另一方面又有些愧疚。自己因為一些原因對童錦元惡言相向，但是他不僅不計前嫌，還願意在她的店鋪買東西……此時她的心思有些複雜，有一種說不清、道不明的感覺。

「你們家少爺買這麼多罐頭做什麼？現在天氣熱，儲存不了多久的。用冰塊鎮起來不划算，還不如天天來買。」房言疑惑地說道。

僕人卻笑道：「因為味道非常好，我們家少爺想要拿來送人，畢竟他朋友非常多，這些量還怕不夠呢，房老闆就不用擔心了，儘管賣給我們就是。」

看到店鋪裡人來人往的，房言不好在這裡多說什麼，於是她笑道：「煩勞稍等一下。」

僕人笑著回道：「好。」

等到江氏買完東西回來，六十罈水果罐頭已經在家裡了。江氏聽僕人說房言的水果齋生意非常好，不禁有些好奇這個東西的味道，於是她要董嬤嬤打開一罈讓她嚐嚐。

品嚐過後，江氏頓時覺得整個人神清氣爽了起來，這種感覺似曾相識……她回想了一下，終於記起何時有過類似的經驗，不就是她經常要人買回來讓她吃的野味館包子嗎？

不知不覺，江氏吃掉了幾乎兩個桃子的分量。吃完之後她才覺得自己似乎有些貪嘴了，趕緊站起身來消消食。

童錦元返家的時候，江氏不禁對著他猛誇起來。

「房二小姐賣的水果罐頭真好吃，甜甜的，吃了以後很舒服。」

童錦元自然不知道他母親偷偷做了什麼事，還以為她吃的水果罐頭是他早上差人買回來的，於是只點點頭。

關於這件事，江氏也沒主動告訴他。既然兒子不問，她幹麼要說？

江氏心想，這麼好吃的東西，當然要跟別人分享，況且家裡有這麼多水果罐頭，放著的話，不久就會壞掉，所以她抓緊時間，分送不少給親朋好友。

房言在水果齋忙過一陣子之後，前往位在同一條街的野味館。走到店門口時，她猶豫了一下，還是轉過頭去了對面的米糧店。

看到安掌櫃，房言就上前打招呼道：「安叔。」

安掌櫃一見到房言，就笑道：「房二小姐好，今日您的店鋪生意很不錯，祝您大發利市。」

房言淺笑道：「多謝安叔。」

安掌櫃的閱歷很深，一瞧見房言的臉色，就知道她似乎想說些什麼話，於是他主動問道：「敢問房二小姐找我有什麼事嗎？」

房言張了張嘴，最後終於鼓起勇氣問道：「安叔，你們家少爺今日在店鋪裡嗎？」

安掌櫃回道：「少爺上午來查過帳，不過這會兒已經離開了。」

聽到安掌櫃的話，房言有些失望。「喔，這樣啊。」

察覺房言有些失落，安掌櫃就問道：「房二小姐，您是不是有什麼急事，要不要我找個人通知一下我們家少爺？」

房言趕緊回道：「不用，沒什麼重要的事。」

說完，房言又跟安掌櫃聊了幾句之後，就回了野味館。

水果齋關門之後，房言算了算當天的帳目。

如今水果罐頭的價格比當初在縣城剛開始賣的時候更貴了，就連縣城那邊也早就已經漲價。隨著府城這家分店開張，縣城與府城兩邊的價格已經統一，平均起來比最初漲了約三十文錢。

價格上漲，東西的品質也跟著提升。用的糖是最頂級的，水果挑的是長得比較好的，罈子也比從前做得精緻。為了因應府城的生活水準，這間分店不僅沒賣普通罐頭，甚至還另外準備了更高檔的罈子。也因為這樣，這裡沒有五斤裝的水果罐頭，只有一斤跟兩斤裝的。

這一天下來，光是兩斤裝的水果罐頭就賣了三百罈左右。不過房言很清楚，之所以能賣出那麼多水果罐頭，是因為很多跟他們家交好的商戶聽說他們家新店開張，就過來捧個場。然而房言不知道的是，這三百罈有三分之一都是童家買走的。

光是這三百罈兩斤裝的罐頭，就已經收了七十多兩銀子，再加上一斤裝的以及在店鋪裡享用的糖煮水果跟果汁，銷售額大約有一百兩銀子。當然了，這個數字還要去掉成本，這天賺了總歸有六、七十兩。

這畢竟是第一天開張，之後銷售情況肯定會稍微下滑，但是房言樂觀得很。根據過去的經驗，吃過他們家的東西之後，很多人都會再來買，因為有口皆碑。

第二日，袁大山又派了幾個人過來維持秩序。

然而這一天，童錦元沒去春明街，自然也不知道房言昨天曾經找過他。他如法炮製，又讓招財找了個房言沒見過的小廝，去買了二十罈水果罐頭，第三天依舊如此。

房言在這邊盯了幾天之後就回家去了。府城的店鋪跟縣城的營運方式相同，夥計們被胡平順帶過之後，很快就上手，她不需要擔心什麼。唯一讓她覺得可惜的是，這幾天都沒看到童錦元，不過她也不可能去童家找人，所以這件事就這麼算了。

過沒幾天，遙遠的京城發生了一件事，那就是來自小小的房家村、家世背景不算突出的房伯玄，考上了狀元。

他成為寧國歷史上最年輕的狀元，也是唯一一個連中小三元跟大三元的人，一時之間整個京城為之沸騰。

當房伯玄騎著馬在京城遊街的時候，招來前所未有的圍觀人潮，很多妙齡女子都朝房伯玄扔手帕跟花，希望能得到他的注意。

憑著英俊的長相以及狀元的身分，房伯玄很快就成為京城最炙手可熱的單身漢。聰明如他，一看苗頭不對，立刻要他爹返家，只要有人來提親，他一概以父母不在身邊、自己不能決定終身大事為由拒絕了。否則那麼多當朝權貴提出請求，他若選擇其中一家，勢必會得罪另外好幾家。至於當初孫老太君託付孫博交付的書信中所提的聯姻建議，他在考試之前就已經婉拒了。

如今房伯玄不指望依靠岳家的提攜，他想憑自己的本事，一步一步往上爬。雖然這樣有些艱難，但是相對來說比較安心跟踏實。多少寒門學子靠著自己的本事爬上了權力的頂峰，他相信自己也可以。

即使以後娶個官家小姐，也必須要合他的心意，他可不希望婚姻大事摻雜太多雜質。

房二河回到家的時候，房伯玄考上狀元的消息還沒有傳回來。

一看到王氏，房二河激動得都有些說不出話了。等他終於整理好心情告知全家人時，不禁又感動了一次。

「孩子他爹，你沒騙我吧？咱們家大郎……考上狀元了？」王氏不敢置信地抓住房二河的袖子問道。

房二河笑著回道：「是真的，孩子他娘，咱們家大郎考上狀元了。」

王氏的眼淚不受控制地流下來。狀元……這個遙不可及的頭銜，竟然落到他們家大郎身上了，可真是天大的喜事啊！

一看見王氏掉淚，大家的眼角都濕潤了。房言此時也終於鬆了一口氣。房伯玄不負眾望考上狀元，這些年的努力有了成果，她總算能放心了。

一家人哭了一會兒之後就去歇息。這一晚，每個人幾乎都失眠了，不過隔天早上起來的時候，大夥兒反而神采奕奕的。

房仲齊忍不住問道：「爹，大哥真的高中了狀元對吧？我就怕我一覺醒來發現自己在作夢。」

由於房淑靜跟房仲齊是一對雙胞胎，有時候會有心靈相通的感覺，聽了房仲齊的話之後，她便說道：「我也是，醒來還覺得自己在作夢呢，問過二妮兒之後，我才確定這是真的。」

房二河笑道：「對，你們大哥高中了狀元，二郎以後也要加倍努力，雖然不求像你大哥那樣，但是要好好讀書，務必對得起自己。」

聽了這話，房仲齊回道：「我一定會的，爹放心。」

吃完早飯，房二河正準備去告訴村長，結果就聽到外面傳來敲鑼打鼓的聲音。大夥兒互相看了看，都明白這是怎麼一回事。

房言笑道：「爹，您不用去找村長了，既然報喜的人已經抵達，咱們村裡的人肯定都知道了。」

房二河點點頭，帶著房仲齊快步走向門口，吩咐老丁頭敞開大門。

看到房二河，負責報喜的官差顯然非常激動，他滿臉笑意地說道：「恭喜老爺、賀喜老爺，貴公子高中狀元了！」

隨著敲鑼打鼓聲，一路跟到房二河家的人，早就知道房伯玄這次又考出好成績，但是不知道到底好到什麼程度，一聽到報喜的官差這麼說，他們第一個反應不是道喜，而是全都倒吸了一口冷氣，有人愣在當場，有人甚至懷疑起自己的耳朵。

狀元豈是那麼好考的，房伯玄能考上進士就已經是無上的榮耀，沒想到他竟能考中狀元。別說是他們房家村，就是平康鎮、任興縣，甚至魯東府，過去都沒有人達成這種事蹟。開國這麼久以來，這是出自魯東府的第一個狀元啊！

直到那位官差又對房二河說了兩遍恭賀的話，村民們才漸漸地反應過來。

狀元……他們村子裡出了一個狀元！大夥兒頓時興奮地歡呼尖叫。

第七十八章　蜂擁而至

房家的祖爺爺聽到敲鑼打鼓聲而趕過來的時候，第一撥報喜的人已經說完話，他大老遠地瞧見大夥兒很興奮地嘰嘰喳喳，卻聽不清楚他們在說什麼？儘管他問了身旁的孫子，但是他孫子也沒能給他答案，畢竟就算年紀輕，耳力也不可能那麼好。

直到他們走近人群，第二撥報喜的官差也過來了。

村民們看到又有官差來了，非常有默契地閉上嘴巴，不過臉上的表情仍是非常激動。他們盯著領頭的官差，等他說出大家最期待的話。

「恭喜老爺，貴公子高中狀元！」

祖爺爺這才聽清楚房伯玄的名次，但是這句話對他來說震撼太大了，他一瞬間沒反應過來，接著一張嘴就昏厥過去。

站在他身旁的孫子聽到這個消息也非常興奮，但是看到爺爺就這樣倒在他懷中，他趕緊喚了他幾聲。見自家爺爺還是沒什麼反應，又趕緊掐了掐他的人中。他爺爺可不能在這個好日子倒下啊！

站在門口的房二河注意到這個情況，立刻衝到祖爺爺身邊，幫忙他的孫子扶著他。房二河一邊替祖爺爺搧風，一邊又喊人倒杯水過來。

所幸，過了沒多久，祖爺爺就清醒過來。

一旁的房二河擔憂地扶著祖爺爺的身子。要是因為他們家大郎考中狀元，導致祖爺爺有個什麼三長兩短，這可就真的是……

看到周圍的人全都很擔心自己，祖爺爺擺擺手，說道：「我沒事，就是太激動而已。真沒想到，我活了這麼一大把年紀，還能連續趕上這麼多喜事，就算我這次真的醒不過來，也值了。」

古代人的家族觀念非常強，尤其是祖爺爺的父親是第一批來到這裡的人，他心中的感慨很難有人能理解。那時候房家村還沒有幾戶人家，他是一點一滴看著這個村子發展起來的，同輩的那群人早就已經去世，只剩下他一個人，所以他對房家村的感情跟一般村民不一樣。想到自己死後房家村越來越興盛的模樣，他真是既開心又欣慰。

房二河立刻握著祖爺爺的手說道：「快別這麼說，您還能再活上很久。」

大家正說著話呢，第三、四撥報喜的官差都來了。房二河把官差們全都請進屋裡，也讓村民跨入大門待在前院中，讓大家好好地聊一聊。

房二河這次開心，一個官差包了三兩銀子，一下子就散出去將近七十兩。

在旁人來看，這可是一筆很大的數目，不過房二河今天高興得很，根本不在意這點支出。

等到官差們都走了，房二河把他們帶來的喜報像往常一樣，貼到廳堂中最顯眼的位置。之前貼的時候，他就已經預留空間，這會兒直接貼上就行。

把喜報貼在這裡，不僅能讓祖上臉上有光，還能讓來作客的人看見，算是房二河這個做父親的人一點點的虛榮心吧。

隨著官差的到來，房伯玄考上狀元的事情像是長了翅膀一樣，傳遍房家村，飛到了鎮上、縣城，甚至府城。不到一天的時間，整個魯東府都知道這一屆的狀元出自他們這裡，消息靈通一些的人，更是已經得知狀元出自房二河家。

很多人為了一探虛實，特地跑到房二河家的店鋪去問，一聽到是真的，馬上坐下來吃了一頓飯。開玩笑，這可是狀元郎家開的店鋪啊，要是在那邊多吃點東西，說不定腦子能變得聰明一些。

不得不說，有這種想法的人還真不少。當天下午開始，房二河家在鎮上、縣城的店鋪生意比平常好了兩倍。到了第二天，消息傳得更廣了，府城的店鋪人潮比以往更多，一天下來，營業額竟然是平日的兩、三倍。

許多人在店鋪裡吃飯的時候，不禁侃侃而談，說自己之前在店鋪裡吃飯，曾經見過狀元郎。甚至有人說，剛開業那會兒，他過來用餐時，還是狀元郎親自接待他的。

在場的人聽到這種話，無不覺得這些人在吹牛。

大寧朝的狀元郎是什麼身分啊，怎麼可能做出這種不符合地位的事？況且科舉考試並不容易，狀元郎還不得一天到晚十二個時辰都在家讀書，怎麼可能出來做生意？

一聽別人說他們吹牛，這些人可不服了。若是假的也罷，但這可是真的，狀元郎的確端過包子給自己！有人心裡氣不過，就去要求掌櫃的評評理。

胡平順也知道自家主子的態度，他們家從來不覺得這種事丟人，因此他笑道：「這的確是真的。我們家大少爺不是那種死讀書的人，偶爾會到店鋪幫忙，說不定當初他真的為這位客官端過包子呢，真是恭喜您了！」

一聽到掌櫃的證實這些言論，大夥兒的眼神又不同了，看著被狀元郎服務過的那個人，他們的目光無不充滿羨慕之情。

胡平順見事情解決，本來想離開的，不料又有人開口了。

「掌櫃的，你們家大少爺什麼時候還會來啊？我們不求能讓狀元郎親自服務，畢竟如今他身分不同，我們擔當不起，就只是想見一見他，好沾沾喜氣。」

此話一出，得到了很多人的附議。

胡平順說道：「這一點小的就不知道了。大少爺如今在京城等候授官，不像從前那樣清閒，大概是沒時間過來了。」

他一說完，大夥兒臉上都露出遺憾的神色。

見狀，胡平順想了想，補充道：「不過呢，雖然我們家大少爺可能暫時不會來，但是你們可知道，他做事非常勤快，家裡收割小麥的時候，大少爺也時常會去幫忙。我們家用來做包子跟饅頭的麵粉，就是用那些小麥做的，你們要想沾喜氣的話，可以多吃一點。」

一聽到這些話，眾人都低頭看了看自己手中的包子或饅頭，有人不禁驚訝地問道：「狀元郎在家還會幹農活？你們主家這麼有錢，多請幾個短工就是了，竟然還讓他下地？狀元郎那雙手可是要用來讀書寫字的啊！」

「就是啊，怎麼能讓狀元郎親自幹活呢？」

不過也有不同的聲音，有人說道：「是嗎？我反而覺得狀元郎為人很踏實，家裡這麼有錢，書又讀得這麼好，仍舊親自下地幹活，可見他是位關心民間疾苦之人，將來必定是一位好官。」

「我覺得兄臺說得對。」

聽到大家的議論，胡平順笑道：「這算什麼，你們吃的野菜就種在我主家後院，我們家大少爺過去住在家裡的時候，每天早上起來都會幫忙摘菜呢。他說過，人不能死讀書，要勞逸結合才是。」

房伯玄說過那些話是真，但是胡平順主要的目的，卻是安撫眾人，並宣揚房二河的理念。說真的，過去他們一家三口進入房二河家工作時，從來沒想到能過上現在這種好日子，而房二河一家勤懇努力、不驕傲自大的態度，更是深深感動了他，也讓他因此對他們更加忠心。

聽了胡平順的話，有人吃了一口菜，說道：「怪不得我覺得你們家的東西特別好吃，原來這裡面有狀元郎的心血結晶，果然味道不一般。」

這番近乎拍馬屁的話，竟然得到大多數人的認同。

「兄臺這麼一說，我就懂了，想必這就是這家吃食吸引我的原因吧。看來我以後要多來吃一些，吃了這裡的東西，我都覺得自己變聰明了呢。」

一個書生模樣的人本來低著頭吃飯，沒有參與眾人的討論，這會兒聽到別人這麼說，他點點頭，贊同地說道：「是啊，自從我來這家店鋪吃東西，也覺得自己的頭腦變得很清晰，書都讀得比以前更好了。」

有第一次進來野味館消費的客人，聽了之後就問道：「真的嗎？書讀得更好了？看來我以後也要多來才是。」

聽著大家此起彼落的討論聲，胡平順臉上帶著笑意，回到了自己的位置上。

各間野味館的生意都因為房伯玄高中狀元而受益，原本各據點長期下來，市場已經接近飽和，但是這個好消息讓收益大幅上漲，大夥兒甚至不再叫房家的店鋪為「野味館」，而是親切地稱呼其為「狀元郎家的店」。

鎮上跟縣城的店鋪就不用說了，在府城，不只是野味館，剛開業沒多久的水果齋也受到同樣的待遇。

當碼頭上的工人介紹搭著船來的客人去野味館吃飯的時候，都很自覺地宣傳道：「這家店鋪可是今年新科狀元家開的，聽說店裡用的麵粉、野菜都經過狀元郎的手，要是去店裡消費的話，說不定你們還能見到狀元郎呢。」

他們這麼一說，又吸引了很多人過來。

雖然所有店鋪的生意都更好了，然而房二河此時卻無心去照看那些地方，他正忙著在村裡祭祖、修建祖宗的祠堂。

如今對房二河而言，錢不再是最重要的事，他們家賺來的錢已經很多，收益多個兩、三倍相對於兒子考中狀元來說，都是小意思。

除此之外，房二河跟幾個長輩們還想擴建房氏族學，因為想來這個地方上學的人越來越多了。

自從房伯玄考中解元之後，就吸引許多讀書人來這裡求學；等到他高中狀元，慕名而來的人群更是不在話下。

考上解元時，房伯玄就又多聘請了一個學問更高、經驗更豐富的老秀才過來。雖說束脩給得很高，但是這位老秀才肯移駕到這裡來教書，也是看在房伯玄的面子上答應的。

儘管求學人數眾多，但是建立族學的時候大家就說好了，房家村的人想去讀書就能免費去讀，外面村子的人想進來，不僅要繳錢，還要通過考試才行。正因如此，人數還在可以控制的範圍內，不過擴建已經勢在必行，房二河也開始做準備。

眼看房家村的未來一片光明，村長又把村民聚集起來好好地宣導一番，無非是約束大家不要惹是生非，以免壞了房伯玄的名聲，這樣對每個人都沒好處。

這一次，房二河照舊要宴請眾人。宴席當天，來送禮的人可說是川流不息，就連童錦元跟童寅正夫妻也到場了。

前些日子，童錦元在隔了一段時間之後再次來到春明街的米糧店。查完帳、了解店鋪的近況之後，安掌櫃突然對他說起之前的事。

「對了，少爺，上次房家二小姐來找過您，當時您不在，不知道後來她找到您沒有？」

安掌櫃覺得這不是什麼大事，而且房言也沒要他去跟自家少爺說，所以他就沒跟童錦元彙報。

然而，此時看到童錦元臉上的表情，安掌櫃忽然覺得自己似乎做了什麼十惡不赦的壞事。

「這是什麼時候的事？」童錦元從椅子上跳起來，看著對面的安掌櫃問道。

安掌櫃被嚇了一跳，結結巴巴地道：「就……就……前幾日吧……對，應該是前幾日。」

童錦元對這個答案不太滿意，追問道：「前幾日是哪一日？為什麼沒有報告給我聽？」

看到他們家少爺的態度，安掌櫃越發覺得自己麻煩大了，他趕緊努力搜索起腦海中的片段，想記起這是哪一天的事。

此時旁邊的夥計提醒道：「掌櫃的，不就是少爺上次來店鋪的那一天嗎？少爺前腳剛走，對面的房二小姐就過來找他了。」

經過夥計這麼一提醒，安掌櫃也想起來了，他立刻說道：「對對對，就是那天，少爺離開之後，房二小姐就過來了。」

童錦元瞪了安掌櫃一眼，說道：「這種事怎麼不早點報給我聽？房二小姐過來說了何事？」

此時安掌櫃已經想起來當初發生的事了，為了將功補過，他說得頗為仔細。「小的記得那天房二小姐來了之後，有些猶豫，看起來似乎有心事。一開始她沒表明來意，直到我問了一句，她才吞吞吐吐地說是來找少爺您的。」

聽了安掌櫃的話，童錦元眉心緊鎖，在店鋪裡來來回回踱了幾步，最後問道：「他們家的店鋪可是遇到了什麼麻煩？」

安掌櫃回想一下，說道：「小的沒看到他們遇到什麼麻煩啊。」

他邊說心裡邊想，房家早就不是剛來府城時的「小村人家」了。房二河的生意越做越好不說，他的大兒子還考上狀元，眼看就要在京城做官了，哪有不長眼的人敢欺負他們家啊，這是不要命了嗎？再說了，府城還有他們童家在，哪會有什麼問題。

雖然安掌櫃這麼說，但是童錦元卻覺得，就算房家真的出了什麼事，想必也不會輕易讓外人知道吧。

「記住，往後再有這種事，第一時間就要讓我知道。若是我沒來店鋪，就讓人去家裡找我。」

留下這句話之後，童錦元快步離開了米糧店。回府的路上，童錦元心想，房言肯定是遇到了什麼麻煩，不如他親自去問一問。

房伯玄高中狀元，童家自然收到了房二河發的請帖。

說起來，之前房伯玄考中解元時，童家之所以只派個小廝過去送禮，是因為童寅正與江氏並不知道兒子的心思，加上雖然他們兩家是生意上的合作夥伴，但是往來並不密切，若是貿然赴宴的話，別人說不定會覺得他們趕著上門巴結人。

後來江氏得知兒子心儀人家的小女兒，這件事可說是非同小可，所以她決定拉著丈夫一起上門向房家道賀，順便跟房二河與王氏聯絡一下感情。至於兒子去不去，就跟他們沒什麼關係了。

江氏心想，反正她兒子彆扭得很，去與不去誰都管不了他。況且，看他上次那副要死不活的樣子，不去的可能性應該比較大，索性不知會他出門赴宴的時間。

巧的是，童錦元也打算自己一個人去，所以早上出門的時候，雙方看到彼此，頓時都愣住了。

江氏呆了一會兒之後，忽然覺得有點開心。難道兒子開竅了？於是她說道：「錦元，原來你也要去房家啊，怎麼不跟娘說一聲呢？我們一同去。」

童錦元抿抿唇，一時不知道該怎麼說？

還好童寅正及時解救兒子，他吩咐管家道：「把兩份禮挑揀一下，送一份過去就是了。」

如果他們送了兩份禮，或者送得太出格，人家可能會懷疑他們家的用心，這樣反而不好。

儘管禮物併成了一份，但是童家三人還是分乘兩輛馬車前往房家村。

第七十九章　鬱悶難消

抵達了房二河家之後，童家的管家隨即上前報出家門，房二河趕緊親自出來迎接童寅正等人。

在府城的商人聚會上，房二河曾經跟童寅正打過照面，雖然他基於禮貌像之前一樣發出請帖，但是他完全沒想到童寅正會親自過來。

雖說自家的大兒子考上狀元，但是他們家的底蘊與童家之間有一定的差距。人在京城的童未初官職不小，童家在府城的生意也是數一數二的成功，童寅正此次大駕光臨，著實嚇到了房二河。

儘管房二河不太明白為何他們一家全都出席，但是表面上卻沒表現出自己的疑惑。他們既是貴客又是恩人，自然要好好招待。

江氏也被王氏熱情地迎進去。上次她們在寶相寺相遇的時候，江氏還稍微有點保留，這次她就完全敞開心胸，跟王氏兩個人聊得更投機了。

童錦元看到長輩們各自聊了起來，打聲招呼之後，就自己走到別處去了。

今天房言與房淑靜擔起了接待族親姊妹們的重任，不過一得知江氏來了，她們兩個就去外面見客。

看到房言，江氏感到很滿意，今日房言穿了件香緋色的裙裾，看起來明媚動人。雖然才十四歲，但是身條已經抽開，她不得不讚嘆自家兒子的眼光真好。畢竟這小姑娘長得漂亮不說，還聰明伶俐、乖巧有禮。

江氏向董嬤嬤使了個眼色，董嬤嬤趕緊呈上手中兩項禮物，準備送給房言與房淑靜。雖然江氏的目標是房言，但是她做不出兩份禮物相差太多的事，所以房言跟房淑靜收到的都是一對玉鐲子，價格也很接近。

房言與房淑靜同時看向王氏，王氏馬上推辭起來，因為她一看就知道這對玉鐲子質地不凡。他們家如今雖然富有，卻很少買首飾，不過由於房淑靜即將出嫁，所以她去府城為她置辦了不少嫁妝，這麼一段時間下來，她對這類物品算是有點研究。

不過江氏非常堅持。「我真的很喜歡她們姊妹倆，明明見過她們不止一次，卻沒幾件像樣的東西能當作禮物，真是我的不對，妳就不要再推辭了。」

王氏搖搖頭，回道：「這些東西實在太貴重了。」

雖然憑他們家府城店鋪的收入，兩三下就能賺回這對玉鐲子，但是這份禮還是貴了一些，換成銀子的話，足夠一般人家用上很久。

江氏說道：「我是真的非常喜歡她們，尤其是言姊兒，我就想要生個像她一樣的女兒，多聰慧水靈啊。妳們要是不收下的話，我可就要生氣了。」

王氏見江氏沒有退讓的意思，也就不再說什麼了。

房言跟房淑靜見王氏點頭，兩個人才伸出手接過這份厚禮。

看到房言的模樣，江氏暗暗點點頭。這個小姑娘真是讓她越看越滿意，無論如何都要把握住，讓她成為自家兒媳的機會才行。

房言總覺得江氏今天似乎對她熱情得有些過頭了，雖說之前江氏對她也很友善，但是這種感覺完全不一樣，這次她能清楚地感受到來自江氏的關注。

這個無形的壓力讓房言有些喘不過氣，一看這裡沒她們什麼事了，她趕緊跟著房淑靜一起離開。

離開現場之後，房言終於能好好地喘一口氣。

房淑靜看了自家妹妹一眼，疑惑地說道：「小妹，妳有沒有感覺到童夫人的態度似乎跟以往不太一樣啊。」

聽到房淑靜的話，房言點點頭。看來剛才不是她的錯覺。

「有啊，我也感受到了。」

盯著房言看了一會兒，房淑靜說道：「童夫人似乎很喜歡妳，不知道這其中有什麼緣故？」

房言皺了皺眉，看著手中的玉鐲子，一時之間想不透其中的緣由。

思考了一下之後，房言隨即放下這件事，笑著對房淑靜說道：「管他是什麼事，被人喜歡總比被人討厭來得好。」

聽了房言的話，房淑靜也覺得自己的擔心似乎有些多餘，於是她淺笑著回道：「妳說得對，被人喜歡總比被人討厭強得多。」

說完，房淑靜也不再糾結這件事，拉著房言去找其他姊妹們聊天了。

房言正在聽房蓮花說八卦呢，突然有丫鬟進房說房乙找她有事。聽到這句話，房言就跟著丫鬟出去了，只見房乙正在房門外等她。

房乙之所以沒自己進去找房言，是因為她怕接下來的話不好在眾人面前說，又怕自己的態度惹人懷疑，引發騷動，所以她才抓了一個路過的丫鬟進房。

待那個傳話的丫鬟離開之後，房乙就小聲地對房言說道：「二小姐，童少爺說有話想跟您說，問您方不方便？他就在咱們後大院那邊等您。」

房言沒料到是童錦元找她，她還以為是外頭出了什麼事，更重要的是，她竟然不知道童錦元也來了。

稍稍猶豫一下之後，房言就往後大院走去了。

如今小麥已經收割完畢，不過由於前些天剛曬過小麥，這裡的地上還殘留著一些小麥皮。房言一邊低頭看著那些小麥皮，一邊想著童錦元找她到底有什麼事？

她剛走進後大院，就看見童錦元正站在一棵樹下抬頭往上看，不知道在想些什麼？

聽到後面傳來走路的聲音，童錦元有些不敢回頭，怕看到的是來回話的丫鬟，但是一聽到腳步聲在他身後不遠處停下來，他就知道來人一定是房言。想到這裡，童錦元的心跳開始加速。

當童錦元忍不住轉過身去時，就看見一個眼睛大大、皮膚白皙、長相俏麗，穿著香緋色裙裾的年輕姑娘。童錦元的記性很好，加上前一段時間他母親剛提過關於布疋的事，所以他很清楚房言身上那件衣服的布料就是他親手挑的。

果然，非常襯她的膚色。

這一刻，童錦元覺得自己心跳如擂鼓，有些後悔前些日子跟母親說過的話了……

房言很久沒見到童錦元，看著眼前這個面容有些憔悴的人，她忍不住問道：「童大哥，你最近是不是沒休息好啊？」

這話一說出口，她才發覺自己似乎有些踰矩了。

相反地，童錦元非常開心，他說道：「嗯，近日有些忙，不過沒什麼大礙。」

聽到他的回答，房言終於想起此行的目的了。她恢復冷靜，平穩地說道：「童少爺，聽說您找我有事？」

原本房言叫他「童大哥」，這會兒又聽到「童少爺」，童錦元的心情頓時跌到谷底，不過他沒針對這點提出意見，而是點點頭道：「嗯。」

房言靜靜地看著童錦元，等待他要說出口的話。

童錦元凝視著房言，笑道：「我聽說前陣子妳去米糧店找過我，可是遇到什麼為難的事情了？」

提到這件事，房言才想起自己忘記感謝童錦元了。

「是啊，水果齋開張那天我去找過您。不過並不是碰到什麼困難，而是為了謝謝您。」

童錦元疑惑地問道：「謝我什麼？」

想到那天童錦元大手筆地關照她的生意，房言就真誠地說道：「謝謝您照顧我的生意啊！原本你們童家都已經買了二十罈水果罐頭了，結果您當天又讓僕人來買了六十罈，我真的很感謝您，但是其實您沒必要這麼做的。」

六十罈水果罐頭？童錦元第一個反應是，自己連續三天差人各買二十罈水果罐頭的事情被房言發現，不過仔細一想，又覺得不太對勁。開幕當天？六十罈？不對啊，他是分三天買的。當天……還能有誰？會不會是房言搞錯了？

童錦元搖搖頭，說道：「這件事不是我做的，妳不必謝我。」

房言沒料到童錦元會這樣回答，她愣了一會兒之後，說道：「不是您？那還能是誰？是你們家幾個小廝過來買的啊，其中有個人我好像在寶相寺見過，是跟在童夫人身邊的，他說是您要他們來買的。」

跟在他母親身邊的？難道是……童錦元略一思索，一個猜測就湧上了心頭。

見到童錦元凝眉思索的樣子，房言喃喃說道：「不是您還能是誰，他說是您要他們來買的，我應該沒聽錯。」

童錦元差不多能確定這是怎麼一回事了，他立刻說道：「的確是我讓他們去買的，只是時間一久，有些記不清了。」

雖然這整件事處處透露著怪異，但是人是他們童家的，報上的名號也是童錦元，所以只能是他們家的人。房言見童錦元承認了，稍稍鬆了口氣。

「嗯，謝謝您。」說完感謝的話，房言又道：「下次不要再這樣做了，您要是想吃的話，我可以讓夥計每天送過去給您。這種東西放不了太久，買這麼多只怕會浪費。」

童錦元說道：「沒浪費，都讓我送出去了。」

房言聽了以後點點頭，接下來她就不知道該說些什麼了，只能低下頭看著地面。

童錦元一時半刻也不知道講什麼話好，過去兩個人相處的時候，多半是房言講個不停，他負責聽，這會兒房言不說話，他也不知道該怎麼辦了。

聽到前院傳來的吵鬧聲，再對比眼前安靜到詭異的場面，房言覺得這場尷尬的對話似乎可以結束了。

「童少爺……」

「言姊兒……」

很不巧，剛才沒人說話，這個時候兩個人卻同時開口。

房言用眼尾餘光瞄了童錦元一眼，輕聲說道：「您先說吧。」

在房言看來，她認為童錦元應該還有話要說，原本她都想離開了，不過既然他想說些什麼，那就給他一個機會吧。

童錦元抿抿唇，盯著房言，認真地問道：「言姊兒，我是不是做過什麼讓妳討厭的事？」

房言聽到這句話，有些心虛。是啊，的確是有那麼一回事，讓她就此討厭起他，可是這種話她又不能說出來。

想到這裡，房言不敢看童錦元的眼睛，她搖搖頭，撒了個謊。「沒有。」

依照童錦元對房言的了解，她這個反應代表他肯定做過什麼讓她厭惡的事，所以她對他的態度才會突然間產生轉變。

回憶起那幾天的事情，童錦元並未發現有什麼不妥的地方，所以他在想其中是不是有什麼誤會？

「那妳為何忽然對我如此冷漠？」童錦元不死心地問道。悶了這麼久，他勢必要得到一個答案。

房言沒想到童錦元會直接問出來，她以為他會像上次一樣冷著臉離開。這突如其來的質問讓房言內心更慌張，也有些氣虛。

「童少爺或許是想多了吧，我哪裡對您冷漠了，我們倆之間過去不就是這樣嗎？真要對您不滿的話，我今天也不會出來了。」

房言本來帶著些情緒說這些話，可不知為何，話一出口就有些變了味道，至少站在童錦元的角度，這話是讓他感到一絲喜悅的。

「童大哥。」童錦元忽然說道。

房言一聽，抬起頭來看著他，問道：「什麼？」

「我說，以後妳還是叫我童大哥吧，叫童少爺……我聽不習慣。」童錦元解釋道。

房言抿著唇，不說話。

童錦元彎腰拱手，認真地說道：「言姊兒，我要是有得罪妳的地方，還請妳指出來。要是不好意思說的話，也希望妳能原諒我一次，我以後肯定不會犯同樣的錯。」

聽到童錦元說的話，房言覺得自己似乎真的太小心眼了。他又不是她的什麼人，即便他去逛那些地方，她有什麼權力干涉？他們兩個人充其量不過是朋友，所以她實在不必過問他的私生活。

「童少爺，真的不必如此，您沒有得罪我，都是我在發小孩子脾氣，在這裡向您說一聲抱歉了。」

此話一出，場面頓時有些尷尬，童錦元的臉色不太好看，但還是認真地盯著房言瞧，似乎想探究她的內心。

房言索性福了福身，說道：「要是童少爺沒什麼事，我就先回去了。」說完，她轉身就要離開。

眼看房言要走了，童錦元忍不住上前攔住了她的去路。

房言被童錦元的動作嚇了一跳，後退了一步說道：「童少爺，請問您還有其他事情嗎？」

童錦元注視著房言的雙眼，說道：「雖然妳不願意說出原因，但是若妳遇到什麼困難，還是可以去找我幫忙。我先告辭了。」

說完，童錦元就走了。

說實話，對於童錦元的一番真心，房言還是很受感動。她擺明了不給他好臉色看，對他的態度也可說是厭惡，他就算清楚這一切，也沒對她發脾氣，反而默默地幫助她。這麼一想，她似乎做得太過分了。

然而，那件說大不大、說小不小的事就像是一道跨越不了的鴻溝，房言實在難以說服自己接受。

看到童錦元的背影消失在前方，房言才抬腳緩緩離開後大院。

她跟童錦元兩個方才的對話，就像是小孩子吵架一般，你不理我、我不理你……不對，應該是你雖然不理我了，可是我還想理你。這麼一想，不講道理的人似乎是她。

既然打定主意不理會他，那為何還要享受他的照顧？要是真的想劃清界線，下次她就直接說清楚吧，免得讓人心生誤會。

想到這裡，房言嘆了口氣，回到前面去了。

江氏自然不知道這個小插曲，她還以為自己的兒子終於開竅了，哪裡知道童錦元的腦筋依然轉不過彎，一點都不懂房言的心思。

聽到僕人稟報自家兒子已經回去的時候，江氏忍不住皺了皺眉，但是她馬上對王氏展現更多熱情。既然兒子不中用，那就讓她來吧。

房伯玄考上狀元、房二河宴客這種喜事，身為準女婿的袁大山一大早就到場了，還帶著幾個兄弟一起過來，看看有沒有需要協助的地方？房二河的酒量不行，袁大山也站在他身邊幫忙擋酒。

很多知道袁大山身分、又明白他與房二河家關係的人，都稱讚房二河這個女婿找得好，不過袁大山卻覺得是自己運氣好。

他何其有幸能娶到房淑靜啊！身邊有人羨慕他找了個有錢人家的女兒，現在他們又欣羨他能擁有狀元郎的妹妹。不過這些都不是他選擇房淑靜的理由，他只知道房淑靜這個人是他一輩子的寶物，跟其他附帶條件無關。

有些人因為眼紅，就說他依靠岳家發達，但是他無意理會那些風言風語。總歸他心思純正，既不求財，也不求官，只求房淑靜一個人，不管那些人怎麼說，他都無所謂。

因為心中抱持這種想法，所以袁大山也不怎麼顧忌外人的目光。愛說什麼就讓他們說去，他不會改變自己的做法。

袁大山的態度看在房二河眼裡，更是讓他覺得自己並沒有看錯人，他的女兒將來一定會過著很幸福的日子。

第八十章　試探口風

看著意氣風發的房二河一家人，房大河心裡非常不是滋味。過去他們家在房家村的地位也是這樣的，每個人見到他們都熱情地打招呼，有什麼事也喜歡去他們家商議。

可是如今大家全湊到房二河面前去了，什麼事都找他討論，有任何請求也是先想到他。他這個長子在財富方面不如自己的弟弟就算了，結果竟然連地位也比不上。

更何況，現在房伯玄考上了狀元，這下他們之間的差距可說是天與地、雲與泥了。

房大河在房二河家的院落看著鬧哄哄的人群，不知怎的，藉著酒意，把自己心中所想說了出來。

「二河，現在你發達起來了，就把大哥給忘了啊？」

房二河本來還帶著笑意在敬酒，忽然聽到他說了這樣一句話，眉頭不禁皺起來。

「大哥，這說的是什麼話，你是我親大哥，這件事永遠都不會改變的。」

房三河與房大河坐同一張桌子，手裡正拿著一隻雞腿在啃，一聽到房二河這話，他便接著說道：「是啊，大哥，就像我是二哥的親弟弟一樣，你也是他的親哥哥，血緣是斷不掉的。是不是啊，二哥？」

對於房三河這個人，房二河打從骨子裡厭惡他，所以看都沒看房三河一眼。

雖然房二河擺出這種態度，不過房三河一點都不在意。從房伯玄考上解元開始，他出門都會被人吹捧，這種感覺實在太痛快了。只要有甜頭能嘗，房二河怎麼對待他都無所謂。人麼，就得識時務才行。從前他欺負他二哥，那是因為他沒靠山，如今他二哥高人一等了，傻子才會去找他們家麻煩呢！

這一點，就是房三河與房大河之間最大的不同。

看著眼前兩個弟弟的對白，房大河覺得有些諷刺。原來不只是外人，他們在家裡的角色也跟原來不一樣了。

除了房大河稍微破壞了一下氣氛，一整天房二河家都洋溢著喜悅，等到賓客們離去，村裡跟房二河相熟的人家也一一返家了。

晚上，房二河跟王氏的心情還有些無法平復。他們在為兒子考上狀元，一家人的地位就此不同感到激動，至於房大河說了什麼，房二河早就不放在眼裡，根本不記得那回事了。

聊著聊著，王氏突然想到一件事，她轉過頭看著房二河，說道：「今天童老爺有沒有跟你說什麼事？」

房二河有些不明所以地問道：「說什麼事？沒有啊。」

王氏一聽到這話，就回道：「興許是我多想了，也沒什麼。」

這句話反而勾起了房二河的好奇心。「妳說說看，究竟是什麼事？」

王氏猶豫了一下，最後還是說了出來。「我覺得童夫人好像瞧中了我們家二妮兒。」

聞言，房二河驚訝地從床上半坐起來。「什麼?!她瞧中了二妮兒？」

王氏連忙說道：「你也別緊張，說不定真的是我多想了。畢竟二妮兒跟童少爺年齡差距有些大，童少爺快二十歲了吧，咱們家二妮兒才十四歲，怎麼想都不太可能。」

房二河腦袋瓜子一偏，忍不住回想起一些事來。自家的小女兒跟童少爺？他們兩個人平時的確走得挺近的。二妮兒時不時就會跑去對面的米糧店找童少爺，童少爺也經常幫助他們家，按照他們雙方的關係，童家最近的表現的確有些不尋常。

當初孫家在縣城很照顧他們，一來是因為孫少爺等於是跟他們家合開店鋪，二來是因為孫少爺與他們家大郎是同窗好友。

相較於孫家，除了二妮兒送的一張圖紙，童家跟他們之間最多就是買家跟賣家，結果童家不但大手筆地買水果罐頭，連童寅正夫婦今天都親自赴宴，比孫家那邊還積極。

在房二河眼中，自己的小女兒雖然已經到了論及婚嫁的年齡，個性卻還不夠穩定，所以他沒想這麼多。可是一聽媳婦提起這件事，過往的畫面就一幕幕呈現在他眼前。如果事情真的像媳婦說的那樣，很多問題就解釋得通了。

這麼一想，房二河就幽幽地說道：「我看未必不是真的。」

這句話把王氏嚇了一跳。「唉唷，你半天都沒回話，我還以為你已經睡著了呢，什麼未必不是真的？」

房二河現在的心情有些複雜。雖然他挺喜歡童錦元的，但是說到要把他看作女婿，就覺得有些不樂意。倒不是說童錦元哪裡不好，而是他第一個女兒馬上就要出嫁了，難不成第二個女兒也要跟隨她的步伐嗎？這可不成！

「我是說，妳剛剛說的，童夫人看中咱們家二妮兒，這件事未必不是真的。」

王氏聽了這話，好奇地問道：「孩子他爹，你這話是什麼意思？」

「今天童老爺的確對我挺熱情的，而且……」房二河把房言與童錦元相處的一些點點滴滴說了出來，又道：「說不定這兩個人跟大妮兒與大山一樣。」

王氏皺著眉思索一下，說道：「我看我要找機會跟二妮兒聊一聊了。不過，童少爺也不小了，怎麼到現在還沒成親？」

她知道童錦元兩個訂親對象都不在了，卻不明白之後他的親事為何無消無息？

房二河在府城待了那麼久，自然知道其中的緣故，想了想，他說道：「當初聽到他第二個訂親對象也過世的時候，我就想過他莫非有剋妻之命，這一點府城也傳得很厲害。不過在商人聚會時我聽人提起過，這些事其實不能怪童少爺。」

王氏來了興趣，問道：「這話怎麼說？」

「是這樣的，童少爺第一個訂親的對象，她……」

就這樣，他們聊到快子時才睡下。很巧，身在府城的另一對夫妻也在談論這件事。

江氏問道：「你今天有沒有跟房老爺提那件事啊？」

童寅正裝糊塗地問道：「什麼事啊？我看咱們還是快點睡吧。」

江氏捶了童寅正的手臂一下，說道：「還裝呢，我看你根本就沒提吧？一點都不關心兒子的終身大事！」

童寅正被媳婦這麼一捶，就討好地說道：「渡法大師不是早就說了嗎？弱冠之年後就能得償所願，也就是明年了，咱們這麼著急做什麼？」

江氏生氣地說道：「就算是這樣，那也得先下手才是。」

童寅正見狀，趕緊回道：「好好好，妳別生氣，等下次跟他們見面的時候我再提好不好？不就是跟房老闆不太熟嘛，我才不太好意思跟他打探消息，等熟一點我就提。」

說真的，其實童寅正也不是因為跟房二河不夠熟稔才這樣，而是他覺得人家姑娘年紀還是太小，他沒那個臉提出來。

不過這麼說還是能安撫江氏，她一聽就安心地睡下了。

第二天早上，王氏看著自家小女兒認真在繡花的模樣，想了許久，才開口問道：「二妮兒，跟娘說實話，妳是不是有喜歡的人了？」

房言沒想到王氏會問這種事，一下子愣住了。「啊？」

王氏以為房言是不好意思，她握住房言的手說道：「二妮兒，妳要是真的有了喜歡的人，就告訴娘，否則到時有人上門提親，爹娘不知情的話，妳很可能會因此錯過對方。」

房言說道：「娘，您不是應該先關心大哥跟二哥嗎？他們倆都不急，怎麼就問起我的事了？況且我哪裡有喜歡的人啊。」

王氏回道：「關於你大哥跟二哥的事，就算娘想著急也急不起來。妳大哥從小就有自己的主意，娘管不了他；妳二哥打算去京城求學，他的事就交給妳大哥操心。倒是妳，別再跟娘打馬虎眼了，真有喜歡的人要跟娘說，知道嗎？」

房言怎麼聽怎麼覺得王氏這話不是平白無故說出來的，於是她試探地問道：「娘，您以為我喜歡誰？是不是有人說了什麼啊？」

難道她娘以為她喜歡孫博？這次開宴席時，她的確跟孫博聊了幾句，她娘當時也在場，說不定因此誤會了。除了孫博，還有誰呢？表叔家的文哥兒？她也跟他聊了很久。

王氏盯著房言的眼睛，看她的表情不似作偽，就說道：「二妮兒，當初妳姊姊告訴爹娘她喜歡大山，所以即使面臨大山去從軍的情況，我們也成全她，所以妳要是有喜歡的人，也要跟我們說。嫁給自己喜歡的人，即使再苦也會覺得甜蜜；嫁給不喜歡的人，即使再富有，也不會快樂的。」

房言聽了頗有感觸，她說道：「就像您跟爹一樣嗎？爹當初那麼窮，娘還是鐵了心要跟爹在一起，因為喜歡，所以您不覺得苦？」

王氏被說得愣住了。她跟房二河的事可不好在小孩子面前說。咳了幾聲之後，她拍了房言的手背一下，說道：「沒個正經，娘是在說妳呢，怎麼扯到別的事情上去了？」

房言笑嘻嘻地點點頭。「嗯，娘繼續說。」

王氏道：「看妳這個樣子，娘也不兜圈子了。老實跟娘說，妳是不是喜歡童少爺？」

這句話來得猝不及防，房言的笑容一下子就凝結在臉上，心裡第一個感覺是，她娘不能含蓄一點嗎，非得這樣直接指出來？接下來，她則是分析起這件事的可能性。

喜歡童錦元？這話是從哪裡傳出來的？莫非是昨天她跟童錦元私下見面的事被她娘知道了？

說實話，房言昨晚躺了許久才睡著，連她都不知道自己喜不喜歡童錦元，難道還有人比她更明白嗎？

不過此時房言來不及細想這件事，她得先過了她娘這一關才行。

「娘，您聽說誰的，我怎麼可能喜歡童少爺啊！我這才多大，哪裡懂什麼是喜歡、什麼不是喜歡，娘莫不是覺得我在家裡太煩人了，想要把我嫁出去吧？」

看到小女兒的表情，王氏本來還覺得自己的猜測有些大膽，這會兒反而更加確定了一些。小女兒要是真的不喜歡對方的話，不會這麼正經地反駁，越是要岔開話題，就越能說明她心中有鬼。

「不要跟娘裝了，妳不懂？那麼久以前妳就推了妳姊姊跟大山一把了，哪裡不懂啊，我看妳比妳姊姊更清楚！」

房言本來想要裝清純的，結果一下子就被她娘點出她對感情方面有想法的事實。她還以為當初她推波助瀾得神不知鬼不覺，沒想到她娘早就發現了。

「娘，哪有的事，我今年才十四歲呢，幾年前就更不用說了。」

王氏也不管房言說什麼，又扔了一顆重磅炸彈出來。「童夫人昨天可是探了娘的口風，我看她的意思，應該是想讓妳去當她的兒媳婦。」

房言驚訝地看著她娘，有些不明白事情怎麼發展得這麼快？童夫人想讓她去當她的兒媳婦？也就是說，昨天她的感覺沒錯，童夫人的確對她特別熱情。

這會兒房言說不出話來了。

說實在的，她已經被這件事困擾了很久，真要說的話，她對童錦元很有好感，可是好感能跟喜歡劃上等號嗎？再說了，前段時間那件事，讓她心中的星星之火一下子就被澆滅了。一個男人條件再好，若是會花天酒地、到處應酬的話，她也不會接受。

「娘，我不太喜歡童家，那麼大一個家族，只怕規矩很多。我自由自在慣了，受不了那樣的束縛。」

王氏沒想到小女兒會這樣回答，她愣了一下，問道：「難道妳不喜歡童少爺嗎？」

房言沒肯定也沒否定，只道：「他那種人不適合我，我還是喜歡像爹這樣的，顧家一些，也不會因為有錢就在外面亂來。」

王氏敲了敲房言的小腦袋瓜子，說道：「妳才多大，就懂這些東西啦？快別說了。我看童少爺挺好的啊，聽妳爹說，他從來不會跟著那些商人去外面亂來，而且妳又沒跟人家相處過，怎麼就知道他不顧家了？」

聽到王氏的話，房言愣住了，問道：「啊？爹說他從來不會在外面亂來？」

王氏覺得小女兒關注的點不太對，就沒打算繼續這個話題，只道：「是啊，妳爹說的。好啦，反正娘一定會為妳挑個合心意的，就慢慢看吧。」

房言走出門之後，還在想剛剛王氏說過的話。

童錦元那天明明親口承認會去那種地方，難不成是她誤會了他？想到他們之間那次談話，她才察覺自己似乎根本沒問清楚。

想到這裡，房言拍了拍自己的臉頰，試圖清醒一些。

算了，她先別煩惱這件事吧，反正她目前沒有成親的打算，還是不要太早被古代的婚姻束縛住比較好，那種「出嫁從夫」的觀念，讓她光想就頭痛。

不過呢，她誤會童錦元的這件事，下次他們見面時還得說清楚。

房伯玄在京城等待授官，暫時不能回來，他點名要房仲齊去京城，因為他打算為他在當地找個夫子。

確定房伯玄考上狀元之後，房二河就買了幾個僕人放在京城的宅院，也要原本住在城郊莊子的高勝過來照料房伯玄的起居，順便管理那些僕人。

至於城郊的莊子，早在買下來不久，就招人住在裡面打掃跟照顧菜地了，當時這些事是胡平順辦的，不過他還是回到府城掌管野味館，所以當時莊子暫時由高勝管理。現在高勝必須留在京城的宅院，所以就從原本的僕人中，挑了一個年紀較長又有經驗的人，負責那裡的大小事。

由於房伯玄不方便離開，所以房二河想讓全家人一起去京城探望他。

雖然房言去過一次京城，但是這會兒心情與當時很不一樣，所以她還是很期待。收拾了兩天東西之後，房二河一行人出發前往京城。

他們分乘三輛馬車，房二河與房仲齊一輛，王氏、房言與房淑靜一輛，幾個貼身僕人一輛。第三日上午，他們抵達了京城。

下了馬車，王氏看到他們在京城買的房子，一時之間感慨萬千。此時大門打開，高勝跟幾個僕人趕緊出來迎接主家。

高勝看到房言，上前行禮道：「二小姐。」

房言被馬車顛得渾身都要散架了，這會兒看到高勝，她勉強擠出一絲笑容說道：「幾個月沒見，你倒是更加圓潤了，可見京城的水土就是養人啊。」

高勝笑道：「都是託了二小姐的福，小的才有今天。」

這句話讓房言很受用，覺得自己沒看錯人，她點點頭。「你要跟著大少爺好好做。先幫忙把東西收拾下來吧，一會兒我再找你問一些事情。」

高勝回道：「好。」

東西整理好之後，廚娘簡單地做了一點麵，大夥兒吃過之後就去休息了。

歇息了一陣子，房言就把高勝叫過來。如今在京城的宅子裡，大家都叫他高管事。

房言笑著調侃高勝道：「高管事，近來可好啊？」

高勝惶恐地說道：「二小姐，您可別折煞小的了，還是叫我高勝吧，聽著順耳。」

房言滿臉笑意地回道：「不行，現在這個地方都是歸你管的，我可不敢隨便叫叫啊。」

高勝說道：「小的這條命都是二小姐的，您想怎麼叫就怎麼叫，小的都愛聽。」

閒聊了幾句之後，房言道：「行，別貧嘴了，你把京城最近的狀況跟我好好說一說，信裡很多事說不清楚。」

高勝恭敬地應道：「是。」

第八十一章　再遇仇家

語畢，高勝拿出自己記事的本子，說道：「今年一月分，麵粉的價格……房子的價格……現在這個月，麵粉的價格……房子的價格……商鋪……」

聽完高勝報告之後，房言沈思了一下，說道：「看來如今物價下跌，房子與土地的價格倒是漲上去了。」

高勝回道：「對，自從塞北打了勝仗，軍隊班師回朝，朝廷就開始調整政策，商戶與糧食的稅收較往年少了許多，漸漸地，物價又平穩下來。」

聽到高勝的話，房言心想，這就是戰爭帶來的影響。打仗的時候，大家覺得沒有安全感，就想要囤積一些糧食或日常用品，對於房地產反而沒那麼熱衷。萬一敵方攻打過來，他們人死了或是地方被敵人侵占，銀子豈不是白花了，所以房子跟土地會便宜一些。

「老爺實在很英明，咱們買的宅子跟地全漲價了，連京郊外圍那一大塊地也是。」

房言笑問道：「漲了多少？」

高勝回道：「我昨天剛去打探過，那邊的地一畝要價十四兩甚至十四兩半銀子，當初老爺買的時候才十三兩左右。」

高勝說的那塊地，是房二河跟著房伯玄來京城考試的時候買的，一共是五十公頃，相當於七百五十畝。不過房二河本人可沒這麼大手筆，這是房伯玄出的主意。

等高勝彙報完正事，房言問了一個非常八卦的問題：「最近想跟大少爺說親的人多不多？」

高勝舔了舔唇，悄聲問道：「二小姐，您是想知道坊間的傳聞，還是想知道小的看到的啊？」

房言一聽這話，來了興趣，催促道：「都說說。」

高勝回道：「大少爺騎馬遊街那天，街上的人潮多得不得了，而且多數是未婚的姑娘。她們也不害臊，把花、手帕、荷包之類的東西都往大少爺身上扔。」

房言插嘴道：「探花跟榜眼身上就沒有嗎？」

高勝說道：「誰讓探花與榜眼都成親了，況且他們年紀比較大，長得也不如大少爺好看。根據坊間的傳聞，想嫁給大少爺的女子數都數不過來，官家跟商家都有，就連公主也對大少爺有意。對了，根據小的親眼所見，將軍家的小姐也喜歡咱們大少爺。」

「親眼所見？」房言問道。

「是啊，親眼所見，將軍府的小姐都追上門來找大少爺了，可不就被我們給看到了嗎？」

「那我大哥有什麼反應？」天啊，一想到那個畫面，房言就覺得整個人都興奮起來。

凝神思考一會兒之後，高勝說道：「那天天色太暗，距離又有些遠，小的沒能聽見大少爺說什麼，也沒看清他臉上的表情。不過大少爺說完話之後，將軍府的小姐就生氣地帶著丫鬟回去了。」

「哦，這樣啊。」房言不禁有些失望。

還以為她大哥能有什麼驚天動地的大八卦呢，結果一切還是這麼平淡……

申時，房伯玄回來了。

看到穿著一身官服、玉樹臨風的房伯玄，房言覺得她大哥實在好看極了，而且越看越有魅力。

房伯玄許久未見到房言，這會兒不自覺地笑起來，走到她身邊揉了揉她的頭。

這個舉動讓房言嫌棄道：「大哥，我的頭髮都被你弄亂了。」

房伯玄聽了這話，笑道：「二妮兒長大了。」

接著，房伯玄又對旁邊的房淑靜道：「大妮兒，要是有什麼為難的事，就告訴大哥。妳成親的時候，大哥可能沒辦法到場，如果以後他敢欺負妳，就寫信給大哥。他有官職在身，爹不能拿他怎麼樣，但是大哥可沒什麼顧忌。」

房淑靜眼眶含淚，對房伯玄點點頭。「嗯，謝謝大哥。」

房伯玄笑了笑，又對房仲齊說道：「二郎，大哥為你找了一間很好的學堂，你每日就去那裡讀書，下半晌回來以後，有什麼不懂的問題就來問大哥。朝廷明年或許會加恩科，你要好好把握。」

房仲齊一聽這話，驚喜地問道：「真的嗎？不用再等一年了？」

鄉試一般三年舉辦一次，上一次是去年，下一次照道理應該是後年。

房伯玄回道：「對，去年年底朝廷打了勝仗，但是沒來得及今年加恩科，明年或許有機會。當然了，這件事說不準，你只需用心讀書就是，也不用對外散布這個消息。」

房仲齊激動地道：「嗯，大哥，我知道。」

跟弟弟妹妹們說完話之後，房伯玄就跟他們一起去正屋見房二河與王氏。

王氏許久沒見到房伯玄，看著跪在地上的兒子，她的眼淚瞬間流下來。「我的兒，快起來。幾個月不見，你瘦了不少，再忙也要好好吃飯，注意身體。」

房伯玄點頭應了下來。

說起來，房二河一家人很長一段時間沒聚在一起吃飯了，這頓飯吃得其樂融融、開開心心。

吃過晚飯，全家就像以前一樣坐著聊天，房二河則把家裡最近發生的事都告訴房伯玄。

如今房伯玄在翰林院當官，房二河就動了心思，打算把店開到京城來。兒子們都喜歡那些吃食，在這裡開一家店的話，也方便他們去吃。

房伯玄卻道：「爹，府城再開一間店吧，明年再來京城。現在京城的狀況還沒完全穩定下來，而且我才剛來到這裡而已，根基還不太穩固。等我站穩腳步，到時候咱們再來做生意。」

房二河過去就非常聽從房伯玄的意見，如今他當了官，房二河就更沒有理由反駁他了。

「嗯，大郎說得有理。」

「不過，爹如今也不是什麼事都不能做，您可以把京郊那個莊子養一養了。裡面原有的蔬菜已經賣掉，只要把家裡的土往這邊運送一些，種上我們家那些菜，到時候就不用每天都從家裡運菜過來了。這路程實在有些遠，菜會變得不新鮮。」說完這段話，房伯玄看了房言一眼。

房言被房伯玄看得有些心虛。她早就覺得房伯玄已經發現這些事都是她從中搞的鬼，但是不知道出於什麼原因，房伯玄並沒有要拆穿她的意思。

於是房言假裝淡定地說道：「大哥說得有道理，等咱們過一段時間回去的時候，爹就派人運土過來吧。這些土跟莊子上的土充分融合之後，再在上面種些東西，等到明年開店鋪的時候，那邊的菜味道大概就跟咱們家裡的差不多了。」

聽到房言說的話，房伯玄笑了笑。

房二河回道：「你們兄妹倆說得有道理，等這次回去之後，爹就差人把土送過來。」

聊完之後，一家人就去休息了。

第二天，王氏帶著房言與房淑靜出去逛街。房淑靜七月底就要出嫁，雖說大部分嫁妝都已經準備完畢，但是府城的東西畢竟不比京城的好，人都來這裡了，王氏自然要多買一些首飾回去。當然了，不只是房淑靜的嫁妝，她也要為房言備點飾品。

她們一行人去了京城最大的銀樓，看著裡面擺放的首飾，房言眼花撩亂的，覺得自己應該多生幾雙眼睛才看得過來。

不知道為什麼，房言原本覺得金子這種東西最俗氣，戴起來很沒氣質，不如玉器或銀飾看起來雅觀。然而臨櫃實地察看的時候，她才發現金飾真是好看得很。

房言不得不承認，自己就是一個「俗人」。

戴戴這個，再試試那個，房言覺得自己每樣東西都很喜歡，甚至能忽略上面的圖案不管，只是單純享受金飾配戴在身上的感覺。她終於明白，為何即使是現代，很多人也會在出嫁的時候選擇在身上掛金飾。

正當房言看得入迷時，忽然感受到一道視線。她轉頭看了過去，結果這一眼，就讓她整個人定在原地。

一個只會現身夢境的人，竟然在現實中出現了。

多少次午夜夢回，房言都瞧見這個人，雖然她沒跟任何人提起，在現世也沒遇見過，但是只消一眼，她就能認出他來。

雖然她並未親身經歷前世的遭遇，但是身體會自動感應到很多情緒，像是當初面對徐天成跟周八爺的時候，她心中就會生出淡淡的厭惡感。

然而，看到對街那個人的時候，房言的心情就非常複雜，又是訝異，又是痛恨。

「二妮兒，娘在問妳話呢，妳在看什麼？」房淑靜的聲音從旁邊傳過來，打斷了房言的沈思。

「啊，沒事。娘剛剛問我什麼？」房言不想讓房淑靜知道自己的目光焦點，側身遮住了她的視線。

房淑靜笑道：「發什麼呆啊，娘是問妳喜歡哪一支步搖，說要買下來，妳還不快好好瞧一瞧。」

房言收斂起自己的思緒，走到王氏面前。只見王氏指著兩支金步搖，問她喜歡哪一支？現在房言的思緒有點混亂，她隨意看了一眼，說道：「娘，我覺得兩支都好看。您還是讓姊姊先選吧，她喜歡哪一支，我要另一支就成。」

王氏笑道：「妳們兩個快別推讓了，剛才妳姊姊讓妳先選，現在妳又讓她先選。沒關係，妳就選一支自己比較喜歡的吧。」

一旁的夥計見狀，誇讚道：「兩位小姐關係真好，懂得姊妹禮讓的道理，夫人真是教導有方。」

王氏沒說話，但是臉上的笑意又加深一分，顯然這些話對她而言非常受用。

房言心不在焉地看了步搖一眼，說道：「娘，您知道我不怎麼戴這些東西，要哪一支都行。」

見小女兒不願意作決定，王氏就說道：「那好吧，娘替妳挑一支。」

「嗯。」

等她們買好東西，房言再回頭去看對面的酒樓時，那張桌子已經空下來，剛剛盯著她許久的人也不見了。

房言悄悄地鬆了一口氣。看來以後她還是少來京城為妙。

回程路上，房言還在想著剛才那個人。

他正是她前世的丈夫，大寧朝的三皇子。在夢中，兩個人一起生活了幾十年，稱得上是最熟悉的陌生人。

按照前世的記憶，三皇子最終會當上皇上，可是今生許多事情都因為她「穿越重生」而變得不同了。

寧國沒有被從塞北進犯的外族人侵占自己的領土，打仗的時間也縮短了，歷史的走向儼然與前世大相逕庭。

還有，從來沒聽說過的「六皇子」突然冒出來，很多活在她夢境中的官員，現在卻已被抄家滅族，就連皇上的病也被她誤打誤撞地治好了。

若是如此，三皇子究竟還能不能登上皇位？

房言私心不想讓這個人成功，因為她還是很恨他，恨他利用自己的大哥，恨他對她的無情。

不過，目前比起平復自己的心情，房言還有更重要的事要做。

另一邊，三皇子秦澤身邊的人正說起一件事。

「三皇子殿下，剛才下官看您似乎盯著一個姑娘瞧了半晌，是否需要下官去打探一番？」一個人用略帶諂媚的語調說道。

秦澤本來在閉目養神，聽到這句話，他睜開眼睛，看向說話的那個人。

「不要自作主張！」秦澤冷冷地說道。

說話的那個人被秦澤瞪得後背直冒冷汗，只能唯唯諾諾地應道：「是、是，下官明白。」

秦澤的視線移向了別處，緩緩說道：「父皇如今龍體安康，全國各地的秩序也逐漸恢復正常，此時正是朝廷清算罪人的時候，莫要多生事端。」

他一說完，那個人就跪在馬車的地板上，求饒道：「下官知錯，以後再也不敢亂說話了，還請三皇子殿下原諒下官的魯莽。」

聽著「咚咚咚」的磕頭聲不斷傳來，半晌過後，秦澤才說道：「起來吧。」

說完之後，秦澤又閉上眼睛，眼前浮現的，是方才那位女子的身影。不知為何，他總覺得似乎在哪裡見過那位姑娘，彷彿冥冥之中有一根線牽引著自己找到她。

秦澤雖然想一探究竟，但是他也明白，這件事對如今的他而言，不值得一提。相較於寧國的江山，美人又算得了什麼，有了天下，什麼樣的女人得不到？

想到自己之前趁父皇臥病在床時使出的小動作，秦澤的心中充滿憂慮。不知道父皇會不會發現他的作為？他要不要主動承認，或者嘗試推到其他兄弟頭上？如果要嫁禍給他人，又要選擇哪個對象比較好？

這是他目前最急著解決的問題。

此時房言還不知道她已經逃過一劫，現在她正心急如焚地在書房等待房伯玄。

申時的時候，房伯玄終於從翰林院回來。聽到小廝的彙報，他去正屋向房二河與王氏行過禮之後，就去書房找房言。

「大哥，你回來了。」

儘管房言努力忍耐，她的語氣中還是透露出一絲焦慮。或許別人難以發現，但是對房言了解甚深的房伯玄，卻是一下子就聽出來了。他實在想不明白，有什麼事能讓自家小妹如此慌張？

想到這裡，房伯玄皺了皺眉，說道：「小妹，別急，有什麼難事就跟大哥說一說。」

聽了房伯玄的話，房言緩和了一下情緒，說道：「也沒什麼事，就是想跟大哥聊聊天。」

房伯玄道：「先坐下，慢慢說。」

房言應了一聲，跟房伯玄一起坐在椅子上。

「大哥，我今日跟娘一起去外面逛街，聽到大家說，如今朝廷正在懲罰罪人是嗎？」

房伯玄沒想到房言開口就是說這件事，他挑了挑眉，說道：「是啊，等塞北的情況穩定、難民們一一回鄉之後，皇上總算有心情處理一些事了。」

房言深深地看了房伯玄一眼。他實在太聰明，又了解她，與其兜圈子，還不如直接問出自己真正想問的。

想通了之後，房言小聲地問道：「大哥，我之前聽人說，皇上快不行的時候，曾動過立太子的念頭對吧？所以……皇上到底立了太子沒有？」

房伯玄用銳利的眼神看向房言，他站起身來，對站在門口的高勝說道：「去院子入口看著，不許任何人過來。」

高勝看著房伯玄，小心翼翼地拱手說道：「是，大少爺。」

交代好高勝後，房伯玄又走進房來，緩緩地坐在自己原來的座位上。喝了一口茶，他才說道：「的確有這個傳聞，不過皇上的病情好轉之後，並未同意大臣們的提議，所以太子沒立成。」

這件事發生的時候，房伯玄還沒成為會元，但是在京城待久了，多少能聽到一些流言，考中狀元以後，他更是獲得大量的資訊。

房言抿抿唇，緊張地問道：「那當初皇上想要立哪位皇子為太子？」

思索了一下，房伯玄說道：「三皇子殿下。」

聽到房伯玄提到「三皇子殿下」，房言的心裡打了個突，她又問道：「那如今呢？」

房伯玄用一種別有深意的目光盯了房言一會兒，說道：「如今不會了。」

猶豫了一下，房言問道：「那你呢？大哥，你喜歡三皇子殿下嗎？」

第八十二章　姊妹禮讓

房伯玄覺得房言的問題有些怪異，但還是認真地回答道：「不喜歡，三皇子殿下看起來對誰都擺著一張笑臉，不過私底下麼……」

聽到房伯玄說不喜歡三皇子，房言不知道該怎麼接話。前世的時候，房伯玄可是三皇子手中的一把劍啊，看來其實他並不喜歡三皇子的作風，但是為了復仇，他還是選擇了他。

不過，要是皇上真的不會立三皇子為太子，她就不用為了三皇子注意到自己而感到害怕了。三皇子為了當上皇帝，可是做了不少骯髒事，既然他不可能成為太子，那麼他的惡行勢必會被皇上或是新皇發現，有不小的機會因此受到嚴厲的處置。

因為這件事對房言來說實在太重要，所以她想再確認一下。「那麼，大哥為何如此肯定，皇上不會立三皇子殿下為太子？」

聽到這句話，房伯玄又別有深意地看了房言一眼，不過這次的眼神跟剛剛的不太一樣。方才的眼神給房言一種探究的感覺，像是不明白她為何會關心三皇子，不過這會兒的就有些玩味了。

「小妹，在大哥回答妳的問題之前，可不可以先告訴大哥，妳為什麼會那麼在意三皇子殿下的事？」

關於這點，房言早已想好了說詞。「因為今日跟娘去逛街的時候，正好聽到別人提起他，我一時有些好奇，就多問了幾句。」

這樣漏洞百出的理由別說是房伯玄，就連房言自己也不相信，但是不管他相不相信，只要有個藉口就行。她也是想以此表示自己雖然有秘密，但是這個秘密不能說出口。

果然，房伯玄聽了之後雖然皺了皺眉，卻沒再追問下去，而是回答起房言剛剛的問題。

「皇上之所以不會立三皇子殿下為太子，第一點，當然是因為他在皇上病重期間做了一些令皇上不喜的事，如今三皇子殿下正忙著處理那些自己捅出來的婁子。」

房言的關注點在最後一句。

既然三皇子處於自身難保的情況，是不是就代表他沒心思搭理她了？在夢中，她記得他最愛自己的江山，肯定會以穩固自己的地位為重，這樣她就更不用擔心他會來招惹自己了。

「第二點，是因為皇上最喜歡的皇子正式回到他身邊了。」

「最喜歡的皇子？是誰？」聽到這句話，房言問道。

看著房伯玄的雙眼，電光石火中，房言的腦海中突然冒出一個人。難道是……

「六皇子殿下？」

「六皇子殿下。」

房伯玄見自己回答的同時，房言也說出了她的猜測，不禁笑道：「看來小妹還是知道一些事。」

這話讓房言有些心虛，趕緊喝一口茶掩飾一下。按理說，她大哥應該不知道她認識六皇子，可是她怎麼覺得她大哥彷彿知曉這件事。

恢復冷靜以後，房言又覺得自己過度緊張。大家都知道六皇子呈上「良藥」救了皇上，所以皇上喜歡他也是理所當然的嘛。

想到這裡，房言咳了兩聲，說道：「當然，大街小巷誰不知道，當初是六皇子殿下救了皇上的，皇上自然最喜歡他。」

房伯玄說道：「妳只知其一，不知其二。聽說當年皇上最喜歡的妃子就是六皇子殿下的母親程妃，只不過她身分低微，後來被人害死了。皇上震怒，後宮中很多妃子都因此遭受懲處，這件事過去幾年之後，三皇子的母妃也因急病逝世。」

聽到房伯玄敘述的內容，房言震驚地看著他，小聲問道：「難道，三皇子的母妃是因為……」

沒等房言說完，房伯玄就點點頭，說道：「大概是這樣沒錯。」

不過，這件事其中還有一個疑點。

如果皇上本來喜歡的人就是六皇子的母妃，也鍾愛這個兒子的話，為何皇上病危時並未想過要立六皇子為太子呢？夢中她好像也沒聽過六皇子這號人物，像是突然之間蹦出來的。

「既然如此，那為何六皇子殿下沒有……」

看穿了房言的疑問，房伯玄道：「六皇子殿下在程妃過世的時候被下毒，因而身亡，但是屍身卻不見了。皇上因此非常傷心，直到獲得渡法大師開釋，皇上才重新振作起來。」

喔，這樣就說得通了，要不然前世皇上病危之際若是想立太子，肯定會選擇六皇子，哪會落到三皇子頭上。

不過……

「渡法大師？」房言覺得自己好像在哪裡聽過這個名字。

房伯玄點點頭道：「對，就是皇明寺的渡法大師，傳聞他卜的卦非常靈驗。據說大師告訴皇上，六皇子殿下還活在人世，遲早有一天會回到他身邊。」

房言這才想起來，外面很多人都在談論這個大師，說得跟神仙似的。

「六皇子殿下忽然出現，皇上自然非常高興，加上六皇子殿下帶回來的靈丹妙藥治好了皇上的病，如今皇上更喜愛他了。」

房言聽了之後抿抿唇，沒說什麼。所謂的「靈丹妙藥」是她的靈泉，那個貴氣公子就是六皇子無誤。程妃，程記……他大概是以母親留下的產業為據點吧。

這樣說起來，三皇子成不了太子，這其中有她的功勞。她先是無意間解了六皇子身上的毒，讓他回到皇宮，接下來六皇子又來跟她討靈泉，最後拯救了皇上。命運，還真是奇妙。

跟房伯玄說完正事之後，房言說起她的葡萄酒。「大哥，我這次帶來的葡萄酒，你自己留一些吧，每天晚上可以喝一點點。這東西有助於氣血循環，只要不過量，對身體很好。」

看著房言認真的樣子，房伯玄覺得她有時候是個天真的小姑娘，有時候又特別像個大人。聽著她的話，房伯玄點點頭。

說完，房言猶豫了一下，接著就從兜裡拿出一個小瓷瓶來。

見到房言手中的小瓷瓶，房伯玄問道：「這是跟上次一樣的東西嗎？」

房言點點頭。

之前房伯玄來京城考試的時候，房言就給過他一個裝著稀釋靈泉的小瓷瓶，讓他每天喝一些。雖然這個舉動很怪異，但是當時房伯玄並未多問。

「不過，這次這個是保命用的，平時不需要喝。萬一……嗯，我是說萬一……你就喝上一些。」房言說道。自家大哥接下來會一直待在京城的政治中心，提前做好準備總是沒錯。

房伯玄接過房言手中的小瓷瓶，用大拇指摩挲了一下。這東西的效果有多強，他很清楚，只是小妹到底是從哪裡得來這個的呢？家裡那些野菜跟牲畜的特殊狀況，甚至是皇上的重病意外痊癒……其實都是這東西的功勞吧？

他不笨，早就發現事情不對勁了，至於秦墨跟自家小妹的事，他也不是全然不知情。

儘管房伯玄心中有疑問，他卻不想知道這個問題的答案，若是這背後隱藏了什麼殘酷的事實……

「還是從大師那裡得來的嗎？」房伯玄問道。

房言道：「對，是從一個大師那裡得來的。」

壓抑著自己的情緒，房伯玄用關切的語氣問道：「妳需要付出代價嗎？」問完之後，他的手微微顫抖。

感受到房伯玄的關心，房言的眼眶有些泛紅。她非常感謝房伯玄的信任，也感激他沒多說什麼。

吸了吸鼻子之後，房言用略帶沙啞的嗓音說道：「不用，沒有任何代價。」

說起代價，其實也不能說沒有，那就是失去一個娘娘命，但是這個代價對於房言來說卻又像是獎勵。她從來沒想過要被關在深宮內苑中，她喜歡的是自由自在的生活。

房伯玄揉了揉房言的頭，說道：「小妹，妳若有任何煩心事都可以告訴大哥，大哥一定會幫妳解決。」

房言哽咽道：「好，謝謝大哥。」

「謝什麼，妳是我妹妹。」

「嗯。」

從書房裡出來之後，抬頭看著湛藍的天空，房言長長地吁了一口氣，然後慢慢走去後院。不知不覺間，她來到庭院的小湖邊，看著清澈的湖面，她在小涼亭裡駐足片刻。

關於前世，夢中的片段實在太多，房言記得的東西有限，而且主要是後宅的事，其餘還有什麼事值得留意呢……

對了！

房言突然想到一件事。在夢中，房伯玄離開京城之前曾跟她說過「我要回家鄉去，不回來了」，沒多久，他就死在老家那邊。

房伯玄到底去做什麼？為什麼非得回家鄉去呢？

看著因為葉片掉落在水面而泛起漣漪的湖水，房言皺起了眉頭。

忽然間，她想到了一種可能。

三皇子的母妃害死了六皇子的母妃，六皇子也失蹤了，而她卻在縣城那邊遇到他。雖然他們住在房家村，但是那裡確實隸屬任興縣，要說是故鄉也可以。

難道……房伯玄當初的任務是殺了六皇子?!

這樣一來，所有的謎團就能解開了。三皇子成為皇上以後，發現六皇子的下落，派房伯玄指揮殺手去除掉他，好永絕後患，結果被六皇子的人得知房伯玄是幕後主使，就殺了他為六皇子報仇。

憑房伯玄的聰明才智，不可能不知道自己奉命要殺的人是誰，只怕他早就預料到不能活著回來，所以臨行時才會跟她說那種話。

想到這些事，房言忍不住流淚滿面。過了一會兒，她擦乾臉上的淚水，收拾好心情回到廂房。

往事種種皆是前塵，今生的成果都是依靠努力而來。目前一切都朝好的方向發展，她沒有必要擔心，不是嗎？

第二天，房二河一家人暫時離開京城的宅院，一道去查看城郊的莊子。

皇宮裡，有人彙報起房言的行蹤。

「殿下，房二小姐今日去了京郊的莊子，申時返家之後就沒再出門了。」

秦墨看著手中的棋子，思索了一下，放到了想要放的位置上，然後說道：「嗯，看著點，別讓房二小姐受了委屈。」

說完之後，秦墨頓了一下，又道：「今日三皇兄去做什麼了？」

「三皇子殿下今日未出門。」

秦墨點點頭，說道：「嗯，下去吧。」

等屬下出去之後，秦墨坐在桌邊開始看書。他想起房言，覺得有些奇怪。

這個小姑娘不是最喜歡開店鋪賺錢的嗎，怎麼來到京城卻絲毫沒有這方面的意向呢？難道是還沒著手準備？也好，那就再等幾天吧。

沒想到，秦墨這一等，竟是落空了。

等屬下來彙報房言一家已經返鄉時，秦墨才確定她根本沒有要去程記，也沒有在京城開店的意思。

秦墨無奈地搖搖頭。他第一次想幫人卻沒幫成，怪可惜的。

不過，眼下最重要的事情不是這個，他斂了斂心神，開始忙於政事。

房言一行人回房家村時，正是一年當中天氣最熱的時候，在路上可苦了他們。回到家，房言在放了冰的房間裡休息幾日，才覺得整個人好了一些。

恢復精神之後，房言就開始進行釀製葡萄酒的工作。其實她不在家的時候，僕人們已經進行前置作業了，不過有她掌控大局，感覺自然不一樣。房言覺得如今時機成熟，可以正式做葡萄酒的生意了。

之前房言曾直接把外面買來的葡萄釀的酒放在水果齋裡賣過，若是真的要打出口碑，各方面的策略都要完善。

首先，在葡萄本身的品質上，要分為自己種的葡萄或是別處收購來的。別處收購來的自然要便宜一些，自己種的則比較貴。

其次，在釀造的時間上，當季釀的葡萄酒價格較低，年分較久的葡萄酒價格較高。

最後，就是濃度的問題。度數高的貴一些，度數低的就較便宜。

既然打算把這門生意做大，那麼家裡的僕人們就不太夠用了。說起來，也不是不夠用，而是因為如今僕人們各司其職，她若是把這些人全都調過來的話，其他地方的人手可能就會一時短缺。

還有一點，受到房氏族學的啟發，房言打算帶動村裡的人一同發家致富。給他們一些甜頭嘗，好過他們惹是生非，況且人要是太窮，有些人可能生出亂七八糟的心思，若是因此影響房伯玄的仕途就不太妙了。

房言一把自己的打算告訴房二河，立刻就得到他的支持。不管怎麼說，房二河的家族觀念比她更強，既然家裡的僕人數量差不多飽和，生意上又缺人手，那麼讓村裡一些人有活計能做，算是互惠互利，何樂而不為？

關於工作分配，房言決定，村裡招來的人只能做前期作業，後面的關鍵步驟則交由家裡的僕人進行。原本釀造這個部分是由房言跟父母還有房淑靜處理，不過既然要大量生產、長期經營，那麼身邊這些人全都有義務學習。至於水果罐頭的做法，家裡的僕人早就已經學會，當然，房言也交代過他們口風要緊，絕不能對外洩漏一絲一毫。

招人之前，房言覺得有些事還是要說清楚。「爹、娘，我很願意照顧鄰里，但是不幹活跟偷懶的人不能留下，到時候若是大家有什麼怨言，還請你們見諒。」

房二河笑著回道：「這是自然的，妳儘管去做就是，適合的咱們就用，不適合的就不用。不管怎麼說，水果齋都是妳跟大妮兒的嫁妝，爹娘不會插手的。」

聽了這番話，房言跟房淑靜對視一眼，鬆了一口氣。

討論出結果之後，房言就想去處理事情了，結果房淑靜卻站起來，走到房二河與王氏面前說道：「爹、娘，其實我沒怎麼打理過水果齋的事，所以鋪子的收益全都給小妹吧，我不能要。」

房淑靜覺得，自己最多也就是早上幫忙煮水果，這點小事根本比不上房言投注的精力，更何況這些點子全是房言出的，她不想搶走她的心血結晶。

此話一出，房言愣住了，她說道：「姊姊，咱們之間何須這樣生分。」

雖然水果齋賺來的錢都在房言這裡，但是房言早就決定了，等到房淑靜要出嫁的時候，這些錢就平均分成兩份，其中的一份給她。她只是享受賺錢的快感，如今錢越賺越多，她也沒地方花，死守著一個數字沒意思。

現在房言最在意的就是家裡的人。房伯玄考上了狀元，如今已經在京城當官，不需要她照顧；房仲齊雖然沒考上舉人，但他既是男子，又是秀才，在這個世間生存毫無問題。

房二河與王氏也不用她操心。有那麼兩個爭氣的兒子，大女兒也要嫁給一個負責任的男人，家裡的生意又蒸蒸日上，他們真的能開始享福了。

這樣一來，唯一要她擔心的人就只剩下房淑靜了。雖然袁大山對她很好，還是個正六品的武官，可是房淑靜本人卻沒有能賴以生存的技能，繡花這種手藝在房言看來只能算是打零工，不如多拿一些錢來得實際。

房淑靜知道自己的妹妹不會同意，早就想好了說詞。「二妮兒，這兩家店鋪姊姊自問沒怎麼出過力，平白無故拿這麼多錢，心裡很不安。況且姊姊如今要出嫁了，妳就留著當自己的嫁妝吧，爹娘已經為我準備很多東西，夠我一輩子過得舒舒服服了。」

聞言，房言笑道：「姊姊，妳這話說得不對。水果齋之所以能開這麼大，可不是我一個人的功勞。果樹是用咱們家的地種的，照顧這些水果的人是爹買來的僕人，怎麼能把功勞全安在我身上？再說了，妳就要離開家裡的庇護，更要有些實用的東西放在身邊。」

房二河見兩個女兒如此互相禮讓，不禁感到相當欣慰。

第八十三章 管理員工

「好了，妳們就各退一步吧。大妮兒說得有理，二妮兒說得也沒錯。不過這件事我之前跟妳們娘商量過了，水果齋的確是二妮兒出的力比較多，所以我看就三七分吧。大妮兒三成，二妮兒七成。」房二河說道。

見房言跟房淑靜還想說些什麼，房二河道：「不要再說了，這樣分配還算合理。二妮兒，等到妳以後出嫁了，也會有自己的家庭要經營，為了防止妳們姊妹往後姊妹生分了，或是因為這件事產生矛盾，就這麼定了吧。」

房言思考了一下，提出自己的看法。「爹，要是照您這樣說，那以後哥哥們還要娶妻呢，所以不能這樣分。」

被這麼一講，房二河才察覺他跟媳婦沒考慮過這部分的問題。

不過房二河的說法倒是給了房言一些靈感，她又說道：「爹，我看不如這樣分吧。您跟娘一成，大哥一成，二哥一成，姊姊三成，我四成。」

不料，這個建議遭到王氏以及房淑靜的強烈反對。

房二河沒出聲。他想到兩個兒子如今的情況，再預想以後的發展，覺得讓兒子們分成並非不可行。畢竟不知道以後等他跟媳婦老了之後，各自成家的兒女們還會不會相親相愛，倒不如用利益綁在一起。

兒子有了水果齋的分成，若是店鋪出了什麼狀況，他們就會幫忙。倒不是房二河對自家的孩子這麼沒信心，而是有了自己的家庭之後，想法難免受另一半影響，有個什麼差錯，翻臉也不是不可能。

聽著媳婦與女兒們的討論，房二河說道：「這樣吧，爹娘不分成，畢竟咱們家還有野味館，很夠了。水果齋的話，你們兄妹四人分，大郎與二郎各占半成，二妮兒占七成，大妮兒占兩成。」

儘管房二河的表情嚴肅，但是房言還想說些什麼，結果他沒給她機會，一錘定音道：「就這麼決定了。我知道二妮兒想要照顧姊姊，但是爹也不能讓妳受委屈。妳不用擔心妳姊姊，在她出嫁之前，爹會分配好野味館的分成，少不了她那一份的。」

一聽這話，房言才不再說什麼。

房淑靜聽了之後，眼眶都紅了。明明她沒做什麼事，卻能分到這麼多錢，她何其幸運，能生在這樣一個每個人都為彼此著想的家。

房二河看著兩個女兒，笑道：「至於水果齋過去賺的錢，還是妳們姊妹倆平分吧，等到大妮兒出嫁前，你們兄妹四人再簽訂契約，按照爹說的分。」

點點頭，房言笑著回道：「好的，爹。」

討論完分成的事情之後，房二河就去找村長商議房言要招工的事情。

房言提出的內容是，總共招十五個人，一個人一個月三百文工錢，一個月能休四天，每天只需要幹一個半時辰左右的活兒。很多人聽了非常心動，基本上符合招募條件的人都來了。

招工的時候，房言要家裡一個管事嬤嬤去辦這件事。嬤嬤在二門處擺了一張桌子，對來人提出幾個問題，讓應試者在現場幹一會兒活，適合的就留下來，不適合的就給幾文錢讓她們回家。

考完試之後，最後只剩下十二個人。房言想了想，暫時沒再招人，打算先讓這些人做做看再說。至於那些被刷掉的人有沒有再向人求情，房言就不知道了，總歸沒人求到她跟前來。

招好人之後，第二天就開始工作了。這十二個人裡面，有八個人被分去處理葡萄酒，其餘四個人則是分去打理水果罐頭。

葡萄酒這個部分，前期作業由房青的娘謝氏監工，水果罐頭那邊則是由房蓮花的嫂子田氏負責。

房蓮花如今新婚幾個月，她嫁給鎮上一戶鄉紳，家裡有一間大宅子不說，還有許多良田，完全過上了少奶奶的生活。正巧，房蓮花這幾天回到娘家，聽說房言要讓她嫂子當管事，就特地過來謝謝她。

房言笑道：「謝我做什麼，那也是因為妳嫂子幹活有一套啊。」

聽到房言這麼說，房蓮花悄悄地對她說道：「妳不知道，昨天晚上我嫂子緊張到都沒睡好覺。」

喝了口茶，房蓮花又說道：「我嫂子聽到這件事的時候，本來想跟妳說她不當管事，結果我娘不願意。一個月有五百文錢呢，我娘那麼摳門的人哪裡捨得，都恨不得向人吹噓一番了。後來我娘唸了我嫂子好久，又是說我姪子讀書要用錢，又是說她想吃肉什麼的，我嫂子就不敢跟妳說了。」

聽到房蓮花說起她娘的各種誇張行徑，房言不由得笑出聲，說道：「蓮花，這話要是被伯母知道，非得削妳一頓不可。」

房蓮花得意地說道：「她現在不敢！」

「為啥？」房言心想，蓮花什麼時候這麼厲害了，之前她雖然會在背後說她娘的壞話，但多少會怕被教訓。

說著，房言一看到房蓮花摸著肚子的表情，心裡就有了猜測，於是她問道：「有了？」

房蓮花讚賞地看著房言。「看妳聰明的，我就知道沒有妳不懂的事。」

此話一出，房言趕緊說道：「那妳還站這麼久做什麼，快坐下來。」說著就要扶她坐到椅子上。

房蓮花阻止道：「不用不用，老是坐著，怪累的。我娘說了，多走走才好生，可不能像我婆家說的那樣，天天讓我躺在床上，要我吃些大魚大肉，到時候只怕沒力氣生孩子了。」

這一點房言倒是挺贊同的。「伯母說得對，妳看咱們村子裡的人，哪個不是快要生了還在幹活的。越是這樣，生下來的孩子身體越好。」

房蓮花點點頭，吃了一口點心之後，她說道：「對了，妳知道房秋最近在相看人家嗎？」

搖搖頭，房言回道：「我記得前兩年就聽說她在相看人家了，怎麼，還沒說好嗎？」

「是啊。我跟妳說，之前她都快跟縣城的一戶鄉紳定下來了，結果一聽妳大哥考上狀元，房秋家就不願意了，讓那戶人家氣得不得了！之後妳叔叔跟嬸嬸提出新的條件，對方得又有錢又會讀書才行。」

關於這點，房言早就知道，老宅不可能不借他們家的名號做一些事。血緣無法切割，也不能告訴每個人他們跟老宅分家了，反正只要不連累他們家，他們也懶得管。

「又有錢又會讀書的人看得上房秋？」房言忍不住諷刺道。這倒不是說房秋長得醜，而是她那糟糕的個性會讓人忽略她的長相。

房蓮花興奮地說道：「可不是嗎？聽說她昨天相看了一個，對方家住縣城，是個秀才，還沒等她嫌棄人家，男方就先鄙視她了。據傳他是這麼說的。」

說到這裡，房蓮花又喝了一口茶，她清了清嗓子，生動地說道：「『我本以為狀元郎的堂妹書讀得也好，所以才過來瞧一瞧，沒想到卻是一個睜眼瞎。快別打著妳堂哥的名義出來了，小生曾有幸見過狀元郎一面，他是多麼風雅的一個人啊，看到妳，我都替他感到丟臉。今天就到此為止吧！』說完這些話，那位秀才就不顧大家的臉色離開了。」

聽到房蓮花的敘述，房言忍不住笑起來。「蓮花，妳唱戲的功力絲毫未減啊！」

房蓮花點點頭道：「這事是聽我婆家那邊的人說的，因為他們跟那個秀才有親戚關係。」

「嗯？」房言拿起桌上的茶壺，朝房蓮花手中的杯子倒了一些茶。

「那個秀才是我丈夫的舅舅的兒子，我得叫他一聲表哥。發生這件事之後，妳嬸嬸威脅人家，說我表哥瞧不起他們，她要去跟狀元郎告狀。我舅母愁得睡不好覺，想讓我表哥去道歉，又見不到他的人影，最後想到我，就求了過來。」房蓮花說著，端起房言倒給她的茶喝了一口。

喝完茶之後，房蓮花看著房言的眼睛，接著說道：「我聽了之後就跟我舅母說，狀元郎家的人最明理，斷不會因為這種事就找人麻煩，而且狀元郎最討厭在外面打著他名號做壞事的人，就算是他親叔叔家也不行。」

房言自然知道房蓮花這番話的意思，她讚賞地說道：「我覺得妳說得很好。可不就是這樣，我們家最討厭倚仗我大哥的成就在外面欺負別人的人，自家人也一樣。」

聽了這些話之後，房蓮花臉上的笑意加深了。「我就說聽我的準沒錯，可是我舅母還是不放心。這不，為了安她的心，我只好走這一趟了，反正我現在有了身子，乘機回娘家住幾天也好。」

房言說道：「嗯，以後再遇到這種事，還請蓮花姊也這樣告訴別人，我在這裡謝過妳了。」

聽到房言稱呼自己一聲「姊」，房蓮花得意地說道：「唉唷，不得了了，妳今天竟然叫我姊，太陽真是要打西邊出來了。」

房言笑道：「這不是看妳平時沒個正經，擔不起我這一聲『姊』嗎？如今妳像個大人，就該這麼叫了。」

其實房蓮花大房言才快一歲，她們平常的相處模式就像普通的平輩一樣，兩個人也都很習慣了。

說了一會兒話之後，房言見房蓮花要離開了，就從自己的箱籠裡拿出一個盒子遞給她，說道：「這個是我這次去京城時買的金釵，聽說是最新的樣式。」

房蓮花一聽，趕緊拒絕道：「使不得，這東西得花很多錢吧？」

房言說道：「妳就拿著，怎麼使不得了？以前我去府城還買過東西給妳呢，這次去京城難道就不送了嗎？再說了，妳肚子裡都有了孩子，就算是給我小外甥的吧。」

眼見推不掉，房蓮花就收下了，臨走之前還說道：「對了，讓你們家廚娘把剛剛那種點心的方子抄給我，這樣我回家就能吃了。」

點點頭，房言說道：「沒問題，只是妳有身子，這類零嘴不能多吃。」

房蓮花笑著應下，拿到方子以後，就拿著盒子回娘家去了。

到了晚上，房言讓謝氏與田氏過來彙報一天的工作。謝氏率先報告，然後田氏才緊張地說了起來。

「大家都挺好的，沒看到有人偷懶，就是有些人還不太熟練。」田氏說道。

房言聽了之後，道了聲「辛苦」，就讓她們先回去了。

等謝氏與田氏出去，房言又找了兩個丫鬟過來聽聽她們的說法，其中一個丫鬟說有人似乎故意洗得不乾淨，田氏只得重洗一遍。

房言若有所思地說道：「知道了，再看看吧。」

聽過彙報，房言就去正屋找王氏了。

王氏自然要對新人的狀況關心一番。「她們今日第一天上工，情況如何？」

雖然王氏也去瞧過，但是大家都對她很客氣，她沒能看出什麼來。

房言坐在椅子上低頭吃著水果，說道：「都挺好的啊。」

王氏一聽小女兒這麼說就放心了。這些事情她不是很清楚，小女兒說好就代表沒問題。

其實房言是不想讓王氏摻和到這裡面去，省得她看誰不順眼，想要開除那個人的時候，會有人找她娘說項。

房言抬起頭轉移話題道：「娘，姊姊如今管家的能耐怎麼樣了？」

再過一個月左右，房淑靜就要出嫁了，雖然袁大山想靠自己的能耐買一間大宅子，但是房二河早就為大女兒在魯東府衛所附近準備了一處三進的宅院，他們成親之後就會搬過去。雖說他家只有他一個人，但他好歹是個官員，以後家裡的下人會越來越多，所以房淑靜還是得學學怎麼管家。

王氏一聽這話，來了興趣，說道：「上次咱們從京城帶回來的那兩個嬤嬤挺好的，不只是妳姊姊，娘也跟她們學了不少，京城來的人就是不一樣。」

說起來，他們之所以會買下這樣的人，還是房伯玄提醒的。

前陣子皇上開始清理朝廷的罪人，很多官員因此下獄甚至被抄家，所以有很多僕人一時之間沒了去處。雖然房二河不想接收罪臣家的僕人，但是房伯玄說沒什麼關係，堅持要他買一些回來，他就聽從他的意見了。

買了僕人回來之後，房二河又按照房伯玄的吩咐，把這些人分開來單獨詢問，要他們說自己的情況，談談對別人的看法。這樣交叉詢問之後，有問題的幾個，第二天就被退了回去，沒問題的就留下來。

房言得知這些人的身分時，很佩服房伯玄的深謀遠慮。都說「寧娶大家婢女，不娶小家女」，大戶人家出身的婢女，真的比他們鎮上、縣城一些人家的女兒更像大家閨秀。

他們家出身寒門，沒有底蘊，不太懂上流社會的規矩，解決之道就是找懂的人來告訴他們。只不過他們在京城沒有任何能放心倚靠的勢力，不知道能向誰請教，這樣一來，找一些大戶人家出身的僕人就很有必要了。

想到這些事情，房言點點頭。「洪嬤嬤跟曹嬤嬤看起來都不錯，但是娘也不要太聽她們的話，有些事情還是要自己作決定才行。」

王氏笑道：「嗯，娘知道。」

過了幾天之後，一個丫鬟突然過來告訴房言，水果罐頭那邊的人吵了起來，房言立刻放下手中的書本，跟著丫鬟過去了。

原來是一個姓唐的婦人跟田氏起了爭執。房言要丫鬟跟她站在門後，打算看看田氏怎麼處理。

只聽田氏說道：「嫂子，妳這麼做不行，水果沒洗乾淨，這樣後面削皮的人一削，會把果肉弄髒的。」

唐氏說道：「唉唷，妳怎麼這麼多事啊？她們削完皮之後，不是還會有人再把水果清洗一遍嗎，我洗那麼乾淨做什麼？要是洗得太乾淨，後面的人豈不是沒事可做，那也太清閒了吧！」

田氏生氣地說道：「嫂子，每個人都有自己的工作，前面是兩個人負責清洗，後面只有一個人洗，這是因為前面就要仔細清洗，所以才多一個人的，妳這麼做，會耽誤後面那個人的活兒。前幾日妳就是這個樣子，我沒說出來罷了，妳之後又這樣，別怪我不客氣了。」

唐氏回道：「對我不客氣？我忍了妳好幾天，咱們都是二河家的親戚，憑什麼妳幹的活兒少，工錢還拿得比較多啊，哪有這種道理！」

見田氏一直沒吭聲，房言在心裡嘆了口氣，正想交代身邊的丫鬟幾句話，就聽到田氏的一句怒吼。「嫂子，明天開始妳不用來了！」

原本有些吵雜的屋內，頓時變得相當安靜。

唐氏一聽就怒道：「憑什麼妳要我走我就得走？妳算什麼東西啊！」

房言向丫鬟使了個眼色，丫鬟就走過去說道：「既然田管事說您不適合，那就麻煩您離開吧。」

唐氏一聽丫鬟這麼說，才害怕地說道：「不是，這不能怪我，她故意的，我明明有好好幹活。」

這個丫鬟經常在房言身邊走動，唐氏認得她，所以才退縮了。

丫鬟看了唐氏面前盆子裡剛洗完的水果一眼，說道：「田管事沒冤枉妳，妳的確洗得不乾淨。」

說完，她還拿起一顆桃子給大夥兒看，說道：「大家看看，這上面的葉子都沒摘掉呢。」

唐氏頓時羞得滿臉通紅。

等丫鬟帶著唐氏出去之後，田氏終於鬆了口氣，要不是旁邊有張桌子能讓她扶一下，她都要癱軟在地了。

房言見狀，沒說什麼，悄悄地離開了。

第八十四章 成親之日

到了下午，田氏還是過來找房言了。她很清楚誰是真正有權管這件事，水果齋的老闆既不是房二河，也不是王氏，而是眼前這個妹妹。

「言姊兒，今日發生的事妳都知道了吧？我今天……是不是做得太過了？」

看著田氏有些後悔的眼神，房言鼓勵道：「沒有，我覺得嫂子做得很好。不幹活的人就是要請出去，就像嫂子說的一樣，一個人不幹活，會影響到其他人。既然給了這麼高的工錢，我自然希望大家都好好做。下次再有這種事，妳也不用讓丫鬟來找我，自己決定就是了。」

田氏受到鼓勵，眼裡有了光采，她笑道：「好。」

只不過，唐氏離開之後，這裡的人手就有些不夠了，於是田氏提出加人的想法。

房言沈思了一下，說道：「我先讓處理過水果罐頭的一個丫鬟過去幫忙，至於招工的事，我再想想辦法。咱們村裡沒什麼得用的人了，要不然就去隔壁村子招幾個。」

待田氏回去之後，房言繼續思考人手短缺的問題。本來就沒招夠人，現在又走了一個，真是令人頭大。

她該怎麼做才好呢？

這一日，是袁大山休假的時間。他每逢休假都會離開府城，表面上說是回家裡看一看，實際上都是去房二河家。不過他最多就是去那裡吃飯、聊天，沒有過夜。

在曹嬤嬤的監督下，袁大山不敢有什麼過分的舉動，他跟房淑靜兩人聊著生活中的點點滴滴，很是愉快。

說著說著，袁大山想到剛才發生的事，他猶豫了一下，還是問道：「淑靜，聽說前幾日你們家找了很多村子裡的人來家裡做活是嗎？」

確定婚期之後，袁大山跟房淑靜兩個感情越來越好，他也不叫她「靜姊兒」，而是直呼「淑靜」了。

房淑靜聽了之後點點頭。「對。因為二妮兒在府城又開了一家水果齋，人手不太夠，所以就在村裡找了不少人過來工作。」

袁大山問道：「那可曾招滿了？還需要人手嗎？」

說實話，這件事房淑靜還真的不太清楚。她最近忙著繡嫁衣，還要學習管家，過得非常忙碌，招工的事都是自家小妹在處理的，她沒插手。

「我不知道，都是二妮兒在做的。」房淑靜老實地回道。

袁大山笑道：「也是，她從小就對做生意非常上心，我早就該想到去問她才對。」

房淑靜聽了，也淺笑著說：「可不是嗎？家裡的生意她說不定比我爹還要清楚呢。」

兩人又聊了幾句之後，袁大山就去找房二河了。

吃過午飯，房淑靜想到袁大山早上問的那件事，就私底下問了問房言。房言直說她這裡缺人手，要袁大山領人過來。

到了下午，袁大山就把一對三十多歲的夫妻帶過來，房言就把他們交給管事嬤嬤帶去檢查身體。

袁大山看到房言，有些不好意思地小聲說道：「言姊兒，我本來不想領他們過來，但是他們家甚是貧寒，我有些不忍心。我能長到這麼大，多虧了叔叔跟嬸嬸的照顧，不過衛所那邊沒什麼他們能做的活計，而且離家太遠了，嬸嬸最小的孩子今年才兩歲多，正是離不開人的時候。」

房言正要開口，袁大山趕緊道：「妳放心，叔叔跟嬸嬸都很踏實勤懇，不是會偷懶投機的人。不過，若是實在不適合的話，我再幫他們找其他工作，絕不會讓妳為難的。」

說完這些話，袁大山的臉色不禁有些泛紅。他很少求人什麼，這也是看到叔叔跟嬸嬸家日子越來越難過，無計可施之下才來拜託房言。

聽了袁大山的解釋，房言心想，就憑這兩個人當初肯幫助孤伶伶一個人的袁大山，只要不是太不堪用，她都會留他們下來。就算不是看在她姊姊的分上，憑袁大山跟他們家的情誼，她也會伸出援手。

照袁大山的說法看來，這對夫妻家境一向不太好，當時卻肯接濟袁大山，必定是心地溫暖善良的人。只要心思正，這裡有的是地方安排他們，多養兩個人不算什麼。

想到這裡，房言笑道：「大山哥，你這麼客氣做什麼，咱們都快變成一家人了。你也是看著我長大的，我不是那麼小氣的人，叔叔跟嬸嬸對你有恩，自然要報答。況且，我相信你的眼光，剛剛我也瞧見他們了，一看就很老實，我們家最喜歡這種人了，肯定適合。」

袁大山聽到這番話，才放下心來，不過他也知道房言說這些話是看在他的面子上。於是袁大山笑著拱拱手，說道：「多謝言姊兒了。」

房言調侃道：「謝我做什麼，要不是姊姊來說項，我可不會這麼痛快就答應的，要謝就去謝她。」

袁大山最近臉皮變厚了些，聽到房言這麼說，他笑呵呵地回道：「是該謝謝淑靜。」

想到方才看到的那兩個人，房言疑惑地問道：「大山哥，我看叔叔跟嬸嬸也不小了，家裡可還有其他孩子？要是有大一些的，也可以來這裡做工，我們這裡還缺人。」

袁大山想了想，點點頭說道：「有兩個比較大的孩子，一個是十五、六歲的堂妹，另一個是十歲的堂弟。」

房言想了想，說道：「家裡可還有老人家？」

袁大山搖搖頭。

房言心想，也對，要是有老人家在的話，他們夫妻就不用擔心沒人照看孩子，可以去比較遠的地方工作了。

於是房言說道：「家裡肯定要有人照顧孩子，你那個堂妹是不能出來做活了。堂弟呢？可曾讀過書？」

袁大山搖搖頭。「叔叔的能力有限，去鎮上賺的都是辛苦錢，一個月攢不了多少，哪有多餘的費用供孩子讀書？」

房言頷首道：「大山哥，這樣吧，你讓他來我們村裡的族學讀書。」

袁大山猶豫了一下。「這樣不好吧，我聽說外面村子的人要去你們族學讀書，不只要繳錢，還要先接受考試。說實話，我那個堂弟沒讀過書，又不是一個非常聰明的孩子，實在是……」

房言笑道：「那又怎麼樣，我說能去就能去，也不用收錢。」

想到房氏族學是房言家辦的，袁大山的眼睛一亮，問道：「這樣會不會壞了規矩啊？」

「怎麼會？法律還不外乎人情呢。」

袁大山一下子就明白其中的關鍵了。想到房氏族學的影響力，他難以拒絕這種好事。他再次朝房言拱拱手，說道：「我在這裡替叔叔跟嬸嬸謝謝妳了。」

房言還是那句話。「得了，大山哥，要謝的話就去謝我姊姊吧，只要你以後好好對待她就行。」

這種事情不用房言說，袁大山也會做。他慎重地點點頭，說道：「我能有今天，多虧了你們家，我一定會好好對待淑靜的。」

又說了幾句話之後，袁大山就去找房淑靜了。

房言去跟房二河說這件事，因為她這邊只需要女人，不需要男人。果然，房二河一聽，馬上就答應幫忙了。

等到袁成田與郭氏檢查完身體，房言就宣佈她的決定。

「叔叔、嬸嬸，你們明日早上過來上工就行了。叔叔去果園那邊，嬸嬸去做水果罐頭。水果罐頭這邊一個月的工資三百文錢，做得好的話，年底會有紅包。叔叔等一會兒就去見我爹，他會安排您的工作。」

兩個人聽了房言的話，都非常歡喜。等他們回到家之後，又從袁大山那邊得知更大的喜訊——他們的兒子能免費而且無條件去房氏族學讀書！

袁成田與郭氏相當感激房言，也在袁大山面前說了一籮筐房二河家的好話，叮囑袁大山要好好對待人家閨女。

很快地，來到了房淑靜成親的日子，房仲齊早就提前從京城回來了；至於房伯玄，他本來說回不來，但是在婚禮前一天晚上，他還是趕了回來。

房伯玄看著房淑靜，笑道：「我一共就兩個妹妹，妳成親，我怎麼能不回來呢？」

一聽到這話，房淑靜的眼淚一下子就流下來。她很清楚自己的大哥有多忙，也知道他在驛站換了幾匹馬狂奔，跑這一趟到底有多辛苦。這都是為了替她撐腰，讓她臉上有光。

「多謝大哥。」房淑靜說道。

房伯玄笑著點點頭，回道：「謝什麼，咱們可是一家人。」

讓房伯玄休息一會兒之後，一家人就像往常一樣坐在一塊兒聊起來。

房二河說道：「大郎，之前爹在信裡跟你提過，野味館賺的錢，爹打算分成五份，你們兄弟姊妹一人一成，爹跟你娘共享六成。等你們成親之後，這一成就會分給你們，剩下的你們就等爹娘百年之後再分。水果齋的分成也不用拒絕，總歸這件事爹跟你娘還有兩個妹妹都商量過了，你與二郎一人半成，大妮兒二成，二妮兒七成。畢竟這門生意爹跟你們都沒插手，幾乎是二妮兒一個人的功勞，所以你們兄弟二人不要有什麼意見。」

房伯玄跟房仲齊一聽到這話，趕緊站起來，房伯玄說道：「爹，我們沒有意見。」

房仲齊也道：「爹，其實這半成我與大哥都不想要。別說是水果齋了，就算是野味館，也是小妹起的頭，我很清楚她花了多大的工夫，您就算全都給小妹，我也沒有意見。」

房伯玄欣慰地看著房仲齊。「二郎的意思跟我的想法一樣。爹，女子在這個世間生存不易，您就多給大妮兒一些東西，往後我跟二郎也會多多照應她。」

聽到房伯玄和房仲齊的話，房二河滿意地點點頭。「事情就這樣定下來，誰也不要多言。大郎，我們幾個人已經在契約上簽字，你再簽上你的就行了。」

房伯玄點點頭，接下僕人遞過來的毛筆，在契約上簽好自己的名字。

看大兒子簽完字之後，房二河又說道：「你們兄弟兩人以後一定要多多照顧自己的姊妹，即使她們出嫁了，一樣是親人。」

房伯玄與房仲齊躬身應下了。

除了店鋪，房二河家還有很多房子跟地產，不過大夥兒已經有了共識，這些就等他們夫妻離世之後，再由孩子們自己決定如何分配。

第二日，房淑靜成親的時候，本來說好由房仲齊揹著她上花轎，所以叩門的時候，陪同袁大山來娶親的同僚都嘻嘻哈哈地打鬧著，一點也不緊張。

由於房二河他們知道，袁大山身邊的人都是兵營裡的，所以沒太過為難他們就打開門。結果一開門，他們就瞧見門後站著一個玉樹臨風的兒郎，頓時愣住了。

只見這個人看上去約莫十七、八歲，相貌堂堂、氣質清冷，臉上雖然帶著笑意，但光是站在那裡，就讓人不敢大聲喧譁。

袁大山一見來人，趕緊下馬，走上前去恭敬地喊道：「大哥。」

聽到這聲稱呼，眾人齊齊倒抽了一口涼氣。他竟然是今年的狀元郎，正六品翰林侍講！京官向來要比外面的官員更厲害，況且還是經常能得到皇上召見的狀元郎，有些人都腿軟得要下跪了。

之前聽說狀元郎公務繁忙不能回來，他們還以為這次見不著他，沒想到就在這麼沒有防備的情況下相會了。

房伯玄笑道：「今日娶親無大小，大家不必客氣。」

那些打算彎腰行禮的人一聽，趕緊站直了身子。

房伯玄笑呵呵地說道：「剛剛我在門後好像聽到有人說題目太簡單了，有沒有人願意讓我討教一番啊？」

那些人一聽這話，全都嚇呆了。跟狀元郎比詩詞歌賦？哪來的臉啊！

房伯玄見這些人都不再說話，也沒繼續「欺負人」，很快就讓他們進去了。

上花轎時，是房伯玄揹著房淑靜去的，她的眼淚一直沒停止過。

房伯玄難得跟房淑靜開了一次玩笑。「大妹，妳要是不想嫁的話，那就別嫁了，哥哥養妳一輩子。」

結果房淑靜聽了這話，眼淚掉得更凶了。

除了袁成田一家，袁大山對袁家村的人沒什麼好感，所以此番成親，他直接要迎親隊伍前往府城。

看著迎親隊伍越走越遠，房二河的眼淚忍不住悄悄流下來。聽到大夥兒在談論大女兒的嫁妝，他就先返回正屋。好不容易擦乾眼淚，等進了廂房看到王氏坐在床邊哭泣的樣子，夫妻倆又窩在一起哭了一場。

哭過之後，他們趕緊洗了把臉。外面還有很多客人等著招呼，不能把人家晾著不管。結果，他們出去的時候，大家還在討論房淑靜的嫁妝。

沒錯，房淑靜的陪嫁品令人大開眼界。

除了之前在府城買的那五百畝地，房二河又在那塊地附近購入五百畝地，這樣一共是一千畝。再來，買下那處三進的宅子之後，房二河又購入一間店鋪，如果房淑靜有需要，可以做點生意。

去掉那些一眼就能看到的房地產，剩下的嫁妝還有古董，以及一些看起來很小卻很值錢的東西，像是金步搖等等，這類陪嫁品足足湊了六十四抬。

光是這些，就已經讓客人們嘆為觀止，不過還有些東西沒顯露出來，像是那些店鋪的收益跟分成。若是他們知道的話，只怕會大呼老天爺不公平。

房淑靜成親當天晚上，房伯玄就連夜趕回京城了。

深夜歇息，想到房淑靜已經不在家，房伯玄前往京城，房仲齊再來也要回京唸書的時候，房言心中酸楚難耐，眼淚簌簌地流了下來。

從穿越過來的那一天起，她身邊總是有哥哥姊姊們。想到以後房淑靜就是別人家的人了，她難過得不得了，哭著哭著，最後睡著了。

自從江氏得知兒子的心意，就特別關注房家的事情，一聽到房淑靜要成親了，就趕緊差人準備了一份厚禮送過去。因為目前府城的生意過於繁忙，所以這次他們沒有出席。

等到晚上童錦元回來了，江氏就假裝無意地說道：「唉，房大小姐出嫁了，下一個就要輪到房二小姐了吧？聽說房大小姐的嫁妝非常豐厚，別說是他們村裡的人，就連府城很多人家眼睛都看直了，不斷在試探房家的意思，房二小姐真是越來越搶手了。」

童錦元沈默不語，只有緊握的拳頭洩漏了他內心的真實想法。

江氏見狀，不願再跟這個木頭似的兒子多說什麼，隨便講了幾句話就把他攆出去，省得看著心煩。

離開江氏的房間之後，童錦元一言不發，步伐卻比平時快了許多……

——未完，待續，請看文創風676《靈泉巧手妙當家》4（完）

9月 PUPPY 收藏愛的果實

DoghouseXPUPPY

愛上你

人生何處不相逢，
相逢未必會相愛，
想愛，得多點勇氣、耍點心機；
愛上的理由千百種，
堅持到最後，幸福才會來……

NO／527

心懷不軌愛上你 著 宋雨桐

她不小心預知了這男人未來七天內會發生的禍事，
擔心的跟前跟後，卻被他當成了心懷不軌的女人！
她究竟該狠下心來不管他死活？還是……繼續賴著他？

NO／528

果不其然愛上你 著 凱琍

寶島果王王承威，剛毅正直、勇猛強壯，無不良嗜好，
是好老公首選，偏偏至今未婚，急煞周遭人等！
只好辦招親大會徵農家新娘，考炒菜、洗衣、扛沙包……

NO／529

不安好心愛上妳 著 辛蕾

他對她的興趣越來越濃厚，對她的渴望越來越強烈……
藉口要調教她做個好秘書，其實只是想引誘她自投羅網，
好讓他在最適當的時機，把傻乎乎的她吃下去！

NO／530

輕易愛上你 著 蘇曼茵

對胡美俐來說，跟徐因禮的婚姻就像一場賭局，
她沒有拒絕的餘地，既然沒有愛情，她不必忙著經營，
可沒想到她很忙，忙著跟他戰鬥，別讓自己輕易愛上他——

Hi-Life

9/21 到**萊爾富**體驗愛的震撼 **單本49元**

文創風 675

靈泉巧手妙當家 3

國家圖書館出版品預行編目資料

靈泉巧手妙當家 / 夏言著. --
初版. -- 臺北市 : 狗屋, 2018.09-
冊 ; 公分. --（文創風）
ISBN 978-986-328-912-8（第3冊：平裝）. --

857.7　　107011710

著作者	夏言
編輯	連宓均
校對	黃薇霓　簡郁珊
發行所	狗屋出版社有限公司
地址	台北市104中山區龍江路71巷15號1樓
電話	02-2776-5889～0
發行字號	局版台業字845號
法律顧問	蕭雄淋律師
總經銷	知遠文化事業有限公司
電話	02-2664-8800
初版	2018年10月
國際書碼	ISBN-13　978-986-328-912-8

本著作物由北京晉江原創網絡科技有限公司授權出版

定價250元

狗屋劃撥帳號：19001626

網址：love.doghouse.com.tw　E-mail：love@doghouse.com.tw

版權所有．翻印必究　倘有倒裝、缺頁、污損請寄回調換